나를 넘어서는 힘
## 인터널 코칭을 시작합니다

나를 넘어서는 힘

# 인터널 코칭을
# 시작합니다

김현지 박상림 박희숙 서성미 석윤희
이현주 정봉영 조성윤 조소연 홍지숙

# INTERNAL
# COACHING

도서
출판 더 로드
The Road Books

많은 질문을 받는다. 편한 질문은 일과 관련된 것이고 가장 불편한 질문은 나에 대한 질문이다. 꿈이 무엇인가요? 무엇을 가장 좋아하고 하고 싶은가요? 어렵다. 어렵다는 표현보다 잘 모르겠다. 뭐가 먹고 싶니?라는 질문에도 때때로 잘 모르겠는지 대답을 하지 않는다. 타인의 생각을 맞추는 것도 아닌데 내 생각이고 내가 하고 싶은 행동에 대한 질문인데도 쉽지 않았다. 비단 나만 느끼는 것은 아닌 듯하다.

강의하거나 코칭을 하다 보면 결국 자신을 모르는 데서 시작해 타인과의 관계에서 힘들어하는 많은 사람을 본다. 관계의 어려움. 인간이라면 관계에서 벗어날 수 없다. 태어나는 순간 부모와 성장하면서 형제, 타인들과의 관계를 맺게 된다. 그래서 자연스럽고 잘할 것 같지만 가장 어렵고 힘들다. 나도 그랬다. 가장 힘든 관계가 부모와의 관계였고 그로 인해 자매간의 관계도 힘들었다. 돌이켜보면 부모님도 나도 자신에 대한 이해가 부족했음을 안다. 내가 하고 싶은 게 뭔지를 모르니 표현할 수 없었고 내 생각이 강해지는 시기가 왔지만, 그동안의 습관으로 또 표현하지 못했다. 내 생각과 표현이 다르니 나에 대한 신뢰가 떨어지고 점점 작아졌다. 그러다 보니 관계에서 떳떳할 수 없고 배려라는 말로 나의 행동을 합리화했다. 다행히 책을 만나고 힘들고 불편했지만, 자신과의 대화가 시작되고 욕심을 냈다. 그러면서 코치라는 직업과 코칭의 매력을 알게 되었다. 나와 같은 사람들, 변화하고 싶지만, 용기가 없는 그들을 도와주고 싶다는 생각을 했다. 그 바람의 정확한 표현은 내가 변하고 싶다는 걸 이젠 잘 안다. 그 변화가 가능하다는 걸 알고 나서, 내가 변한다는 걸 느끼고는 멈출 수가 없었다. 불편하고 힘들었지만, 변화에 대한 갈망과 성장하는 나를 보며 느끼는 만족감이 부정적인 요소를 잊게 했다.

직업으로 선택한 코칭이다. 코칭의 기술을 익히고 경제적인 부분을 채우려고 선택했다. 그런 코칭이 꿈 리스트에, 평생 목표에 건강한 공동체와 함께 하는 삶을 그리게 했다. 아직 나 자신도 코칭 중이지만 한 발짝씩 나아가는 내가 기특하다. 이 과정의 경험을 인터널 코치가 되어 나누게 됨이 감사하다. 책을 통해 나누고 책을 읽는 방식을 통해 자신과 만남을 경험하게 했던 과거라면, 지금은 인터널 코치로서 그들을 만난다. 과거에 수많은 경험과 지금의 인터널 코칭의 프로세스가 더해져 더 많은 사람을 코칭하고 더 많은 사람이 건강해지는 미래를 상상하면 흐뭇하다.

개인이 건강해지고 가까운 공동체가 깨어나고 내가 몸담은 조직, 우리가 살아가는 대한민국 더 나아가 글로벌이 코칭을 통해 행복한 공동체가 되기를 바란다. 그런 바람을 가진 코치들이 모여 공부하고 나누고 과정의 이야기를 담게 됐다. 이 책은 총 5장으로 이루어졌다. 1장은 인터널 코칭의 비밀로 각 코치가 인터널 코칭을 통해 달라진 점을 나누고 있다. 2장은 경청과 집중으로 인터널 코칭에 대한 각자의 정의 및 초점 맞춰야 할 점에 대해 경험을 바탕으로 글을 펼쳤다. 3장은 인터널 코칭, 이렇게 시작하라로 인터널 코칭을 시작하는 사람이 읽으면 도움 되는 부분이다. 4장은 문제 해결 기법으로 각자가 생각하는 인터널 코칭의 강점에 대해 작성했다. 5장은 인터널 코칭을 통해 변화한 사례와 경험을 나눈다. "인터널 코칭을 시작합니다"는 코치들의 경험과 사례를 중심으로 쓰여 진솔하다.

인터널 코치의 역할은 블루밍 경영연구소의 인터널 코치 과정에서 정의 내렸다.

리더십은 팀원들과 함께 성과를 만들어 내는 힘입니다.
성과 창출은 팀원의 "자발적 동기"에서 출발합니다.

불확실성의 시대, 예측할 수 없는 지금, 리더의 역할이 변화하고 있습니다.
팀원의 강점과 잠재된 가능성을 찾아, 내적 동기를 자극, 발휘하도록 돕고 지지해야 합니다.

회사마다 보유한 자원을 어떻게 찾아 경영자원으로 활용할 것인가?

경청을 통해 팀원들의 자신감과 자존감을 올려주는 것이 최우선시되어야 합니다.

그리고 그들에게 답이 있다고 믿는 마음으로 강력한 질문을 해야 합니다.

성과에 대해서 칭찬하고, 그 사람의 됨됨이와 품성을 알아봐 주어야 합니다.

인재육성의 지름길, 발전적 피드백도 배려와 프로세스를 갖고 부단히 해주어야 합니다.

이러한 과정이 하나하나 모여서

"우리 회사만의 코칭 조직문화"가 만들어지게 됩니다.

그 촉진자 역할을 하는 사람이
"인터널 코치(Internal Coach)"입니다.

위 정의에서 가장 와닿는 말은 '촉진자 역할을 하는 사람이 인터널 코치'다 라는 부분이다. 개인의 자존감을 회복시켜 어떤 상황에서도 자신이 가치 있는 사람이라고 인정하고, 스스로에 대한 존중과 사랑이 가득한 인격체로 인정하게 하는 것. 자신의 부족함도 자신의 일부로 수용하며, 뭐든 잘할 수 있다고 믿는 자기 효능감을 높여주는 인터널 코칭이야말로 건강한 공동체를 만들기 위해 꼭 필요한 과정이다.

매력적인 인터널 코칭의 세계에서 만난 멋진 코치이자 공저 작가인 김현지, 박희숙, 이현주, 정봉영, 조소연, 석윤희, 조성윤, 박상림 코치님 감사합니다. 블루밍경영연구소 인터널코치 육성 과정 프로그램을 개발해주신 김상임 코치님, 코치 세계로의 초대와 공저 프로젝트 기획해 주신 서성미 코치님, 자기와의 절대적 만남을 통해 성장을 도와주신 이은대 작가님 감사합니다.

2022년 5월

작가 홍지숙

# 차 례

## 제2장 경청과 집중
### (인터널 코칭에 대한 각자의 정의 및 초점 맞춰야 할 점)

# 제3장 인터널 코칭, 이렇게 시작하라
### (독자에게 인터널 코칭 시작법을 전한다)

# 제4장 문제 해결 기법
## (각자가 생각하는 인터널 코칭의 강점)

## 제5장 인터널 코칭을 통하여
### (독자는 어떻게 변화하는가)

# 제1장

· · · · · · · · · · · · · · · ·

## 인터널 코칭의 비밀
### (인터널 코칭을 통해 달라진 점)

# 지속 성장하는 방법

서성미

"그 많은 일을 언제 다 하세요?" 강의가 끝난 뒤 가장 많이 받는 질문 중 하나입니다. 세 아이 육아, 17년 차 회사 일, 살림과 자기 계발을 이어가는 저의 시간 관리를 가장 궁금해합니다. 처음부터 작가, 독서 모임 운영자, 자기 계발 강사와 코치로 활동했던 게 아닙니다. 회사-어린이집-집을 도돌이표로 하루하루 살아내기 급급한 시절이 있었습니다. 잠시라도 짬이 나면 쪽잠 자기 바빴습니다. 주말에는 아이들 식사 챙겨준 뒤 정작 제 식사는 찌개나 국에 밥을 말아 싱크대 앞에 선 채로 먹기도 했습니다. 시간 거지, 체력 거지, 열정 거지라고 표현하는 게 딱 맞아떨어지던 시절이었습니다. 지금 와 생각해 보니 이런 결핍의 시간이 저를 움직이고 도전하게 해 준 동력이었습니다. 결핍이 갈증을 불러일으키고 갈증을 해소하기 위해 노력하고 도전했습니다.

스스로 결정한 선택이 옳은 선택이었다는 것을 입증해 내는 것이 어른이 되어가는 과정이라 생각합니다. 매번 과감하고 용감했던 것은 아닙니다. 도전 목표를 정하고 실행에 옮길 때는 실패 확률을 0으로 본 것이 아니라 실패와 성공 확률이 49 vs 51이 되어도 도전을 했습니다. 도전은 내가 나를 믿어주는 만큼 할 수 있는 그것으로 생각합니다. 시도한 뒤에 멈추고 돌아서는 경험도 많았습니다. 그런데도 새로운 도전 앞에 자유 할 수 있는 것은 도전을 통해 성장, 성숙해질 수 있다는 성찰 덕분입니다. 저의 실패담이 누군가에게 도전과 위로와 용기가 된다면 의미 있는 일이라 생각합니다. 이렇게 생각하면 한결 마음이 편해집니다. 그동안의 경험을 통해 깨달은 지속 성장하는 방법 3가지를 알려드리겠습니다.

**첫째, 아웃풋 시간을 가지고 피드백해야 한다.**

아웃풋 하고 성찰하는 시간을 가져야 현실 점검과 함께 나아가고자 하는 방향을 점검할 수 있습니다. 학생들이 시험을 치른 뒤 점수를 떠나 얻게 되는 이득이 내가 무엇을 알고, 무엇을 모르는지 알 수 있다는 점입니다. 코칭을 통해 만나는 고객의 공통 주제가 무얼 해야 할지 모르겠다는 것입니다. 무엇을 결정하기 전에 '나'에 대한 탐구 시간을 더 가져보자고 권유하는 편입니다. 자기 인식과 성찰의 시간을 갖는 동안 실현하고 싶은 꿈과 소망을 발견하게 됩니다. 그렇게 원하는 구체적인 목표를 정하고 현재와 이상적인 상태의 차이를 줄이기 위한 실행계획들을 탐구합니다. 여러 가지 대안 중 우선순위를 정하고 스스로 어떻게 잘하고 있는지 점검할 기준을 정합니다. 실제로 변화를 일으키는 것은 실행에 옮긴 일입니다. 이 실행을 전략적으로 이어가기 위해 피드백 시간을 가져야 합니다. 피드백은 내가 최고의 결과를 낼 수 있도록 시간과 노력을 투자하는 것입니다. 현재 수준에 만족하거나 체념하는 것이 아니라 스스로 발전적 피드백을 하는 것은 나에게 주는 값진 선물입니다.

**둘째, 흔들리지 않는 삶의 원칙을 세워야 한다.**

의사, 변호사, 교사의 직업윤리 규정과 행동규범이 있듯, 개개인의 삶도 기준이 되어주는 행동규범이 필요합니다. 삶에서 실현하고 싶은 핵심가치가 있다면 내가 어떻게 행동해야 하는가에 대한 바람직한 기준이 될 수 있습니다. 외부 자극에 흔들리지 않고 끈기 있게 할 수 있는 원동력이 되어줍니다. 미션과 비전, 핵심가치, 중장기 계획, 단기 계획 등 한 방향으로 정렬된 로드맵을 갖고 있습니까? 흔들리지 않는 삶의 원칙을 만들기 위해 삶의 목적을 탐구하고, 내적 욕구를 들여다보는 셀프코칭 시간을 의도적으로 확보해야 합니다. 〈식스 해빗〉의 저자 브랜든 버처드가 말하는 하이퍼포머들, 〈타이탄의 도구들〉저자 팀 페리스가 말하는 타이탄의 공통점이 삶의 당위성을 생각하는 시간을 의도적으로 갖는다는 것입니다. 현업에 매몰되어 있을 때는 내 삶의 당위성인 살아가는 이유, 목적, 내가 실현하고 싶은 핵심가치, 비전 로드맵 등을 챙겨 볼 여력이 없습니다. 그래서 의무적으로 당위성을 챙길 시간을 미리 확보해 두는 환경설정이 필요합니다. 시간을 선택하는 것은 시간을 절약하는 지름길입니다.

**셋째, 강점을 탑재한 환경을 설정해야 한다.**

할 수밖에 없는 환경설정은 지속 가능한 성장을 돕는 필수 요소입니다. 이왕이면 이 환경설정이 나의 강점과 연결되어 있으면 몰입도를 높여 효율성을 더해줍니다. 저의 연결성과 공감 강점을 예전에는 내부가 아닌 외부에 초점 맞춰 살아왔습니다. 코칭을 배운 뒤에 가장 소중한 내 마음과 내 영혼을 돌보기 위해 강점을 활용하기 시작했습니다. 처음에는 내면의 갈망을 들어주는 노력이 이기심의 표출인 것 같아 불편했습니다. 차츰 마음에서 느껴지는 감정을 있는 그대로 인정해 주고 생각을 들어주면서 마음에 공감하는 것이 편안해졌습니다. 책임감의 강점이 있다면 꾸준히 실행에 옮기는 모습을 보여줌으로 신뢰감을 쌓는 것으로 영향력을 끼칠 수 있습니다. 지적 사고, 심사숙고, 배움의 강점이 있다면 함께 배우고 좋은 정보와 성찰을 나누는 환경을 갖춰 자기 확신과 실행력을 끌어올리는 데 도움을 받을 수도 있습니다. 오늘도 할 수밖에 없는 환경설정을 위해 어떻게 강점을 활용할까 고민해 봅니다.

지속적인 성장, 방법뿐 아니라 필요성도 생각해 봐야 합니다. 다른 사람의 성공 방법이 내게는 똑같이 적용되지 않습니다. 학습, 다이어트, 재테크 등 제법 괜찮은 방법이었음에도 나와 맞지 않는 경험을 말하는 것입니다. 목적과 목표, 갈망이 우선입니다. 그 때문에 자기 인식의 시간이 필요합니다. 코칭을 통해 '나'를 알게 되었고, 덕분에 자각과 성찰의 시간을 가질 수 있었습니다. 나 스스로 나의 좋은 친구가 되어 지속 성장할 수 있게 된 것, 코칭을 통해 얻게 된 가장 큰 선물입니다.

# 일과 인생 사이의 균형

박희숙

2003년에 우리나라에 웰빙 붐이 일어나면서 잘 사는 것이란 무엇인가란 화두가 사람들 사이에서 계속 이슈이다. 웰빙, 슬로 푸드, 비건, 소확행, 웰니스, 웰다잉이란 말들이 계속 만들어지고 있는 것만 봐도 그렇다.

내가 그중에서 제일 마음에 와닿았던 말은 '저녁이 있는 삶'이었다. 그것은 저녁이 없는 삶을 여러 해 동안 살고 있으면서 몸과 마음이 번아웃된 상태였기 때문이다. 이렇듯 일과 인생을 잘 조율하며 균형 있게 살아간다는 것은 매우 어려운 숙제인 것 같다.

대학에서 의류를 전공하고 의류회사에서 근무한 지 올해로 23년 차가 된다. 전공을 살려 취업했고, 하고 싶었던 일을 한다는 생각에 처음에는 설레는 하루하루를 보냈었지만, 이 일은 내 생각과는 달리 야근도 너무 많았고, 까탈스러운 상사분들에게 맞추어 일하기 어려운 점들도 많았다.

　　품평이 있는 날은 12, 1시까지 회사에서 일을 하다가 새벽 2, 3시에 집에 들어가곤 했다. 한 번은 그날도 11시가 넘어 일이 끝났다. 콜택시를 불러서 탔는데, 그 콜택시 기사님의 조폭같이 생긴 외모에 무서운 마음이 들었다. 그래서 기사님께 말도 붙여가며 가다가 집에 거의 다와 내렸는데 하도 긴장하고 있어서 눈길에서 뒤로 넘어지면서 차의 뒤쪽 타이어에 뒷머리를 부딪쳤다. 이틀 내내 머리가 멍하고 뒤통수가 아파서 일에 집중할 수가 없었다. 그때 이렇게 일을 계속하다가 제명에 살 수 있는 건가? 란 질문을 스스로에게 했던 것 같다.


　　그래도 하는 일은 적성에 맞아 계속 일하면서 30대 초반에 결혼을 하게 되었고, 아기도 갖게 되었다.

　　아이가 생기자 내 인생은 그 전과 180도로 달라졌다. 아이가 어릴 때는 2시간마다 수유를 해야 했다. 잠을 제대로 자지 못해 항상 잠이 부족한 상태였다. 출근했다 돌아오면 녹초가 된다. 그러나 퇴근 후에도 집안일을 하고 아이를 돌봐야 했다. 특히, 첫째 아이 같은 경우 여자아이라서 천 기저귀를 썼었는데 퇴근하고 와서 천 기저귀를 빨고 있으려면 너무 피곤해서 눈물이 날 정도였다.

친정어머니가 왔다 갔다 하시면서 육아를 도와주셨지만, 남편이 전혀 육아나 집안일에 관심이 없어서 오로지 육아와 집안일은 나의 일이 되었었고, 피곤과 불만이 쌓여만 가는 나날들이었다.

그러던 중 둘째가 초등학교를 입학할 시점에 더는 체력적으로 정규직으로 일하면서 아이들 케어까지 병행하기는 어렵다는 결론을 내렸고, 예전 회사에 상사로 계시던 분의 소개를 받아 그분이 아시는 분 회사에서 시간 배려를 받으며 일하게 되었다.

하지만 그전에 일했던 곳은 여성복 브랜드 쪽이었는데, 탄력 근무로 일하게 된 곳은 홈쇼핑을 주로 하는 프로모션 쪽이었다. 옷을 만드는 회사라는 공통점이 있었지만, 일이 진행되는 시스템이 다른 점들이 많았다.

그래서 새로 일들을 배워야 했고, 그 과정에서 어려움에 봉착하게 될 때면, 이 일을 내가 계속할 수 있을까라는 불안감에 시달리곤 했다. 왜냐하면 브랜드에서는 디자인실에 있다 보니 기획 부분 일의 비중이 컸고, 생산, 패턴, 샘플을 만드는 업무는 각각의 파트에서 진행되어 일이 나누어져 있었다. 하지만 프로모션의 경우 그 모든 과정을 담당이 하였고, 수입, 통관 및 납품까지 해야 하는데, 안 하던 업무였던 데다, 뒷부분의 일들을 잘 모르다 보니 혹시 실수라도 할까 봐 나서서 하지 못하는 답답함까지 있었다.

그렇게 내적 갈등에 시달리고 있을 때, 독서법 강의를 듣게되었다. 그 강의가 어디로 나아가야 할지 답답했던 나의 인생에서 터닝포인트가 되었고, 그 강의를 들었던 곳에서 바인더 강의도 듣게 되면서 시간을 효율적으로 사용하는 방법도 익히게 되었다. 배운 독서법을 통해 업무나 자녀 양육과 같은 실질적인 독서를 하고, 실천하면서 삶에서도 차츰차츰 변화가 찾아오기 시작했다. 그렇게 그 뒤로 그곳에서 만난 분들과 교류하며 여러 가지 강의들을 연계해서 듣게 되었고, 그곳에서 만난 코치님의 권유로 인터널 코치 과정도 수강하게 되었다.

처음에는 이 강의가 인터널 코치가 되는 강의인 줄 모르고 강사 양성과정인 줄 알고 미리 들어두려고 신청했었다. 하지만 교육과정도 매우 흥미롭고 재미있게 진행이 되었고, 이 자격증을 따기 위해 했던 동기들과의 실기연습 과정에서 실제로 상당 부분 나의 고민들이 해결이 되는 경험을 하였다. 아직 동기들은 코치가 아니었는데 말이다. 프로세스에 의해 질문만 한 건데도 이렇게 문제가 해결되는 것이 신기했고, 인터널 코치 과정을 배우면 배울수록 빠져들게 되었다.

특히, 인터널 코치의 철학적인 부분, 모든 인간은 Creative(창조적) 하고, Resourceful(해답을 내부에 가지고 있고) 하고, Holistic(온전하다) 하다는 철학이 있다. 이 철학은 여태껏 답을 외부에서 찾아오던 나에게 어떤 커다란 깨달음을 주었다. '내 안에 답이 있다고? 정말이야?' 하고 의문을 가지면서도 상대 동기가 "더 생각나는 게 있을까요? 또 떠오르는 게 있을까요?"라고 물어봐 주면 생각하게 되고 답을 찾아내게 되었다. 내가 인지하지 못했던 해결책들을 내 안에서 끄집어내게 되었던 것이다. 나의 삶의 여러가지 문제들을 해결하게 되었고, 다음 코칭 연습 때는 고민을 고민해야 하는 사태까지 일어나기도 했다.

내 안에 답이 있었는데 난 뭘 그렇게 답을 찾아 헤맸던 건지, 문제를 해결할 수 있는 실마리를 내 안에서 찾아야 한다는 사실을 깨달았다. 늦게나마 코칭 공부를 통해 내가 가진 잠재력을 알게 되어 감사하다.

그리고 코칭 실기를 준비하면서 만난 동기, 상위 코치분들을 통해 열정, 상대방에 대한 배려, 계속해서 배움을 유지하는 태도 등을 배웠다. 그분들은 이미 인생 선배님 이시다 보니 아이를 양육하는 과정에서 생기는 스트레스에 대한 적절한 조언과 더불어 직장에서의 어려운 점들도 이야기할 수 있었고 여러 가지 좋은 팁들도 얻게 되었다. 그럼으로써 직장에서의 인간관계도 좋아졌다.

회사-집-교회 이렇게 반복되는 삶 속에서 이러한 만남들이 나의 삶을 더욱 풍부하게 해 준다는 생각이 들었다.

그 이유는 첫째, 나에 대해 알게 되었다. 자신감이 생겼고, 자존감도 상승했다. 둘째, 코칭 실기를 하면서 받은 피드백을 통해 성찰의 시간을 가질 수 있었다. 나 스스로에 대해 반성하게 되었고, 좀 더 좋은 방향으로 가기 위해 노력하는 나를 통해 내가 발전되어 가고 있다는 걸 느낄 수 있었다. 끝으로, 역량 개발을 통해 고객 상담 효율도 높일 수 있었고, 고객분들의 고민이나 방향을 찾는 데 있어서 도움이 되어드릴 수 있다는 부분이 보람으로 내게 다가왔다.

# 코칭, 나를 새롭게 발견하는 지름길

석윤희

2014년 이후, 새해를 앞두고 늘 준비하는 것이 있습니다. 바로 다음 해에 사용할 다이어리입니다. 새해의 하루 전날인 12월 31일 밤, 책상 앞에 앉아 다이어리를 펼칩니다. 그리고 한 장 한 장 넘기기 시작합니다. 월간 계획표를 지나 날짜가 없는 유선 종이가 나오는 첫 장에서 저의 손은 멈춥니다. 그리고 그곳의 위쪽에 다음과 같이 써넣습니다. '석윤희의 신년 계획.'

이 신년 계획에 늘 들어가는 두 가지 목록이 있었습니다. 바로 독서와 운동입니다. '올해는 꼭 꾸준히 운동한다!', '내일부터 매일 독서한다!'고 굳게 결심하며 새로운 한 해를 시작했습니다.

그러나 마음만 있을 뿐 시작도 못 하고 몇 개월이 지나가는 경우가 많았습니다. 시작한다고 해도 매번 작심삼일로 끝나고 말았습니다.

작심삼일(作心三日)!

결심한 것이 삼일을 가지 못한다는 뜻으로 일반적으로 부정적인 의미로 쓰입니다. 저는 이 단어를 참 싫어했습니다. 제 자신이 자신과의 약속도 지키지 못하는 무능한 사람으로 느껴졌기 때문입니다. 연말이면 어김없이 '올해도 작심삼일로 끝났네.'라고 말하는 제 자신이 한심스러웠습니다. 그런데 2020년 겨울, 시간 관리의 필요성을 느끼고 공부하기 시작한 셀프 리더십 과정에서 '작심삼일'의 의미를 새롭게 만났습니다. 일명 작심삼일 전략! 3일간 목표를 세우고 3일간 실천하는 것입니다. 그리고 이 것을 반복하면 습관이 되어 어떤 목표든 이룰 수 있다는 것이 작심삼일 전략의 핵심입니다.

'삼일만 해보자!'

이렇게 생각하니 실천하는 것이 어렵게 느껴지지 않았습니다. 그래서 마음을 다잡고 작심삼일 전략으로 처음 시도해본 것이 '새벽 기상'입니다. 당시 저는 새벽 1~2시까지 일하고 잠자리에 드는 전형적인 저녁형 인간이었습니다. 이런 저에게 셀프 리더십 과정의 카카오톡 단체 채팅방에 새벽 4시 30분이면 올라오는 '굿모닝!' 인사는 낯설었습니다. 그러나 새벽 시간을 이용해 독서와 운동을 꾸준히 해내시는 분들의 모습에 동기 부여가 되어 새벽 기상에 도전했습니다. 그리고 해냈습니다. 이 도전의 성공을 시작으로 감사일기 쓰기, 긍정 선언문 쓰기, 버츄 카드 필사, 블로그 쓰기 등을 습관으로 만들어갔습니다. 목표로 세웠던 것들을 해냈다는 뿌듯함은 제가 또 다른 도전을 계속하는 원동력이 되었습니다.

그런데 언제부터인가 저를 위해 시작했던 작은 도전들이 저를 옭아매기 시작했습니다. 저를 성장시킬 것이라는 욕심에 여러 가지 습관과 배움을 동시에 진행하다 보니 시간에 쫓기며 의무감에 겨우 해내는 상황이 발생하기 시작한 것입니다. 저의 감사 일기는 더 이상 진정한 감사를 담은 감사 일기가 아니었습니다. 저의 긍정문 쓰기는 더 이상 저를 위한 긍정 선언문 쓰기가 아니었습니다. 의무감에 감사 일기를 쓰고, 기록을 위한 긍정 선언문을 쓰는 제 자신을 발견하게 된 것입니다. 이것은 제가 원하는 저의 모습이 아니었습니다. 하지만 어떻게 해야 할지 막막했습니다. 더 솔직히 말하면 그동안 꾸준히 해 온 것을 그만두기가 너무 아까웠습니다. 그러나 저를 위해서는 제가 하고 있는 것들을 점검하여 재정비하는 것이 반드시 필요했습니다. 우선 제가 하고 있는 것들의 리스트를 정리했습니다. 그리고 그 일이 나에게 어떤 의미가 있는지, 앞으로 계속했을 때 어떤 변화를 기대할 수 있는지 적어보았습니다. 그러자 계속해야 할 일과 그만두어야 할 일이 분명해지기 시작했습니다. 결국 저에게 의미가 있고, 계속해야 할 필요가 있는 것을 제외하고는 과감히 멈춤을 선택했습니다. 이렇게 제 자신에 대한 알아차림과 알아차린 고민들을 스스로 해결에 가는 과정에서 제 자신이 성장하고 있음을 알 수 있었습니다. 이런 경험 속에서 제가 배운 것을 어떻게 삶에 적용했는지, 적용한 것들이 저에게 어떤 영향을 주었는지 나누고 싶다는 생각하게 되었습니다. 이런 생각을 가지고 있을 때 알게 된 것이 '인터널 코치 육성 과정'입니다.

인터널 코치의 역할은 경청, 질문, 피드백이라는 핵심 기술을 활용하여 '그들에게 답이 있다'는 믿음을 가지고 고객 coachee(코칭을 받는 사람)를 코칭 하는 것입니다. 그리고 고객이 코치의 질문에 답을 하고, 답을 찾아가는 과정에서 자신의 문제를 스스로 풀어갈 수 있도록 돕는 것입니다. 해결하고 싶은 문제를 가진 고객의 말에 경청하고, 질문하고, 피드백하는 방법을 사용하여 고객을 돕는 인터널 코치의 역할은 그동안 제가 가장 이상적으로 생각했던 코치의 모습이었습니다. 인터널 코치에 대해 더 알고 싶었습니다. 그래서 인터널 코치 육성 과정을 신청했습니다.

이렇게 시작된 인터널 코치 육성 과정! 이 과정을 통해 제가 얻은 것은 무엇일까요?

첫째, 제가 알지 못했던 저의 다른 면을 발견할 수 있었습니다. 저는 내향적이고 혼자서 일하는 것을 선호하며 나서기 싫어하는 사람이라고 생각해왔습니다. 그런데 도형 성격유형별 진단도구와 리더십, 그리고 코칭의 의미를 정의하는 과정에서 제 자신이 누군가와 함께 일하기 좋아하고, 리더의 역할을 기꺼이 맡을 준비가 되어 있다는 것을 알게 되었습니다. 그리고 사람들과 소통하며 누군가를 돕는 것을 좋아하는 사람임을 알게 되었습니다. 제가 미처 깨닫지 못한 저의 모습을 발견하게 된 것이 앞으로의 저의 진로를 선택하는 데 큰 도움이 되었습니다.

둘째, 인터널 코치를 넘어 KPC 이상의 전문 코치에 도전하겠다는 꿈이 생겼습니다. 인터널 코칭을 통해 제가 가진 문제들을 객관적으로 인식하고 문제를 해결한 경험이 늘어났습니다.

그러자 저와 같은 고민을 가진 분들을 코칭을 통해 돕고 싶다는 마음이 생겼습니다. 코칭의 가치를 확실히 알게 된 것입니다. 지난 9년간의 배움과 저의 경력, 앞으로의 코치 교육과 코칭 실습을 통해 전문 코치로 성장하겠습니다.

셋째, 제가 할 수 없는 분야라고 생각했던 디지털 분야에 도전했습니다. 전형적인 아날로그적 성향인 저는 디지털 분야는 제가 배울 영역이 아니라고 생각했습니다. 하지만 어느 날 인터널 코칭을 통해 '내가 요즘 배우고 싶은 것'이라는 주제로 이야기를 나누다가 디지털 바인더를 잘 쓰는 방법을 배우고 싶은 제 마음을 알게 되었습니다. 그래서 알아보던 중, 마침 디지털 바인더를 배우는 과정이 포함된 '디지로그 라이프 2급 자격 과정'을 알게 되어 바로 신청했습니다. 그리고 지금은 종이 바인더가 아닌 디지털 바인더를 잘 사용하고 있습니다. 덕분에 또 하나의 꿈이 생겼습니다. 저처럼 아날로그적 성향이 있어 디지털 영역으로 들어오는 것에 어려움이 있는 분들을 돕는 지도자가 되겠다는 꿈! 꿈 리스트에 꿈이 하나 추가되었습니다.

코칭은 나를 새롭게 발견하는 지름길입니다. 코칭을 통해 나도 미처 알지 못했던 '내 안의 나'를 발견하게 되었습니다. 내 안에 있던 또 다른 나를 발견하니 새로운 꿈을 꾸게 되었습니다. 그동안 실패라고 생각했던 저의 경험들이 지금은 누군가를 이해하고 도울 수 있는 밑거름이 되었습니다. 코칭을 통해 누군가를 돕는 것이 제 인생의 사명이 되었습니다. 누군가 자신이 가야 할 길을 찾고 싶을 때, 그 인생길의 동반자가 되는 멋진 전문 코치로 성장하겠습니다.

# 내 안에 잠든 거인을 깨우다

김현지

　답정남, 답정녀란 말 들어봤을 것이다. 관리자들은 마음속에 답을 미리 정해놓고 그들이 원하는 답이 나올 때까지 회의를 할 때가 있다. 그런데 그들이 원하는 답이 나오지 않았을 경우, 분명 우리에게 의견을 물었지만, 그 회의의 결과와는 상관없이 그들이 원했던 방식대로 진행시킬 때가 있다. 이럴 때 우린 힘이 빠진다. "이럴 줄 알았어. 역시 답정녀였던 거지. 그럴 거면 일방적으로 통보를 하지. 바쁜 사람들 다 모아놓고 왜 시간 낭비를 하는 거야?" 이렇게 투덜거린다. 그런데 어찌 보면 답정녀에 맞추는 것이 더 익숙하고 편한지도 모르겠다. 왜냐면 내가 생각해낸 답은 왠지 자신 없기 때문이다. 정답이란, 그 이름에 걸맞게 나와는 좀 멀리 떨어진 숭고한 곳에서 한없이 부족한 나를 비웃으며 위대하게 빛을 내고 있어야 할 것 같다. 그것이 정답이 가진 위상이다. 부족한 나는 그 위대한 답에 끼워 맞춰야 한다. 아직 만나지 못한 위대한 정답에 비해 내 답은 초라하기 그지없다. 그래서 초라한 내 답이 선택되지 않아도 아쉽기는 하지만 크게 불만을 가지지는 않는다. 그러려니 한다.

그런데 문제는 외부의 그 답에 나를 맞히는 과정에서 조금씩 어긋남을 느낀다는 점이다. 나는 쌍둥이 엄마다. 아이가 어릴 때부터 여러 언어를 동시에 가르쳤다. 네이버 교육 카페에서 알게 된 서연망미맘의 다국어 교육방식에 매력을 느꼈다. 그 엄마의 딸 서연이는 모국어 하듯이 5개 나라의 외국어를 자유자재로 했다. 매일매일 서연이는 외국어 공부를 했고 그 공부한 과정들이 영상으로 블로그에 올라왔다. 부러웠다. 나도 내 딸을 그렇게 만들고 싶었다. 대한민국 SKY라고 불리는 대학 중 하나를 졸업했고 공대 출신인 그 엄마는 잘나가는 대기업 인재였다. 자신의 유망한 직업을 아이를 위해 과감히 집어던져버리고 자식교육에 올인한 용기 있는 엄마였다. 이 분은 공대생답게 입력된 것만 출력된다는 AI 학습방법을 그대로 사람에게 적용했다. 입으로 모든 언어를 뱉고 외울 수 있도록 훈련을 시켰다. 하드 트레이닝이었다. 그런데 여기에 반전이 있다. 아이가 아닌 엄마를 이렇게 공부시킨다는 점이다. 엄마가 하드 트레이닝으로 힘들게 공부를 한 후 외국어로 아이에게 책을 읽어주거나 놀아주는 방식으로 진행했기 때문에 아이는 학습으로 인한 스트레스를 크게 느끼지 않을 수 있어서 조기교육의 폐해를 극복할 수 있다. 좋은 방식이라고 생각했다. 마치 아기가 모국어를 엄마에게 배우듯이 외국어를 배우는 방식이라 자연스럽기도 했고 아이들도 즐거워했다. 그래서 우리 애들이 지금도 공부를 놀이처럼 여긴다. 이런 방식이 준 가장 큰 장점이다. 거의 5년 동안 함께 했다. 그런데 5년이 지나고 보니 우리 딸들이 자유자재로 쓸 수 있는 언어는 한국어뿐이었다.

"오늘은 무엇에 대해 이야기 나누고 싶으실까요?"

"우리 아이 다국어 교육에 5년이라는 많은 시간 투자했는데 왜 제가 원하는 만큼의 결과가 없을까? 뭐가 문제인가에 대해 이야기하고 싶어요."

"아이의 다국어 교육이 고객님에게는 어떤 의미일까요?"

"글쎄요... 언어를 통해 그 나라의 문화도 함께 배우게 되니 아이에게는 새로운 세계로 통하게 되는 문을 선물해 주는 것과 같다고 생각해요. 사용할 수 있는 언어가 많으면 아이가 커서 선택할 수 있는 직업의 폭이 더 넓어지죠. 또 남보다 더 높은 수준의 경쟁력을 갖추게 해 주고 싶고요. 사실 학교 공부에는 당장 필요 없는 외국어다 보니 절실한 필요성을 느껴서 하기보다는 약간의 허세도 있는 것 같아요. 뭐 나는 이런 것까지 공부한다…… 외국어를 잘하는 사람들 보면 멋있잖아요."

"그러면 언어교육을 하는데 어떤 어려움이 있으신가요?"

"네, 시간 투자에 비해 눈에 보이는 결과가 없어요. 아까 질문을 받으면서 생각이 났는데 같이 스터디하는 분들이 열심히 하니까 기계적으로 습관처럼 스터디를 제출하고 있어요. 사실 휴직했을 때는 내실 있게 다국어 공부를 했던 것 같아요. 그래서 나름 어느 정도의 성과도 있었고요. 그랬으니 지금까지 노력을 이어올 수 있었겠죠. 복직한 이후론, 일과 다국어 육아를 병행하는 것이 힘드네요. 엄마가 언어가 돼야 아이는 자연스럽게 흡수를 할 텐데 복직한 이후로는 제 업무 준비할 시간도 부족해서 아이 공부를 위한 외국어를 따로 공부하기가 어려워요. 공부는커녕 아이 옆에 붙여 체크할 시간도 잘 없어요. 그래서 엄마표가 신통찮아진 것 같아요. 상황이 이런데 지금의 나를 똑바로 보지 못하고 타인이 제시해 준 과거의 성공 방법을 기계적으로 반복하고 있어요. 그로 인한 제일 심각한 문제는 스터디 속도를 따라가지 못한다는 것이에요. 저에게 아이를 위해 쓸 수 있는 시간이 제한되어 있다 보니 아이가 그 진도를 제대로 익히지도 못했는데 제출 기한이 되어서 공부가 덜 된 상태로 인증하고 있어요. 그것이 매주 반복되다 보니 제대로 학습되지 않은 상태가 쌓이고 있었네요."

기계적으로 꾸준히 과제 제출만 하면 목표에 도달할 거라는 헛된 망상이 있었던 것 같다. 목표에 맞게 내용을 소화하지도 못하면서 영재 프로그램에도 소개된 적 있는 서연망미맘과 함께 다국어 공부를 하고 있으니 우리 딸들도 망미님의 딸 서연이처럼 외국어를 자유자재로 잘하게 될 거라고 막연히 믿고 있었다. 사실 안 하는 것도 아니었지만 제대로 소화시키지 못하고 있다는 측면에서 하는 것도 아니었는데 말이다. 자기만족, 자기 위안에 빠져 진실을 외면하고 있는 나를 발견했다. 바쁜 스케줄에 밀려 나를 점검해 볼 시간이 없었는데 코칭을 통해 이 문제에 대해 제대로 생각해 볼 수 있었다. 사실 여러 사람이 함께 진행하는 스터디나 독서모임에는 규칙이 있어야 한다. 그래야 전체적으로 이끌어 갈 수가 있다. 개개인의 사정에 다 맞춰주다 보면 그 모임 자체가 흐지부지되거나 원래의 취지와 목적에 맞지 않게 되는 경우가 많다. 그러나 그 스터디의 속도와 내 속도가 맞지 않을 경우, 한두 번의 해프닝에 그치지 않고 이 속도 문제가 시간이 갈수록 점점 쌓여갈 때는 이 스터디를 계속할 것인가 말 것인가를 고민해 봐야 한다. 지금껏 나는 내 속도에 대한 고민 없이 그저 전체적인 스케줄을 따라가지 못하는 나를 탓하면서 질질 끌려가고 있었다. 내 속도에 맞춰봐야겠다는 생각 자체를 하지 못했던 것이다.

아이의 상태나 나의 상황에 맞는 방법을 찾아갔어야 했다는 깨달음이 왔다. 나의 바쁜 상황과 우리 아이의 느린 습득 속도로 인해 계속해서 스터디가 밀리는 상황이면 깨끗하게 욕심을 비우고 나에게 맞는 방법을 찾는 것이 더 현명하다. 이것이 코칭을 통해 생긴 변화이다. 부족함도 넘침도 없는 '있는 그대로의 나'란 존재, 나의 속도를 인정을 하게 된 것이다. 그전에는 황새를 흉내 내는 것만 신경을 썼다. 가랑이가 찢어지는 나를 탓하면서 왜 난 황새를 따라잡지 못하는지를 자책했다. 내 안에 답이 있다는 코칭의 철학은 내 안의 정답을 똑바로 볼 수 있는 용기를 갖도록 도와줬다. 그래서 욕심을 비우고 가장 중요한 영어에 집중하기로 했다. 진행 중이었던 많은 스터디 중에서 엄마의 개입 없이 아이가 스스로 할 수 있으면서 제일 좋아하는 스터디 하나만 남기고 나머지는 정리했다. 그리고 일과 육아로 진도가 들쑥날쑥해서 감정의 파도를 타야 하는 엄마표도 깨끗하게 포기하고 영어 도서관을 보냈다. 그곳에서 아이 수준에 맞는 책을 골라 읽혔더니 아이의 수준보다 낮거나 높은 외부에서 정한 기준인 평균에 맞춰 스터디를 할 때랑 확실히 차이가 났다. 그 이후로 두 딸아이가 가끔 영어로 즐겁게 역할 놀이를 하며 논다. 일단 스터디의 압박에서 벗어난 나도 살 것 같다.

각자 자신에게 맞는 답이 있다. 코칭을 알기 전에는 답정녀의 멋진 답에 나를 억지로 구겨 넣어 맞추려고 애써왔다. 그리고 그 답에 맞추지 못하는 내가 문제라고 생각했다. 나란 존재는 부족하다고 여겨 내 수준보다 높은 답에 맞추고자 까치발로 서서는 발이 아프다고 왜 똑바로 걸어지지 않느냐고 투덜댔다. 하지만 코칭의 도움으로 내 키에 맞는 발걸음을 이제 찾았으니 이제는 편안하게 걸을 수 있을 것이다. 이 편안한 걸음은 원하는 목표로 안정되게 이끌어줄 것이라 믿는다. 이 과정에 믿음을 주고 용기를 준 것은 바로 코칭이다. 코칭을 통해 문제를 해결하는 정답을 얻었을 뿐만 아니라 문제를 해결할 수 있는 힘이 내 안에 있음을 깨우쳐주었다. 바로 나를, 나의 결정을 믿게 된 것이다. 내 안에 거인이 있음을 알게 된 것, 이것은 코칭을 통해 얻은 가장 큰 수확이다.

# '나다운' 인생을 찾아서

조소연

　저녁밥을 먹고 설거지를 다 마쳤을 즈음, 은영이의 전화를 받습니다. 월요일 저녁에 무슨 일이지?

　평일 저녁에 친구에게 전화를 거는 것은 일상적인 일은 아닙니다. 워킹맘에게 평일, 그것도 저녁이라는 시간은 그리 만만한 시간이 아니니까요. 바쁘게 퇴근을 합니다. 아이들과 저녁을 먹고, 치우고, 어질러진 집을 치웁니다. 자기 전까지 해야 하는 일들이 산더미 같습니다. 특히 은영이는 일이 매우 많다는 그 도청의 주요 부서에서 일하고 있습니다. 퇴근 시간도 늦은 듯합니다. 은영이의 딸은 은영이가 늦게 데리러 가 어린이집에서 늦게 하원하는 아이 중 하나입니다.

그런 은영이가 오늘은 연차를 내고 밀린 일을 보러 다녔습니다. 지난달에 다른 지역으로 일 년간 파견 근무를 하러 가게 되었습니다. 모처럼 오게 된 춘천에서 해야 할 일이 많았던 것 같아요. 낮에는 어느 친구를 만나 차 한잔 마셨다고 합니다. 아마, 낮에 저와 점심을 같이 하고 싶었던 모양입니다. 할 일이 많아 미처 전화는 못 했나 봅니다. 집에 들어가서야 저와 밥 한 끼 못 했던 것이 아쉬웠던 모양입니다. 얼마 전에도 연락을 서로 했었던 터라 짧은 안부를 묻습니다. 은영이는 아홉 살 딸아이의 영어 교육을 어떻게 해야 좋으냐 하는 질문부터 합니다. 지난 명절 연휴에 만났을 때 그 이야기를 양껏 듣지 못해 아쉬웠다 합니다. 먼저 아이가 영어에 흥미를 갖도록 하자는 뻔한 이야기를 합니다.

　'에고, 저나 좀 챙기지.'

　"너는 삼척 가서 잘 지내고 있는 거니? 혼자 지내는 건 어떠니? 애들 걱정하느라 그것도 힘들지? 그쪽 업무에 적응은 잘하고 있어?"

　만날 회사와 집, 아이들, 그리고 친정 가족들과 시댁의 일들을 먼저 챙기는 친구. 그래서 특히 자기를 챙기지 못하는 친구, 남에게 거절을 잘 못 하는 마음 착한 친구, 은영이.

　"짜쏘야. 난 아직도 모르겠다. 지난번, 네 강의에서 꿈 리스트를 썼잖아. 그때도 내가 잘 못 썼잖아. 난 시간 관리하는 것보다, 꿈 리스트 쓰는 게 더 힘들더라. 뭘 써야 할지 너무 막막해. 내가 왜 이러나 하는데, 정말 아무리 생각해도 뭘 하고 싶은지 전혀 떠오르는 게 없었어. 그때 이후로 계속 생각해보면서 찾고 있어. 내가 나에 대해 생각하게 해 줘서 고맙다. 내가 그냥 그렇게 살아오고 있었나 봐. 뭘 하고 싶은지도 뭘 좋아하는지도 모르게. 지금도 하고 싶은 것을 계속 찾고 있어. 나에 대해 생각해보고 있어. 이제 나도 혼자만의 시간이 생겼으니 알차게 보내야 하지 않겠어? 아! 나도 영어 공부하고 싶다. 해외 나가서 막힘 없이 말 좀 하자. 그리고 운동도 해서 살 좀 빼고. 하하"

"은영아, 내가 코칭해줄 테니까 지금 시간 여유 있니?"

"어, 그럼."


얼른 달려가 코칭 질문지를 꺼내왔습니다. 아직 익숙하게 뱉어지지 않는 코칭을 위한 질문들입니다.

질문지를 앞에 두고 그 질문을 받으면서 나도 나의 옛 기억들을 떠올렸었습니다. 유년 시절이 있었습니다. 탄광촌 개울가에서 물장난하던 기억, 학교 운동회에서 1등 하려고 죽어라 달렸던 기억이 있습니다. 청소년기의 모습이 있습니다. 중학교 때, 친구들과 9시까지 학교 도서관에서 자율 학습하던 기억, 그러다 공부하기가 싫어지면 서가에 들어가 책을 꺼내 읽던 기억들이 있습니다. 과학 선생님이 좋다고 팬클럽을 만들어 선생님을 졸졸 따라다니기도 했습니다. 고등학교 때는 밤늦게까지 자습하던 기억들이 있습니다. 매점에서 빵을 사 먹겠다고 쉬는 시간에 번개처럼 사층 계단을 날아 내려간 기억도 생생합니다. 청년기가 있었습니다. 서울로 대학은 안 보내겠다고 하시던 부모님의 뜻을 이기고 혼자 자취하며 대학 생활을 시작하기도 했습니다. 자전거를 타고 대학 동아리 친구들과 전국 일주를 했습니다. 배고픔, 더위, 지독한 불편함을 겪어 보기도 했습니다. 베이징에 어학연수를 갔을 때 나에 대한 책임감과 외로움도 경험해 보았습니다. 20대까지의 삶은 '나'라는 사람의 선택으로 채워질 때가 많았습니다.

그러다 '나'에 대해 잊기 시작했습니다. 결혼해 아이를 낳고 키우면서였습니다. 결혼과 동시에 새로운 관계도 생겼습니다. 출근도 해야 했고, 아이도 키워야 했습니다. 할 일들이 많아지고 책임져야 할 것들이 늘어납니다. 나도 친구들도 모두 비슷비슷 상황이었습니다. 바쁜 일과 탓에 친구들끼리의 연락도 뜸해질 수밖에 없었습니다. 바쁜 일상이 나에게 생각할 틈을 주지 않았습니다. 결혼 그리고 첫 아이 출산 후 십 년이 눈 깜빡할 사이에 지나갔습니다. 십 년이 금방 지나는 것을 보니 두려웠습니다. 어떻게 살아야 잘 사는 거냐고 스스로 묻기 시작했습니다. 내가 내 삶에서 선택하지 못했던 부분들을 돌아보았습니다. 또 내가 선택한 것은 무엇이었는지 생각해보았습니다. 나는 뭘 좋아하는지, 앞으로 뭘 하고 싶은지, 원래 어떤 사람이었는지 크게 관심을 두지 않으며 지냈습니다. 남은 뭘 하는지, 얼마를 버는지, 등 다른 사람에 관한 관심이 더 많았던 것을 깨닫습니다.

코칭을 받을수록 내가 가진 좋은 면들을 발견합니다. 잘하는 것들을 발견합니다. 그동안 약점이라고 생각했던 것들이 강점임을 알게 됩니다. 뭘 좋아하는지, 그것을 가지고 어떤 미래를 가꿀 수 있을지 상상하게 됩니다. 뭘 할 때 만족감을 얻는지, 어떻게 사는 것이 즐거운 삶인지 나만의 방식을 찾을 수 있었습니다. 나에 대해 생각할 때마다 웃음이 지어집니다. 나를 찾아가는 여정은 하루하루 나를 보듬어 가는 과정이었습니다. 내가 나를 보듬으니, 온 세상이 나를 보듬어 줍니다. 새로운 힘이 내게 생겼습니다.


"은영아, 지금까지 네 삶을 돌아봐. 그리고 네가 만들어 낸 성공 세 가지를 떠올려 볼래? 그 성공을 이루는 데에 너의 어떤 강점이 작용했을까? 현재 네게 가장 중요한 것은 무엇이니?

2030년에 네 모습은 어떨까? 그때의 네 모습을 상상하니 어떤 기분이 드니? 그 모습을 위해 지금 필요한 것은 무엇일까? 2030년의 너에게 현재의 네가 응원 메시지를 전해보겠니?"

한참의 머뭇거림, 거창할 것 없다는 은영이의 겸연쩍은 웃음이 잠시 지나갑니다.

"짜쏘야. 나는 우여곡절 끝에 공무원 시험에 합격했어. 어려움도 있었지만 예쁜 두 아이를 건강하게 낳았잖아. 그리고 빚 없이 지금 아파트를 샀어. 하하하. 그래 내가 장점이 하나도 없는 줄 알았는데. 아니네. 나는 포기하지 않아. 돈을 잘 모아 집을 샀잖아. 하하하.

지윤이가 핸드폰 자꾸 하려고 하고, 말을 잘 안 듣는 것, 그런 게 요즘 문제지. 그리고 새로 옮긴 부서에서 내 일 잘하려면 관련 업무 공부를 좀 더 해야 할 것 같다. 2030년? 그럼 나는 어느 계의 계장이 되어 있지 않을까? 우리 지윤이도 잘 컸을 것 같아. 아! 그런 생각을 하니, 정말 뿌듯하고 기쁘다. 내 자리에 멋진 명패가 올라와 있겠지? 생각만 해도 신난다. 지윤이도 스스로 잘할 거야. 음, 그러려면 지금 새 업무에 관한 공부를 더 해야겠어. 전문적 분야라 공부 안 할 수가 없거든. 영어도 해야 할 것 같아. 지윤이에게 짜증 안 내면서 주말에 책도 더 읽어주며 시간을 보내야겠다."

"은영아, 지금 나와 이야기 한 기분이 어떠니? 잘하는 게 없다더니, 넌 멋진 강점이 있었네. 네가 무엇을 잘하는지, 무엇을 해야 할지, 이미 다 알고 있네."

"고마워, 짜쏘야. 기분이 참 좋다. 뭘 하면 될지 조금 알 것 같아. 잘 될 것 같아. 막연했는데, 할 수 있을 것 같아. 책도 주문해야겠어. 같이 읽을 책 추천 좀 해줘. 독서 모임도 나가 볼게"


은영이와의 통화를 자주 떠올립니다. 나를 찾아가는 여정, 그리고 '나다움'이 뭔지 알아가는 삶의 재미, 참 소중한 가치입니다. 잊고 살았습니다. 코칭을 만나 다행이란 생각을 여러 번 합니다. 인생에서 가장 중요한 존재는 '나'란 사실을 깨닫게 된 순간부터 내 삶은 달라지기 시작했습니다. 내가 '나'를 찾아가는 것처럼, 은영이도 자신의 '나'를 찾아보기 시작했습니다. 더 많은 이들에게 코칭의 의미와 가치를 전할 수 있으면 좋겠습니다. 코칭. '나다운' 인생을 찾아가는 삶의 재미입니다.

혁명?! 거창하지 않습니다. '나다움'을 찾는 것이 내 삶의 진정한 혁명입니다.

# 압박과 스트레스에서 벗어나다

이현주

아무것도 하지 않고 평범한 일상을 살아가는 것은 불안의 요소였다. 아는 지인이 새로운 것을 배우고 공부를 하면 왜 배워야 하는지 생각하지 않고 따라 배우는 것을 좋아했다. 배우는 것을 좋아하기도 했지만 급변하는 세상 속에서 배우지 않으면 도태된다고 생각했고, 살아가면서 성장하는 것은 중요하다고 생각했다. 그리고 자기 계발서를 읽어보면 성공한 사람은 모두 배움에 열정적이었다. 나는 책 속의 사람들처럼 성공하고 싶었다. 그러나 왜 배움이 필요한지에 대해 생각하기도 전에 강의를 신청하고 배우고 있는 모습을 볼 수 있었다. 그렇다고 해서 지금까지 배워온 모든 과정이 도움이 되지 않았다는 것은 아니다.

배우는 과정에서 심각한 압박과 아무것도 하지 않으면 안 된다는 무언의 생각 속에 사로잡힌 채 살아가고 있는 나를 발견하게 된 것이었다.

다른 사람들의 삶을 들여다보았을 때 배우면서 즐거워하고 나랑은 좀 다른 삶을 살아가고 있는 것 같다는 생각을 많이 했다. 바로 누군가와의 삶을 비교하고 살아가는 내 모습을 보면서 이대로 괜찮은가에 대해 고민하기 시작했다. 그 고민 속에 '변하고 싶다'라는 생각이 들었고 배우는 것을 하나씩 내려놓기 시작했다. 아는 지인이 새로운 교육과정을 배운다고 했을 때 평소에는 그 과정에 대해 궁금해하지도 않고 바로 등록해서 공부했다면 그냥 모든 교육을 내려놓게 되었다.

아무것도 하지 않는 시간이 있다는 자체가 힘든 성향이었고, 하루의 일정이 가득 차 있어야 정상이라고 생각했고, 바쁘게 뭔가를 애써 하면서 살아가야 잘 살아가고 있는 것 아닌가라고 생각한 나는 갑자기 찾아온 빈틈 가득한 삶이 어색했다. 그렇지만 남들을 따라 무언가를 배우고 시간을 쓰는 행동에 대해서 하지 않으려 애썼다.

그렇게 빈틈 가득한 삶을 살아가다 처음으로 시작한 것은 바로 운동이었다. 2021년 2월 헬스장에 등록해서 황환희 트레이

너를 만나 운동을 시작했다. 배우는 것이 따로 특별히 없었기 때문에 주 3회 이상 운동하는 것이 쉽게 여겨졌다. 뭔가 배우는 것들이 많았다면 운동에 시간을 내서 하기가 쉽지 않았을 텐데 어느샌가 나의 몸을 신경 쓰고 체력이 좋아지는 것을 볼 수 있었다. 체력이 좋아지니 무엇이라도 할 수 있을 것 같은 자신감이 생겨나기 시작했다.

그리고 또 다른 시간 속에 친구들을 만났고, 사랑하는 남편을 만나 시간을 더 보냈고, 가족과의 시간을 좀 더 챙기려 애쓰기 시작했다. 나에게 있어 빈틈 빈 시간은 예전에는 보이지 않았던 소중한 것을 보게 해 준 시간이 되었다. 스케줄러를 작성할 때 꽉꽉 차 있는 시간표를 보며 잘살고 있다고 생각했던 삶에서 공간으로 인해 소중한 사람을 챙기고 여유로움과 살아가는 행복감을 알아가면서 정말 내가 원하는 것이 무엇인지에 대해서도 생각할 수 있는 시간이 생겼고 잊고 있던 코칭에 대해 생각하기 시작했다.

나는 코칭을 2018년 CIT코칭 연구소에서 배우고, 2020년 블루밍 경영연구소에서 인터널 코칭을 배웠었다. 코칭은 다른 교육보다 특별한 점이 있었다. 그것은 바로 모든 교육은 현재 내가 일하고 있는 분야에 있어서 도움이 되는 부분들에 대해서 배우려

했고, 다른 사람들이 하는 교육을 따라서 배우려고 했다면 코칭 공부는 나를 위해 시작한 첫 교육이었다. 예민한 성향에, 많은 사람과의 관계 속에서 상처를 주기도 하지만 상처를 잘 받는 성향인 내가 굳건히 서고 싶다고 생각했을 때 알게 된 것이 코칭이었고, 코칭은 오롯이 나의 변화를 위해 선택한 교육이었다.

그래서 교육과정을 신청했고 배우는 동안 정말 좋았지만 코칭 자격증만은 취득하고 싶은 마음이 전혀 생기지 않았기에 배운 그대로 코칭의 철학을 바탕으로 삶을 살아가고 싶다고 생각만 해왔다. 그런 과정 가운데 2022년 2월 블루밍 경영연구소 인터널 코칭 과정을 재수강하게 되었다. 그리고 처음으로 KAC 자격증을 취득해야겠다는 마음이 들게 되었다. 자격증이 무슨 필요가 있는가? 시험 치는 것도 부담이고 귀찮고 정말 아무것도 하기 싫다는 마음에서 이렇게 변화하는 마음이 낯설기만 했다. 이제는 제자리에 머물러 있는 사람이 아니라 내가 하고 싶은 것은 어렵고 힘들지만 해내는 사람이 되고 싶다는 마음을 먹었고, 그 과정에서 KAC 자격증이 나에게 큰 도움이 될 것이라는 생각이 들었다.

여태껏 배운 것들은 시험을 치르는 과정은 겪지 않고 수업만 들으면 수료되는 과정들이 많았다. 나는 그러한 배움의 과정들은 참 재미있게 생각했고 그래서 끊임없이 배워왔다면 이번 자격 과정은 나의 성향과는 너무나도 다른 결의 배움이었다. 하지만 많은 배움을 내려놓은 상황에서 재수강을 통해 코칭 자격증을 취득하려 공부하고 노력하는 모습이 참으로 신선하게 느껴졌다. 이렇게 자격증을 취득하고자 하는 이유는 바로 코칭을 배우며 변화한 나의 마음가짐 때문인 것 같다. 코칭의 철학에는 고객 스스로가 자신의 사생활 및 직업 생활에 있어서 그 누구보다도 잘 알고 있는 전문가로서 존중하며, 모든 사람은 창의적이고 완전성을 추구하고자 하는 욕구가 있으며, 누구나 내면에 자신의 문제를 스스로 해결할 수 있는 자원을 가지고 있음을 믿는다고 하였다.

나는 자신에 대한 믿음이나 존중은 없었다. 코칭을 통해 내게도 '문제 해결력'이 있다는 사실을 알게 된 후부터 '자유로워'졌다. 아동 양육시설에서 만나는 아동들 또한 스스로 문제를 해결하는 힘이 있다는 사실을 알게 되었을 때 그들이 달라 보이기 시작했다. 내가 그들의 문제를 해결해주어야 하는 연약한 존재가 아니라 스스로 문제를 해결할 수 있는 굳건하고 강한 사람이라는 것에 확신이 들었다. 나는 어느샌가 점점 편안해졌고, 평안해짐을 경험했다.

# 강인한 정신력

조성윤

강인한 정신력을 갖고 싶었다. 남들의 말에 촛불처럼 흔들리는 정신력이 지긋지긋했다. 감정 기복은 어찌나 심한지. 남편은 그런 나를 보면 롤러코스터를 보는 것 같다고 했다.

피겨여왕인 김연아 선수나 위대한 위인들 같은 사람들만이 강인한 정신력을 갖고 있다고 생각했다. 강인한 정신력으로 역경을 딛고 멋진 삶을 사는 사람들을 부러워했다. 그저 나와 상관없는 남의 이야기라고 여겼다.

나는 '척'을 잘했다. 나약하지만 강인한 '척', 힘들지만 괜찮은 '척', 부러워도 아닌 '척'했다. '척'하느라 나의 마음을 알 수 없었다. 알 수 없다는 건 두렵다. 깜깜한 밤에 내비게이션 없이 초행길을 운전하는 것 같은 두려움이었다. 불안한 마음에 밖에서 답을 찾으려고만 했다. 내가 누군지 몰라서 여기저기 좋다는 강의는 찾아 헤맸다. 내가 뭘 원하는지 몰라서 유명하다는 사주, 타로에 쏟아부은 시간과 돈은 얼마인지…. 들을 때는 '맞아, 바로 내 이야기야.' 했지만 뒤돌아서면 답답했다. 그러던 중 '코칭'을 만났다. 사실 코칭이 뭔지 모르고 상담과 비슷하겠거니 하고 신청했다.

"당신의 꿈은 무엇인가요?"

어릴 적 꿈은 선생님이라는 직업이었다. 40대가 되어 새롭게 꿈을 찾으려고 보니 어릴 적 꿈을 정할 때보다 더 어려웠다. 코칭 질문에 대답하지 못하는 내가 답답했다. 코치는 원하는 모습을 사진으로 찍는다면 어떤 모습인지 상상해보라고 했다. 코치의 질문에 눈을 감고 그려보았다.

"흰 블라우스를 입고 날렵한 정장을 입은 모습이요. 사람들에게 선한 영향력을 주고 그 사람들이 기뻐하는 모습을 보며 뿌듯해하고 있어요."

한 번의 코칭으로 꿈을 찾지는 못했다. 하지만 그토록 찾으려고 했던 답이 내 안에 있음을 알게 되었다. 강인한 정신력으로 어제보다 더 나은 내가 되고 싶은 마음이 답을 찾는 키워드였다. 내적 동기를 자극하고 발휘하도록 돕는 것이 '코칭'이었다. 코칭에 관심이 생겼고 배우고 싶어 인터널 코칭 과정을 등록했다.

코칭은 풍부한 경험과 지식으로 길을 제시하는 멘토링이나 지식을 전달하는 티칭과는 다르다. 상대와 대화를 주고받지만, 상담이나 하브루타와도 달랐다. 코칭은 상대를 공감하고 격려하고 지지하여 잠재력을 '질문'으로 끌어낸다. 질문은 강력할수록 힘이 실린다. 강력한 질문은 '경청'으로 할 수 있다.

말 한마디도 놓치지 않겠다며 대화에 집중하느라 눈에서 레이저가 나온다. 대화 내용뿐만 아니라 코치이의 몸짓에 담긴 뜻도 알아채야 한다. 이렇게 상대의 이야기에 귀를 기울이며 초집중해서 들은 적이 몇 번이나 있을까? 인터널 코치 육성과정을 배울 때 '배우자 경청'에 대한 설명을 듣고 웃음이 터졌다. 뭐라고 말하든 "응... 응~"하고 건성으로 흘려듣는 것이 배우자 경청이라고 한다. 누가 지었는지 그 모습이 그려지는 게 딱 맞다. 나름대로 이야기를 잘 들어주는 사람이라고 자부했다. 하지만 배우자 경청 자세로 상대를 대하고 있었다. 내 마음의 소리마저 집중해서 들은 적이 없었다.

나는 대화에 두려움을 가지고 있었다. 말을 잘한다는 평도 많았지만, 말에 가시가 돋쳐 있다는 평도 그 못지않았다. 그것을 알기에 코칭을 배우고 실습하면서 항상 상대가 어떤 반응을 보일지 부담스러웠다. 긴장으로 전화를 덜덜 떨며 받기도 하고, 실수할까 걱정이 되었다. 코칭 일정을 앞둘 때마다 스트레스를 받았다. 왜 코치를 하려고 했지?라는 질문이 생겼다. 평소 같았으면 남에게 하소연하며 답을 구했을 것이다. 내 마음에 코치의 모자를 쓰고 물어본다.

질문 : '왜 상대가 나의 말에 상처를 받았을까?'
대답 : '자기중심적으로 듣고 상대의 마음을 헤아리지 못하고 말했기 때문이다.'

질문 : '지금 이 상황을 회피하고 싶은가?'
대답 : '아니다.'

질문 : '그렇다면 코칭을 잘 마쳤을 때 내 모습은 어떻게 보이는가?'

대답 : '인식을 바꾸어 코칭을 진행하고 조금 더 성장해 있다.'

질문 : '스트레스 속에서 더 좋은 성과를 냈던 적은 없었을까?'

나에게 질문을 던지니 답이 나왔다.

긴장으로 실수했을 때보다 긴장으로 더 집중하고 준비하는 나를 떠올렸다. 잘 모르는 주제로 코칭을 하게 되어도 피하기보다 경청하기 위해 노력했다. 답은 상대가 가지고 있다. 나는 그것을 찾기 위해 도와주는 역할을 하면 된다. 답을 찾으니 떨림이 잦아들었다.

잠재된 가능성을 발휘하도록 돕는 것이 코치의 역할이지만 정작 나의 마음은 모르고 있었다. 상호 코칭할 때 코치가 '조성윤 코치님 너그러워지세요. 자신에게 너무 인색하세요. 마음의 소리에 귀를 기울여 주세요.'라는 말에 셀프코칭도 하게 되었다. 남을 돕기 위해 시작했던 코칭을 내가 더 톡톡히 쓰고 있다.

인터널 코치를 배우며 동기들과 비교하는 마음도 버렸다. 우리는 남과 비교하기 좋은 세상에 살고 있다. 방송뿐만 아니라 SNS 등의 매체를 통해 나는 어떤 위치이고 어떤 사람인지, 대

단한 사람들이 얼마나 많은지 알고 싶지 않아도 너무나 잘 알게
된다. 비교하면 결과에 신경 쓰게 된다. 남보다 못하다고 생각하
면 두렵고 불안하다. 코칭을 통해 결과보다는 과정에 충실해야
함을 깨닫고 있다.

나에게 코칭을 배우기 전과 후가 무엇이 달라졌냐고 물어본
다면 '강인한 정신력'이라고 대답하겠다. 세계적인 스타나 위인
들 같은 강인한 정신력은 아니지만, 예전의 나보다 더 강해졌기
에. 주변 사람들 말에 흔들리지 않는다. 내가 가는 길에 대한 신
념과 확신을 하게 되었다. 누구보다 내 마음의 소리에 귀를 기울
이는 습관이 생겼고, 비교와 평가에서도 벗어났다. 두려움과 스
트레스가 많이 줄었고, 집중력도 좋아졌다. 좀 잘했다 싶으면 망
설이지 않고 나를 칭찬한다. 과거의 나와 비교해 보면 전혀 다른
사람이 된 것처럼, 설레고 기쁘다. 코칭! 매력 있다.

## 1-8

# 원활한 인간관계

홍지숙

　나는 사람들과 함께 있고 소통하는 걸 좋아한다. 그들 속에서 웃고 떠든다. 가만히 있으면 이상한 듯 유난스럽다. 그런 내가 사람을 좋아하는 줄 알았다. 한참을 웃고 떠들고 돌아서면 힘이 빠진다. 아무것도 하기 싫다. 그러면 차에 앉아 한참을 멍하니 음악을 듣는다.

　누군가 앞에서 항상 반듯해야 하고 웃으며 상대방의 말을 들어줘야 하는 사람이었다. 그것으로도 모자라 그들의 걱정을 해결이라도 해줘야 할 것처럼 대화를 곱씹어 생각하고 또 생각했다. 이런 것들이 반복되어 누군가를 만나는 게 두려워졌다. 전화도 피했다. 만남은 바쁜 일정으로 미뤘다. 그냥 혼자 멍하니 있는 시간이 늘어났다. 소수의 사람과 소통할 뿐이었다. 솔직하지 않은 나를 바라만 보고 있었다.

그런 스스로가 불편했는지 계속해서 질문을 던졌다.

"뭐가 불편한 거야?"
"무슨 말을 하고 싶은 거야?"

대답하지 않는 일방적인 질문이 대부분이었지만 그래도 계속 질문을 던졌다. 예상했던 바와 같이 뻔한 대답을 한다. 진심이 아니란 걸 알면서도 들어줬다. 이런 반복적인 행동들이 익숙해지자 내면의 소리를 들려주기 시작했다. 무엇을 원하는지 알지만, 행동으로 옮기기까지는 시간이 걸렸다. 열 번쯤 뱉어내고 적으면 행동으로 옮겨졌다. 이제는 하고 싶은 게 있으면 열 번 이상 외친다. 의식적으로 기록하고 선포한다.

이런 경험이 타인을 대하는 태도를 변화시켰고 점점 관계는 편안해졌다.

코치로 활동하고 있는 지금도 코칭은 쉽지 않다. 하지만 어려웠던 코칭이 편안해지고 흥미로워진 게 스스로 던진 질문에 답을 하기 시작한 시점이라는 걸 알았다.

많은 사람이 원활한 인간관계를 맺고 싶어 한다. 그들도 방법은 이미 알고 있다. 내 경험처럼 이론과 행동의 차이를 인지하지 못하고 답답해한다. 그런 사람들에게 질문을 던진다. 문제도 해결점도 모두 그들의 입을 통해 뱉어낼 수 있도록 생각할 시간을 주는 것이 중요함을 알고 있기 때문이다.

사람과의 관계가 어려운 사람들은 비슷한 성격의 사람과 어울린다. 나도 그랬다. 소통 언어가 닮은 사람, 행동의 방향과 속도가 비슷한 사람. 다른 성격을 가진 사람과 만나면 불편함을 느낀다. 불편하지만 표현하지 못한다. 나를 숨기고 맞추다 보면 만남을 지속하지 않는다.

비슷한 성격을 가진 사람과 소통하던 내가 반대 성격인 친구에게 호기심을 가진 적이 있다. 말 한마디를 뱉기 위해 열 번 이상 생각하는 나와는 달리 생각한 것을 즉시 내뱉는 친구다. 처음 그녀를 봤을 때 '뭐 저런 사람이 다 있어'라고 생각했다. 몇 마디 하지 않아도 기분 상하고 입이 떡 벌어질 정도로 말이 거침없다. 내가 살아온 방식으론 이해되지 않는 사람이다. 그녀의 말이 때론 아프고 짜증이 나기도 하고 어이도 없었다. 하지만 시간이 지날수록 불편함은 호기심으로 변했다. 다른 사람에겐 열 번 생각하고 말할 것을 그녀에게는 몇 번 만에 내 생각을 얘기한다. 다른 사람과의 관계에서 신중하던 말이 그녀와의 관계에선 자연스럽게 전달되고 아무 일도 일어나지 않았다. 내 변화가 신기했다.

'열 번 생각하고 말하는 이유가 뭘까? 그래서 내게 도움 되는 건 뭐지?'라는 질문을 스스로 계속했다. 그럴수록 그녀와의 만남을 기다렸고 먼저 다가갔다. 다른 사람과의 관계에서 느끼지 못하는 시원함과 편안함이 좋았다.

다양한 사람을 만나고 코치로 활동을 하면서 사람을 이해하고 바라보는 관점이 달라졌다. 나 자신도 혼자 있을 때와 사람들 사이에 있을 때 말과 행동이 다르다는 것을 깨달았다. 이 깨달음으로 인해 타인을 바라보는 시각이 유연해졌다. 상대방의 말과 행동의 불편함 뒤로 보이는 원인을 찾으려고 했고 그들을 이해하려고 애썼다. 그러면서 가장 혜택을 본 것은 나다. 관계가 편안해졌다.

한마디 하려면 열 번 생각했던 내가, 상대방 반응이 무서워입 꾹 다물었던 내가, 용기를 냈다. 아무 일 없음에 미소가 지어진다. 대화와 소통을 통해 '내'가 깨어나고 있었다. 두려움과 불안함은 호기심과 설렘 그리고 기대감으로 바뀌었다. 사람 만나는 시간이 행복하다.

# 자신감과 자존감

박상림

자신감과 자존감의 차이가 무엇일까? 자신감은 어떤 일에 대하여 자신이 이루어 낼 수 있다고 스스로의 능력을 믿는 굳센 마음이다. 친구들이 두발자전거를 타기 시작하자 나도 아홉 살 때 두발자전거 타는 걸 시도했다. 나를 믿는다거나 믿지 못한다는 생각은 없었다. 넘어지고 무르팍이 깨져서 피가 나도 일어나서 다시 자전거 페달을 굴렸다. 몸으로 자전거 타는 방법을 익히고 난 후에는 자신감이 생겼다. 씽씽 달려도 보고, 한 손을 놓고 자전거를 타기도 했다. 자전거를 탈 수 있는 능력은 이미 내 안에 있었다. 이 성공이 나를 믿는 자신감 하나를 쌓아 올렸다.

자존감은 스스로 품위를 지키고 자기를 존중하는 마음이다. '자신에 대해서 스스로 어떻게 평가하는가?'이다. 평가를 할 때는 100점 만점에 80점과 같이 수치로 표현할 수 있다. 자신을 높게 평가하는지 또는 낮게 평가하는지를 숫자의 크기로 나타낸다. 자존감은 자기 효능감과 자신에 대한 통제권이 포함된다. 첫째, '자기 효능감'은 자신이 얼마나 쓸모 있는 사람인지 느끼는 것을 의미한다. 가정에서 사회 속에서 자신이 해야 할 역할과 능력을 인정받으면서 꼭 필요한 사람이라고 여기게 된다. 자신을 믿기로 결정하고, 스스로를 가치 있는 사람이라고 여기며 사랑한다. 둘째, 자신에 대한 통제권을 갖고 자기 마음대로 하고 싶은 욕구를 스스로 충족시킬 수 있을 때 자존감이 높아진다. 자신의 삶에서 벌어지는 모든 일을 스스로 선택하고 책임질 수 있다. '나는 그걸 할 수 있는 능력이 있어', '내 인생의 주인은 나야'라는 주인 의식을 갖게 만드는 마음이다.

자존감이 낮았던 나는 '왜 이렇게 밖에 못하지?', '저 사람은 저렇게 잘하고 멋진데'라고 생각하면서 남들과 비교했다. 스스로를 깎아내리는 일에 에너지를 낭비하는 일이 많았다. 늘 남을 부러워하고, 나 자신의 환경을 탓했다. 경제적으로 넉넉하지 못하고, 도와줄 사람은 없다고 생각했다. 남들보다 뒤처진다는 생각을 했다. 남들은 다들 행복하게 잘 사는 것처럼 보였다. 그들처럼 살고 싶었다. 내 부족함을 채워 나가기로 했다. 배우는 것으로 채워 나갈 수 있다고 생각했다. 카카오 단톡방에 올라오는 강의가 있으면 신청을 했다. 남들에게 뒤처질까 봐, 기회를 놓칠까 봐, 강의를 신청하고 들었다. 강의 듣는 시간이 많아지면서 그곳에 시간과 에너지가 집중되었다. 그럴수록 다른 사람들과 더 비교하게 되고, 미래에 대한 불안과 두려움이 커졌다. 자존감은 점점 낮아졌다. 괜찮은 사람으로 바라볼 수가 없었다.

대전 평생학습 교육원 시민대학교에서 집단상담 교육을 받아 보았다. 집단상담 과정에서 가면을 쓰고 자신의 생각을 들여다볼 수 있는 활동 시간이 있었다. 부모님 중 한 사람을 선택해서 가면을 만들었다. 그 가면을 쓰고 상담사 질문에 답을 하였다. 내 차례다.

"아버지가 생각하는 상림이는 어떤 딸인가요?"라는 질문에 아빠 입장이 되어 말을 했다.

"상림이는 책임감도 강하고 긍정적인 아이입니다."

"이렇게 잘 성장해 준 상림이에게 마지막으로 하고 싶은 말씀이 있을까요?"라는 질문에

"상림아, 괜찮아. 잘하고 있어."라고 답하고는 펑펑 울었다.

'괜찮다'라는 그 한 마디가 나에게 큰 위로가 되었다. 그 한 마디를 듣고 싶었던 내 모습에 놀랐다. 마음속에 있던 커다란 돌덩이가 산산이 부서져 가루가 되는 것 같았다. 가벼웠다. 시원했다. 질문에 대한 답은 결국 내 안에 있었다는 사실에 놀랐다. 결국 내 문제의 답을 아는 건 나라는 걸 깨달았다. 집단상담 시간에 깨달았던 경험을 인터널 코치 과정에서 다시 한번 경험할 수 있었다.

인터널 코치 육성과정에서 '자존감 진단지' 검사를 하였다. 자기 보고식 검사로 내가 나에게 점수를 준다. 자존감 진단 검사를 통해서 현재 자존감을 저해하는 요인으로 인정 욕구, 완벽주의, 자기 불신과 자기 비하, 감정부조절이 있다는 걸 알게 되었다. 자존감 코칭 질문을 통해서 자존감 수준이 일과 가정에 어떤 영향을 미치는지 알았다. 자존감을 높이기 위해서 구체적으로 어떤 변화를 시도해야 할지, 언제부터 시작할 것인지, 방해 요소는 없는지, 있다면 어떻게 해결해 볼 수 있는지 등 질문을 통해 답을 찾아갔다. 이 시간이 아니었다면 나를 객관적으로 들여다보고 관찰하지 않았을 것이다. 그 전과 다름없는 똑같은 삶을 반복하고 있었을지도 모른다. 자존감 진단지 검사를 통해 어떻게 해야 할지 구체적으로 생각하고 답을 찾아 행동할 수 있었다.

자존감을 높이기 위해서는 실천하는 것이 무엇보다 중요했다. 먼저 스스로를 인정하고 칭찬할 수 있는 10가지를 작성해 보았다. 큰 소리로 읽어가면서 스스로를 인정, 지지 칭찬해 주었다. 매일 실천하면서 자존감을 높일 수 있었다. 자기 암시문, 긍정 선언문, 장점 50가지 쓰기도 실행했다. 다른 사람이 칭찬하고 인정해준 것을 포함해서 어떤 장점이든 다 기록했다. 장점 50가지를 써보니 '아이들을 위해서 사랑을 줄 수 있는 엄마', '자신의 일에 책임을 다하고 긍정적인 생각을 하는 사람', '다른 사람들을 위해서 배려할 수 있고 기다려 줄 수 있는 사람'이라고 채웠다. 하나씩 낭독하면서 녹음을 했다. 내가 내뱉는 기록된 장점들이 다시 내 귀로 들어오면서 누군가 나를 인정, 지지 칭찬해 주는 것 같았다.

인터널 코치 육성과정 중 서로에게 '인정 단어'를 써서 칭찬 샤워를 해 주는 시간이 있었다. '당신은 좋은 사람이군요', '대단해요', '앞으로가 더 기대돼요', '당신에게 열정이 느껴져요' 등 상대방의 장점, 긍정적인 부분을 찾아서 인정과 칭찬을 퍼부어 주는 활동이다. 이 활동은 인정 욕구를 충족시켜 준다. 칭찬을 받을 때 쑥스럽고 어색했지만 좋았다. 나를 칭찬해 준 상대방에게 감사하며 받은 칭찬을 마구 되돌려 주고 싶었다. 칭찬 샤워를 통해서 있는 그대로의 '나'를 인정하고 칭찬하는 것이 먼저라는 생각이 들었다. 내가 좋아졌다. 이 세상에서 '특별한 존재'이며 '사랑받을 가치가 있음'을 알게 되었다. 나에 대한 '신뢰'의 시작은 자존감이 바탕이 되어야 한다. 사랑도 관심에서부터 시작된다. 나를 사랑하기 위해서는 나에 대해 관심을 갖고 들여다보는 것이 먼저이다.

강점 코칭을 통해서 받은 '강점 리포트'를 소리 내어 읽었다. 낭독하면서 녹음하고 있다. 나의 상위 5개의 강점 테마는 화합, 최상화, 책임, 정리, 절친이다.

"갈등이나 충돌을 좋아하지 않고 합의점을 찾으며 개인이나 단체의 탁월성을 이끌어내기 위해 그들의 강점에 초점을 맞춥니다. 우수한 수준을 최상의 수준으로 끌어올리는 것을 추구합니다. 정직과 헌신적 애정과 같은 안정된 가치를 따르려고 노력합니다. 복잡한 상황을 체계적으로 정리할 수 있는 능력이 있습니다. 주변 사람들과 깊고 친밀한 관계를 맺는 것을 좋아합니다."

강점을 녹음하고 들어 보니, 내가 꽤 괜찮은 사람이라는 생각이 든다. 괜히 웃음이 난다. 기분이 좋다. 누군가에게 신뢰를 줄 수 있는 사람. 사랑과 배려, 행복이 가득한 사람. 살면서 이토록 나의 가치에 충만한 적이 있었던가. 코칭을 사랑할 수밖에

없는 이유다. 다른 사람이 원하는 '내'가 아닌, 내가 원하는 '나'
로 살아가려 한다.

"가장 용감한 행동은 자신을 위해 생각하고
그것을 큰 소리로 외치는 것이다."

– 가브리엘 샤넬

# 멈춤의 필요성: 멈추고 머물러라

정봉영

　머리가 복잡했다. 서점에서 〈머리를 비우기 위한….〉 책이 눈에 띈다. 머리를 비우고 싶었다. 머리를 비우기 위해 또 무언가를 해야 한다니 얼른 서점을 벗어나고 싶었다. 나가는 길 살짝 흔들렸다. 살 걸 그랬나?

　생각이 멈추지 않을 때가 있다. 자려고 누웠는데 몸에서 힘이 빠지지 않고 갈수록 머리가 맑아진다. 몸은 자는데 머리가 쉬지 않아 하얀 밤을 보내고 앞이 깜깜한 아침을 시작할 때도 있다. 생각을 멈추고 싶다. 생각의 브레이크가 있다면 밟고 싶다. 천천히, 흘러가는 대로 내버려 두지 않도록. 나에게 말한다.

그대로 멈춰라.

최근에 본 그림책 한 장면이 떠올랐다. 짧은 휴가를 떠나는 두 사람. 한 사람은 왼손에 여름옷 가방, 오른손에 겨울옷 가방, 몸통에 두 개의 크로스백, 비장한 표정에 눈그늘이 내려앉았다. 다른 한 사람은 속옷 하나 양말 하나, 간단한 짐만큼 몸도 가벼워 보인다. 둘의 여행은 모습만큼 다르게 펼쳐졌다. 한 사람은 여행 내내 달리고 끊임없이 움직여 겨우 목적지에 도착하고 쉴 틈 없이 또 달려간다. 정말 열심히 움직였는데 그는 여행의 어느 순간에도 머물지 못했다. 반면 가벼운 여행자는 이 순간이 휴가의 시작이라며 운전을 즐기고 대화를 즐기고 모든 순간을 머물며 그 과정을 즐겼다. 그림책에 그의 웃는 얼굴이 가득 찼다. 해사하게 웃는 모습이 부러웠다.

코로나 이후 모든 강의를 온라인으로 진행 중이다. 방에서 혼자 연구하고 수업하고 책 읽고 자료를 만들다 보면 하루가 지나간다. 일이 많으면 방에서 나올 기회가 적다. 가족들과 함께 있는데 관계의 공백이 더 커졌다. 목표를 향해 끊임없이 달려왔는데 알 수 없는 쓸쓸함과 허전함이 느껴졌다. 열심히 올라왔는데 목표와 동떨어진 다른 봉우리에 오른 느낌이다. 가족들을 두고 혼자만 멀리 간 것 같다. 나는 왜 일을 하는 것일까? 진정 내가 원하는 게 무엇일까? 이대로 가면 내가 원하는 나를 찾을 수 있을까? 나에게 멈춤은 정체성에 맞게 잘살고 있는지 점검하는 시간이다.

벚꽃 구경 한번 못하고 봄을 보내기 아쉬워 서둘러 근처 벚꽃길을 다녀왔다. 딸도 체험학습 신청서를 내고 가족이 함께 걸었다. 이 순간에 머물기. 벚꽃 비가 내리는 길을 함께 지나갔다. 함께 걷는 시간이 다시 못 올 순간처럼 느껴지니 애틋하다. 무거운 어깨는 가벼워지고 미소가 절로 난다. 함께 이 순간에 머물러 있다는 것에 감사하다. 오랜만에 아이의 눈을 지그시 바라본다.

하루를 시작한 나의 습관 하나, 질문으로 시작하는 것이다. 질문에 한 가지씩 내 생각을 적는다. 나에게 던져진 질문은 하루를 시작하기 전 마음에 심호흡을 불어넣는다. 이러한 일상이 가능했던 이유는 멈추지 않고 열심히 살았는데 내가 원치 않는 길에 이를 수 있다는 것을 깨달았기 때문이다. 내가 어디쯤 왔는지 지나온 길과 달려갈 길을 바라보며 잘 가고 있는지 확인해야 했다. 솔직히 멈추는 것이 지금도 어렵다. 일을 시작하면 끝날 때까지 매달려 있었다. 밥을 먹을 때도 온통 그 생각으로 무엇을 먹었는지 잘 모른다. 무언가에 사로잡혀 있을 때는 누워 있어도 잠을 자도 그 일을 붙들고 있다. 대단한 몰입보다는 어떻게든 일을 마치기에 바빴던 것 같다. 그 일에 끌려가는 것을 멈추고 싶은데 브레이크를 차마 밟지 못했다. 이대로 멈추면 지금껏 한 수고가 헛되게 될까 두려웠다. 일을 멈추지 않으면 그런대로 일이 됐다. 일이 나를 끌고 가는 것인지, 습관이 나를 끌고 가는 것인지, 생각이 나를 이끌고 가는 것인지 알 수 없었다. 가까이 있는 것을 찾기 위해서 멀리 떠나야 할 때가 있듯 멀리 가기 위해서 멈추고 나를 돌보는 시간이 필요한데 말이다.

인터널 코치 과정은 내게 멈춤과 머무름을 가르쳐 주었다. 코칭 과정과 코칭 질문을 통해 자신의 내면을 깊게 성찰하고, 다양한 관점에서 바라볼 수 있게 안내해주었다. 내가 누구인지 자기 인식이 조금씩 되니 '나다워지기'가 차츰 가능해졌다. 이 과정은 평생을 통해 진행될 것이다. 바람이 있다면 나다운 내가 또 다른 사람을 그 사람답게 그가 원하는 곳까지 갈 수 있도록 도와줄 수 있었으면 좋겠다.

새벽 4시. 물 한 잔 마시고 책상 앞에 앉는다. 숨을 깊게 내

쉬며 몸과 마음을 편안하게 만든다. 잠깐의 멈춤이 하루를 다르게 만든다. 하루 한 번, 인터널 코칭을 통해 '하루를 새롭게 만드는 시간' 갖기를. 멈춤은 낭비가 아니라 값진 투자임을 기억했으면 좋겠다.

INTERNAL
COACHING

# 제2장

· · · · · · · · · · · · · · · ·

## 경청과 집중
(인터널 코칭에 대한 각자의 정의 및
초점 맞춰야 할 점)

# 멀티태스킹의 유혹

김현지

　요즘은 신기하고 재미난 상품들이 넘쳐난다. 호기심에 이것도 사보고 저것도 사다 보면 어느새 집은 쓰레기장이 되어 버린다. 하나하나는 나의 호기심을 끌 정도로 예쁘고 탐나는 것들이지만 모아놓고 보면 다 쓰레기다. 상품들뿐만 아니라 정보들도 넘쳐난다. 알고 싶고 궁금해서 이 호기심을 따라가다 보면 중요하지 않은 정보가 없다. 자식을 키우는 부모로서 교육에 대한 정보도 알아야겠고 경제적 자유인을 꿈꾸다 보니 돈 공부도 욕심나고. 또 삶의 질과 행복과 관련한 건강에 대한 공부는 필수라고 느껴진다. 한 가지 하고 싶은 일에 꽂히면 그 일과 연결된 스터디나 단톡방과 연결된다. 하고 싶은 많은 것들이 꼬리에 꼬리를 물고 생겨나 그 호기심을 따라 이것도 신청하고 저것도 신청하고 이렇게 일을 막 벌이고 나면 제한된 시간 안에서 이것 찔끔, 저것 찔끔 건드리기만 하고 정작 제대로 아는 것은 하나도 없는 나를 발견하게 된다.

앞글에서 말했다시피 여러 언어를 동시에 가르쳤다. 처음에는 영어로 시작했다가 영어 아웃풋이 어느 정도 나오기 시작하자 중국어도 시켰고 거기에 만족하지 못하고 스페인어 일어 나중에는 러시아어까지 손을 댔다. 사실 요즘은 외국어 공부를 시키기가 너무 좋은 환경이다. 말하는 펜이 있어서 글자를 찍으면 찍는 대로 원어민이 척척 읽어주고 아이의 눈높이를 맞춘 유튜브 영상 자료도 많다. 엄마가 마음의 각오를 하고 꾸준히만 해준다면 어떤 외국어라도 익히는 것이 크게 어렵지가 않다. 최근에 중국어를 하는 친척이 우리 딸에게 말하기를 시켰는데 아주 기본적인 대화인 "내 이름은 누구누구입니다.", "저의 취미는 그림 그리기예요." 아주 기초적인 것도 대답을 못하고 우물쭈물했다. 중국어에 쏟아 부은 내 시간은 어디로 간 걸까? 한심스럽기가 그지없었다.

앞서 코칭이 계속 이어져 코치가 질문을 했다.

"고객님이 복직한 후 엄마표 다국어의 어려움에 대해 말씀하셨는데 다른 어려움은 없었을까요?"

"여러 개의 언어를 한꺼번에 하고 있는 것도 문제인 것 같아요. 월화는 영어, 수목은 중국어. 금토는 스페인어 이런 식으로 진행을 했는데 처음 유아기 때 5개 정도의 단어를 익힐 때는 어렵지 않았는데 회화를 해야 하고 책을 읽어야 하는 등 수준이 높아지고 분량이 늘어나면서 제대로 복습도 못한 채로 한 번씩 보고 인증하는 것으로 과제를 제출하고 있어요. 결국 하나의 언어도 제대로 익히지 못하는 결과를 낳았네요."

생각해 보니 영어 하나라도 제대로 하려면 책에서 익힌 단어와 문장을 사용해서 일상생활에서 대화도 해보고 글도 써보는 등 단계를 높여 가면서 깊이 있게 들어가야 하는데 여러 개의 언어를 동시에 하다 보니 시간이 부족해 제대로 집중해서 파고들지를 못하고 있었다. 진짜 하나의 언어를 제대로 하고 싶다면 잠시 다른 언어는 접어두고 영어 하나에 집중을 해야 했다. 영어가 정복돼서 말하고 책 읽는 것이 아이 나이 수준에 맞게 되어 영어로 생각하는 습관과 힘이 어느 정도 길러졌을 때 아이들 좋아하는 디즈니 공주 시리즈를 영상이나 책으로 접하도록 해서 영어의 감각은 큰 힘을 들이지 않고 유지는 하되 새로운 중국어를 시작하고 중국어만 3개월 집중하기 뭐 이런 전략이 필요했던 것이다. 코칭을 통해 질문을 주고받는 동안 현 상태의 모습의 원인을 해결하는 방법은 선택과 집중이라는 생각이 들었다. 여러 개를 동시에 하는 것은 마치 병렬연결된 전구들에 들어온 각각의 약한 불빛처럼 어느 것 하나 제대로 밝게 빛나지 못했던 것이다.

이런 성향은 아이 공부뿐 아니라 나 자신을 위한 자기 계발에서도 똑같이 나타난다. 가장 하고 싶은 것은 기승전결 글쓰기, 책 쓰기였다. 하지만 실제로 하고 있는 것은 경제 독서, 아이 교육, 건강 공부, 고전 읽기 거기에다 워킹맘이라 바쁠 때는 집에서도 업무를 해야 했고 아직 어린아이들 숙제도 봐줘야 했다. 이렇게 해야 할 것들을 늘어놓고는 하나씩 해 나가다 보니 정작 제일 하고 싶은 글쓰기는 시도도 못하고 있는 나를 만난다.

왜 제일 하고 싶은 책 쓰기를 못하고 있을까라는 주제로 코칭할 때 알게 된 사실이다.

"가장 하고 싶은 일이 글쓰기라고 하셨는데 고객님께 글쓰기란 무엇일까요?"

한 번도 생각해 보지 못한 문제다. 그냥 글을 쓰고 싶다는 생각을 하긴 했어도 글쓰기가 어떤 의미인지는 생각해 본 적이 없다. 글쓰기가 무엇이길래 그토록 쓰고 싶어 했을까? 코치의 질문을 받은 나는 생각에 잠긴다.

"글쓰기는 저 자신인 것 같아요. 나 자체요".

"그래요? 나 자체라…… 이건 무슨 뜻일까요?"

"면대면으로 사람을 만날 때 저는 많은 가식을 사용합니다. 마음에 안 들어도 괜찮은 것 같다고 표현하고 화가 나서 불쾌해도 그것을 솔직하게 드러내지 않아요. 가식이라고 표현은 했지만 사실 그게 타인에 대한 예의죠. 하지만 하얀 백지는 저에게 예의를 요구하지 않습니다. 판단하거나 비판하지도 않아요. 제 마음속 이야기를 편안하게 다 받아주지요. 그러다 보니 있는 그대로의 제 모습을 쏟아낼 수 있고요. 글쓰기야말로 바로 저를 나타낼 수 있는 바로 '나' 자체라는 생각이 듭니다. 책을 통해 이 세상에 저를 드러내고 싶고 나의 존재를 느끼고 싶다는 생각이 드네요."

코치가 던져주는 질문에 이렇게 답하면서 글쓰기의 의미가 왜 중요한지를 알게 되었다.

"그렇다면 왜 글쓰기가 그렇게 잘 안되시는 걸까요?"

"일단 너무 바빠요. 할 일이 많아서 글쓰기까지 실천이 안 되네요. 직장 가면 잠시 쉴 틈도 없이 바쁘고 집에 오면 애들을 봐줘야 해요. 급하고 바쁜 일을 하다 보면 글 쓰는 시간이 안 나요. 그뿐만 아니라 읽고 싶은 책도 많고 하고 싶은 것들이 많아서 이것저것 챙기다 보면 항상 글쓰기는 뒷방 신세가 되네요."

"그러면 왜 중요한 글쓰기에 집중하지 못하고 다른 것들을 많이 하게 되는 걸까요?"

"글쎄요..... 아 불안감 때문이에요. 저에게 의미 있는 일일 것 같아서 놓지를 못하겠어요. 불안감에 이것저것을 다 잡고 있었던 것 같아요."

결국 멀티태스킹의 원인을 찾아냈다. 불안감 때문이었다. 어떤 것이 중요한 것일지 모르기에 일단 다 쥐고 있었던 것이다. 집중해야 할 것을 찾고 나니 마음이 가벼워졌다. 앞에서 하나하나의 물건들이 다 특색 있고 나름 가치가 있었듯이 하고 있는 일들도 하나하나씩 보면 다 나름 의미가 있는 중요한 것들이다. 그러다 보니 결국 우리 아이 다국어에서 만들었던 오류처럼 뭐하나 제대로 된 결과가 없는 현실을 만들게 되는 것이다. 이 문제는 비단 나만의 것은 아닌 것 같다. 인터널 코치가 되어 코칭해 드린 많은 분들도 나와 비슷한 딜레마에 빠져있었다. 너무 많은 것들에 의미를 부여하고 각각을 열심히 하다 보니 정작 진짜 본인이 하고 싶은 일을 하기도 전에 지친다는 것이다. 좋아하는 일을 집중해서 하려면 우선 나에게 중요한 것이 무엇인지 그 일이 어떤 의미인지 왜 하고 싶은지를 먼저 정리해 봐야 한다. 그런데 너무 바쁜 일상에 익숙해지면 이런 생각을 정리하는 시간

마저도 사치라는 생각이 들 수 있다. 그리고 생각하는 노력마저도 버겁게 느껴진다. 이럴 때 코칭이 힘을 발휘한다. 코칭을 통해 나 자신을 알아보는 시간을 가져보자.

얼마 전 우리 딸아이가 학교 수업 시간에 기른 개운죽을 집에 가져왔다. 며칠이 지나도 잘 자라지 않아서 옆에 시들어가는 작은 잎 하나를 싹둑 잘라줬더니 그때부터 그 옆으로 연두색의 대나무 새잎들이 예쁘게 올라오기 시작했다. 신기했다. 가지치기는 버리는 것이 아니라 제대로 남기는 것이었다. 코칭을 통해 멀티태스킹의 유혹으로 분산된 불안감들을 가지 쳐서 가장 중요한 것을 제대로 남겨보자.

# 오직 지금 뿐

이현주

    고1 청소년과 꿈 이야기를 하고 있었다. 처음에는 잔잔한 목소리로 대화를 주고받다가 어느 순간 목소리 톤이 한 톤 높아진 것을 알아차릴 수 있었다. 오롯이 그 청소년에게 경청하고 집중했을 때 그 모습을 볼 수 있었고, 바로 질문을 했다. "너 목소리 톤이 한 톤 높아졌는데 그건 무슨 의미니?"라고 물어보자 조금 전과는 다르게 자신의 이야기를 신나게 하는 모습을 볼 수 있었다.

    상대방과 대화를 나눌 때 오롯이 경청하고 집중했을 때 겪을 수 있는 값진 경험이었다. 나에게 이 상황은 아주 귀한 경험이 되었다. 평소 대화를 나눌 때 상대방의 이야기를 주의 깊게 듣기보다는 대화를 이어나가기 위해 다음에 해야 할 말이 무엇인지에 대해 생각하고 대화를 나누었다. 그 이유는 대화 속에서 잠깐의 침묵도 불편했고, 뭔가 대화가 이어지는 것이 자연스러운 것으로 생각했기 때문이었다.

하지만 그렇게 하는 것이 얼마나 좋지 않은 습관이었는지 알게 되었다. 그리고 먼저 질문을 생각하지 않더라도 그 사람이 하는 이야기를 귀담아들었을 때 상대방이 이야기하는 그 이야기를 통해 질문할 수 있는 것이 생긴다는 사실이 참 신기했다.

그리고 코칭을 하며 다른 누구보다 나에게 참으로 많은 도움이 되기 시작했다. 나는 하루에도 여러 번의 마음의 변화를 경험한다. 그럴 때 누구에게도 말하지 못하는 상황 가운데 나에게 집중하여 나의 소리에 경청하고 집중할 때 해결되지 않을 것 같던 일들이 해결되어 짐을 경험했다. 그 순간 왜 화가 난 것인지? 그 사람에 대한 마음은 어떤지? 어떻게 해결하고자 하는지? 지금 나의 감정은 어떤지? 여러 가지를 묻고 그 질문에 답하며 나에게 오롯이 집중한다는 것이 참 매력적으로 다가왔다.

상대방의 생각과 감정에 너무나도 배려하고 생각하면서 정작 내 생각과 감정은 어디에 있는지 찾아볼 수 없었던 모습들이 떠올랐다. 일단 내 생각과 감정이 회복되면 그 뒤 다른 사람이 보이는 법인데 나는 순서가 바뀐 것이 아닌가?라는 생각을 하게 되었다.

아침에 일어나서 정리정돈, 이 닦기, 아침 먹기는 하지만 나의 마음은 어떻게 돌보았던가? 나는 아침에 일어나 나의 마음의 상태가 어떤지를 잘 파악하고 기분이 좋지 않다면 그 이유는 무엇이고 좋다면 그 이유는 무엇인지를 파악하기 시작했다. 그리고 고객과 함께 대화하듯이 나와도 즐겁게 대화하기 시작했을 때 오직 지금의 내 감정과 상태에 집중하고 나의 문제들을 하나씩 해결해 나가는 것을 볼 수 있었다. 해야 할 일이 너무나도 많은 날의 아침은 정말 기분이 좋지 않다는 사실, 그렇다면 해야 할 일들을 좀 더 나눠서 해나갈 수 있도록 해결한다면 어떨까? 상당히 기분 좋은 아침은 그날 내가 좋아하는 사람과 점심 약속이 있다는 사실, 이러한 하나하나의 데이터들을 통해 나는 어떤 날 기분이 좋고, 어떤 날 기분이 좋지 않고, 어떤 날 두려움을 느끼고, 어떤 날 마음이 불편함을 느낀다는 사실을 알게 되었다. 누구보다 나를 알아가는 것은 즐거움이자 행복이었다.

나는 다른 사람들의 평가에 아주 예민하고 민감한 편이다. 누군가의 표정에서 나에 대해 불편해하는 감정을 잘 알아차린다. 그리고 나는 모든 사람에게 좋은 평가를 받기를 원하던 사람이었다. 다른 사람들에게 듣는 나에 대해 좋지 않은 이야기는 나에게 정말 너무나도 큰 상처였다. 지금도 다른 사람들이 나를 평가하는 것을 들을 때 그 평가들에 대해 아무렇지 않게 웃어넘길 수는 없다. 하지만 이제는 안다. 모든 사람이 나를 좋아할 수는 없음을 그리고 나 또한 모든 사람을 좋아하지 않음을 알고 있다. 그러나 달라진 점은 나를 싫어하는 사람, 나를 친밀하게 느끼지 못하는 사람들이더라도 매 순간 오직 지금 그 관계에 있어 최선을 다하려고 한다는 점이다.

살다 보면 나의 마음에만 드는 사람이 존재하지 않는다. 하지만 세상은 혼자 살아갈 수 없기에 마음에 들지 않은 사람과도 일정 거리를 유지하며 살아가야 한다. 그렇기 위해 나는 한 사람과의 관계를 맺을 때 최대한 경청하고 집중하여 그 순간만큼은 그 사람에게 최선을 다하는 마음으로 대하기 위해 노력하려 한다. 코칭을 할 때 15분 30분 1시간 고객에게 최선을 다해 그 사람에게 관심과 호기심을 표현하고 판단하지 않으며 고객에게 온전히 집중함으로써 전체를 들으려 노력할 때 고객의 말이 들리기 시작하고 고객을 더 깊이 이해하게 되었다.

인생은 우리에게 한 번만 주어지는 귀한 삶이다. 그 귀한 하루하루를 살아가는 우리의 삶의 순간이 코칭의 순간처럼 살아간다면 어떨까? 사무실에서 일하면서 겪는 일 중에 집중해서 일하고 있을 때 누군가 말을 걸 때가 있다. 말을 거는 상대방은 분명 중요한 일을 하기 위해 대화를 요청하는 것인데 나는 빨리 대화를 끝내고 하던 일을 마저 하려고 대충대충 건성건성 누군가의 이야기를 듣고 대답했던 때가 많이 있었다. 그래서 상대방이 "오늘 기분이 좋지 않아요?"라고 물었던 적이 있었다. 이렇게 물어보면 대답은 해줄 수 있다. "기분은 좋은데 하던 일을 마저 해야 하다 보니 바빠서 그랬어요." 하지만 모든 사람이 나에게 물어보지는 않는다. 그렇다면 나는 누군가의 중요한 순간을 아쉽게, 안타깝게 좋지 않은 마음을 품게 흘려보냈을 수 있다.

그러나 내가 만나는 사람과의 대화에서 경청하고 그 순간을 집중하며 이야기를 나누었을 때 진정 변하는 것은 나 자신이었다. 나 자신이 변화하면서 상대방까지 바라볼 수 있는 마음의 여유가 생겨난 것 같다. 직업의 특성상 청년들과 많은 이야기를 나누어야 하는데 어떤 이야기를 나누어야 할지 고민이 많았고, 어려울 때가 있었는데 코칭을 만나며 편안함을 경험했다.

사람과 만나서 함께 대화하면서 에너지를 쏟아붓는 시간이어서 힘들다고 여겨졌는데, 지금은 힘듦보다는 대화를 나누고 보람이 느껴졌고, 이런 질문을 했다면 대화가 어떻게 흘러갔을까? 라며 흥미 있게 생각하고 있는 자신을 발견했다.

하지만 아직도 나는 대화 속에서 해야 할 말이 많아 상대방의 이야기를 끝까지 듣지 않고 나의 생각을 이야기하는 모습을 종종 본다. 그렇지만 이제는 알아차리기 시작했고, 무엇보다 오롯이 매 순간 한 사람을 만나 이야기를 나누는 것이 얼마나 귀하고, 중요한 일인지 깨닫게 되었다.

그리고 매번 나에게 물어본다. "오늘 대화를 통해 나는 누군가에게 어떤 사람으로 기억되겠는가?" 그리고 대답한다. 바쁘고, 정신없는 사람이기보다는 편안하고 따뜻한 사람이 되고 싶다고.

# 관심에서 시작된다

정봉영

하브루타 수업 코칭을 운영하고 있다. 수강자가 원하는 하브루타 수업을 계획하고 다른 참여자들과 함께 수업을 완성해가는 과정이다. 먼저 각자 계획안을 작성한다. 이를 토대로 참여자들과 수업계획안을 가지고 하브루타를 한다. 다양한 생각과 지혜를 모이니 깊은 배움이 일어났다. 수업을 진행하며 느낀 것은 수강자가 자신이 무엇을 원하는지 알아야 끝까지 포기하지 않고 수업을 만족스럽게 완성한다는 것이다. 초창기 수업 구성 자체가 어려운 분들은 일대일로 하나하나 알려드리기도 했다. 동기부여받고 잘 풀어나가기도 하지만 의존성이 높아지기도 했다. 과정을 마친 후 스스로 피드백 시간을 가졌다. 최선을 다해서 새벽까지 코칭을 진행했고 평가도 좋았는데 왜 만족스럽지 못할까? 그 와중에 만난 인터널 코칭 과정은 고민에 대한 답을 찾도록 도와주었다. 코치의 역할은 모든 사람 각자가 자신의 답을 가지고 있다는 전제를 가지고 '나답게' 풀어갈 수 있도록 돕는 것이다. 만족하지 못한 수업을 돌아보니 수강자들이 힘들어하는 모습을 볼 때 도와주어야 한다는 생각이 앞섰다. 스스로 할 수 있는 존재임을 믿어주고 격려하는 것이 내 역할인데 어쩌면 좀 더 쉬운 방법을 찾은 것 같다. 코치는 고객이 원하는 것을 주는 사람이 아니다. 스스로 원하는 것을 발견할 수 있도록 강력하게 질문하고 다양한 관점에서 보게 하는 역할을 해야 한다. 고객이 자신만의 답을 찾아가기 위해서 코치는 고객의 관심이 어디에 있는지 잘 알아야 한다. 고객의 관심으로부터 코칭이 시작된다.

가족과 함께 장을 보는데 남편의 눈이 포도 젤리에 멈춘다. 이리저리 돌려보는 남편, 딸은 "엄청 단데". 나는 "먹고 싶으면 하나 사요" 지나가며 얘기했다. 평소엔 "아니야." 했을 남편이다. 하지만 이날 남편은 심혈을 기울여 한 봉지 샀다. 남편이 먹어보라고 건넸다. 오랜만에 먹으니 맛있다. 아껴먹는 남편 호로록 먹는 아내. 건강을 위해 안 먹으면 더 좋으니까 남편의 시선이 머물러도 지나쳤다. 피곤한 하루를 보낸 남편은 쉬고 싶다. 그런데 집에는 딸아이 방에 넣을 5단 서랍장이 두 개나 도착해 있었다. 아빠의 기분을 잘 살피면 좋으련만 딸은 아빠의 고단함을 알지 못했다. 아빠는 서운한 마음에 방으로 들어갔다. 딸도 실망하며 방문을 닫았다. 둘이 해결하라고 나도 방으로 들어가려다 멈춘다. 평소엔 시간이라는 약을 기다렸는데 하루 마무리를 이렇게 끝내고 싶지 않았다. 좀 더 좋은 방법은 뭐가 있을까? 분명 주문할 때만 해도 다들 설렜는데 남편이 힘을 낼 수 있도록 어떻게 하면 좋을까? 딸과 좋은 시간을 보내려면? 고민하다가 포도 젤리를 바라보던 남편의 시선이 떠올랐다. 신발 신고 바로 마트로 출동했다. 고단한 남편이 좋아할 만한 군것질거리를 오랜만에 샀다. 돌아오는 길에 딸이 좋아하는 빵도 사 왔다. 그리고 두 사람이 나오길 기다렸다. 바스락 비닐 소리에 남편이 나왔다. 간식을 보고 표정이 밝아졌다. 딸도 일어나 좋아하는 빵을 보더니 웃는다. 고마운 사람들. 딸은 어느덧 아빠 옆에 붙어 앉아 서랍장을 조립하기 시작했다. 아빠는 설명해주고 딸은 아빠 따라 척척 서랍을 만들었다. 딸과 아빠는 묻고 답하고 칭찬하고 격려하며 빠르게 서랍장을 완성해갔다. 서로가 느끼는 뿌듯함, 대견함, 고마움에 행복하다.

남편의 시선에서 그의 관심을 읽는다는 것, 쉽지 않은 일이다. 더군다나 처음 만나는 고객의 시선과 몸 말에서 고객의 관심을 읽는다는 것은 어려운 일이다. 하지만 이 낯섦 속에서 한 사람을 만나는 것은 내 삶을 새롭게 열어주는 시간이라고 말하고 싶다. 코치로서 고객의 문제가 해결되기를 진심으로 바란다. 고객의 문제가 잘 해결되도록 무엇을 질문해야 할지 그에 관한 모든 것을 호기심과 관심으로 바라본다. 두근두근 코칭이 시작됐다.

수업에서 아이들 의견을 정리해서 말해 줄 때가 있다. 선생님이 잘 이해했을까? 물어보면 아니라고 하는 경우가 있다. 내가 생각했던 것과 그 아이가 생각했던 게 다른 것이다. 배경 지식이 다르고 경험이 다르다. 그래서 묻지 않고 정확히 이해했는지 알 수 없다. 물어야 하고 그 아이만의 답을 들어야 한다. 그 아이와 나는 생각과 언어가 다르다. 고객 또한 마찬가지다. 고객이 말하지 않는 내면의 욕구를 발견하려면(진정으로 원하는 게 무엇인지 내면의 욕구를 파악하려면) 내 기준을 내려놓아야 한다. 있는 그대로 호기심을 가지고 들어야 들린다. 사람들은 적극적으로 들어주는 누군가와 자신의 삶을 이야기 나누고 싶어 한다. 있는 그대로 수용하기, 존재 자체를 믿어주기, 가진 자원들이 무엇인지 발견하도록 돕기. 이것이 코칭이다. 코치의 할 일은 고객 스스로 해결방법을 찾을 수 있도록 시선을 맞추는 것이다.

의사소통할 때 말(단어)로 전달되는 것은 7%, 비언어적인 몸짓, 어조, 표정 등 일명 몸 말로 전달되는 것은 무려 93%라고 한다. 고객이 전달하고자 하는 내용은 말, 표정과 몸짓, 눈빛 등을 전체적으로 살펴야 함을 알 수 있다. 진심으로 알고 싶은 관심을 가지고 그의 시선을 따라가면 고객의 문제를 해결할 수 있는 중요한 열쇠를 놓치지 않을 수 있다. 고객의 내면을 알아차리지 못하면 겉핥는 코치에 그치지만 고객에게 온전하게 관심을 기울이면 고객의 내면과 연결될 수 있다.

# 2-4

# 다르게 보는 힘

조소연

　코칭을 할 때는 상대방을 '다르게' 볼 수 있어야 합니다. 다르게 본다는 것은 어떤 의미일까요? 의자가 있습니다. 의자의 뒷면을 봅니다. 등판과 뒤편 다리 두 개가 보이고, 어슴푸레 앞의 두 다리가 보입니다. 위에서 내려다봅니다. 의자 다리는 잘 안 보이고 좌판만 보입니다. 의자를 앞에서 봅니다. 등받이, 앞다리 두 개와 좌판 일부가 보입니다. 다르게 본다는 것은 이런 것입니다. 보는 방향을 달리하는 것입니다. 사람을 볼 때도 똑같이 적용합니다. 사람도 보는 방향에 따라, 보는 상황에 따라 다르게 보일 것이니까요. 잡음이 가득한 환경에서 나의 귀를 닫습니다. 상대방에게 집중합니다. 상대방을 여러 관점으로 보도록, 내 시선의 방향을 여러 방향으로 돌려 봅니다.

8년 전입니다. 은우는 중학교 3학년 학생이었습니다. 첫날부터 눈에 띄는 아이였습니다. 거친 말, 거친 행동을 마구 뱉어냈습니다. 학급 아이들을 불편하게 만드는 아이였습니다. 많은 아이가 은우를 꺼리는 눈치였습니다. 은우가 펜이라도 빌려달라고 부르면 싫어하는 기색들이 보였습니다. 5월이었습니다. 아이들끼리 익숙하게 지낼 만큼 시간이 지난 것 같은데…. 은우의 행동은 여전히 거칠었고, 친구들은 여전히 못마땅해했습니다. 잘못된 행동과 버릇없는 태도를 꾸짖어 보기도 하고 소리도 치고 어르기도 했지만, 은우의 행동은 좀처럼 나아지지 않았습니다. 친구들을 불편하게 했고 수업 방해가 심했습니다. 결국, 부모님에게 연락하게 되었습니다. 그러고 나서…. 학교에서 볼 수 없었던 은우의 모습을 알게 되었습니다. 할머니, 아버지와 셋이 사는 은우. '저 엄마 없어요.'라고 장난처럼 이야기하던 은우. 일하느라 힘드신 할머니를 위해, 저녁이면 할머니의 어깨를 주물러 드린다는 은우를 알게 되었습니다. 태어나면서 엄마를 잃어 은우가 버릇이 없다며 죄송하다고 말씀하시는 은우 아버지. 사는 게 쉽지 않음을 이야기합니다. 그랬습니다. 은우는 친구들과 관계 맺고 싶었던 것 같습니다. 속마음은 친구를 사귀고 싶었던 것입니다. 하지만 친구를 사귀는 방법을 몰랐던 것입니다. 또래 사이에서 관계를 어떻게 맺어야 하는지 익히지 못한 것일지도 모릅니다. 어른들을 대하는 적절한 태도를 몸으로 익히지 못한 것일지도 모릅니다. 집에서 공부를 봐주는 사람이 없어 공부에 관한 관심이 덜 한 것일지도 모릅니다. 그러나 은우는 몸이 튼튼하고 행동이 민첩했습니다. 태권도뿐 아니라 운동하는 것을 특히 좋아했습니다.

"은우야, 너 태권도하는 자세가 참 멋지다. 사진을 보니 발차기도 진짜 높이 차던데."

"선생님, 저는 경호원이 될 거예요. 대통령 경호를 하고 싶어요. 저 돈도 진짜 많이 벌 거예요. 아마 텔레비전에 나올지도 몰라요."

은우는 꿈이 있는 아이였습니다. 은우는 할머니 생각, 아버지 생각하는 마음 착한 아이였고, 운동을 잘하고 몸이 다부진 아이였습니다. 여러 운동을 두루 잘하는 아이였습니다. 오히려 하고 싶은 꿈이 있는 진취적인 아이였습니다. 어른들과의 관계, 친구들과의 관계를 맺는 방법들에 관해 아이와 이야기를 했습니다. 다른 사람의 처지에서 생각해보는 연습을 같이했습니다. 아이를 다른 시각으로 보기 위해, 대화를 열기 위해, 장소를 달리 해 보았습니다. 떡볶이집도 가고, 햄버거 가게도 갔습니다.

작은 것일지라도 칭찬하고 격려했습니다. 그렇게 은우는 무사히 학교를 마쳤습니다.

어쩌면 '다르게' 보는 것은 그 사람의 '있는 그대로의 모습'을 보는 것입니다.

5년 전, 에어로빅 새벽반에서 미연 형님을 알게 되었습니다. 아홉 살, 여섯 살 남매를 키우고 있다 했습니다. 미연 형님은 매우 적극적이고 활달하며 활력이 넘치는 사람이었습니다. 학교 도서관과 지역 도서관에서 인형극, 동화 구연 등 여러 가지 어린이 프로그램을 맡아하고 있었습니다. 누가 보아도 정말 활기 있고 열정이 넘치는 멋진 분이었습니다. 그러던 어느 때에 미연 형님이 며칠 동안 통 보이지 않았습니다. 운동도 안 나오고, 아파트 커피숍에도 안 보입니다. 수영장에도 없고, 떡집에도 없습니다. 무슨 일이 있나? 마침 놀이터에서 미연 형님의 아이들이 저희끼리 놀고 있길래 물었습니다.

"엄마가 며칠 안 보이시네. 별일 없으시니?"

"엄마 집에 누워 있는데요." 여섯 살 둘째가 대답합니다.

'무슨 일이 있구나!' 전화를 겁니다.

"미연 형님, 카페로 나오세요. 며칠 얼굴 보이지 않아 궁금해서요. 누워 있다고요? 나와요, 나와. 나다녀야 하는 사람이 그러고 있으면 병나요!"

안 나온다는 미연 형님을 아파트 커피숍으로 불러냅니다. 그리고 커피 한잔을 내밀었습니다. 한두 마디 나누는데 벌써 눈물이 뚝뚝 떨어집니다. 얼굴이 좋지 않습니다. 남편과의 말다툼 속에서 무시당하는 말, 자존심을 상하게 하는 말들을 많이 들었다 합니다. 그러고 나서 우울과 무기력이 찾아왔다고 합니다. 어쩌다 있는 일이라 합니다.

"형님은 참 에너지 있고 열정적인 사람입니다. 재미있고 유쾌하고 정도 많잖아요. 분위기를 화기애애하게 만들어 주는 사람입니다. 동화구연도 잘하고, 인형극 하는 것도 아주 멋지세요. 민수와 보경이가 똑똑하고 예쁘게 잘 자라는 것도 다 형님이 힘차게 사시니 그런 겁니다. 밥 안 먹어도 배부를 것 같아요."

미연 형님과는 그 후로 매일 새벽에 같이 공원을 걸었습니다. 주기적으로 책을 읽고 모임을 했습니다. 그리고 많은 이야기를 나누었습니다. 미연 형님은 마음 여린, 그러나 열정과 사랑이 넘치는 그런 분이었습니다. 삶의 기쁨과 자신감은 이미 그 사람 속에 있었습니다. 발견을 못 했거나 깨닫지 못했을 뿐입니다.


겉으로 드러나는 모습으로 문제를 해석해서는 안 됩니다. 투박한 번데기 속에서 한참의 시간을 보내야 그 속에 있던 나비가 밖으로 나타납니다. 속에 나비가 있는데, 겉모습만 보고 판단해서는 안 됩니다. 속의 것을 들여다볼 줄 아는 눈, 본질을 보는 힘이 필요합니다. 나 자신을 좀 더 내려놓고 상대를 다르게 볼 수 있어야 합니다. 내 자아가 크면 상대방의 눈높이로 시선을 낮추어 여러 시각으로 들여다보기가 힘들어지니까요. 누구나 자기가 보고 싶은 것을 보고, 듣고 싶은 것을 듣는다고 합니다. 그래서 코치는 의식적으로 현재 보고 있는 것을 여러 관점에서 봐야 합니다. 드러난 현상이 진실이 아닐 수도 있다는 생각, 마음의 눈으로 상대를 보는 힘, 나의 처지를 달리하고 내 관점을 상대의 눈높이에 맞추는 일, 그런 것들이 코칭을 하는 데 꼭 필요한 부분이 아닐까요? 문제를 해결하기 위한 정답은 하나가 아니라는 사실을 믿는 힘. 다양한 관점이 필요함을 믿는 힘. 그 힘이 인터널 코칭의 핵심입니다.

# 질문하는 습관

박희숙

1970년대에 태어난 세대로 주입식 교육을 받았다. 그래서 중, 고등학교 시절 수업 시간에 질문을 한다는 것은 내게는 상상하기 어려운 일이었다. 그것은 선생님께서 말씀하고 계시는데 감히 내가 수업의 흐름을 끊는 일이었고, 선생님이 질문이 있냐고 물으셔도 혹시 나만 모르는 거 아닌지에 대한 불안감으로 나뿐 아니라 어느 누구 하나 질문을 하지 못했다. 그렇게 자라다 보니, 질문을 상대방에게 하는 것도 어색하고 심지어 나 자신에게 질문을 한다는 것은 생각하기 어려웠다. 그러므로 질문을 하는 습관을 기르거나 가지지 못했다.

하지만 직장생활을 하면서 일을 진행해 나가기 위한 여러 가지 단계들에서 꼭 확인해야 할 점들이 있었다. 그런 것들을 미리 생각해놨다가 담당자에게 질문을 통해 확인했고, 가끔은 그런 질문을 던지는 내게 상대편에서 예리하고 꼼꼼하다는 말들도 해주었다. 그 뒤로도 질문을 하지 않으면 어떤 때는 업체에서 어물쩍 넘어가기도 하고 그렇게 간과했던 부분들이 눈덩이처럼 커져서 나중에 큰일이 되기도 하였다. 일이 터지고서는 그때 왜 물어보고 확인하지 않았느냐는 담당자인 나에 대한 질책으로 돌아와서 더 꼼꼼히 질문을 통해 거듭 확인을 하게 되었다. 그러면서 질문하는 습관을 가지게 되었다.

그리고 직장 생활과 업무를 잘하기 위해 읽었던 자기 계발서에서 공통적으로 질문의 중요성에 대해 강조하는 내용을 보면서 '질문이란 좋은 것이구나.' 그리고 적절한 시기에 나 자신에게 던지는 질문은 나를 올바른 방향으로 가게 하고, 성장, 발전하게 하는 것이란 것을 깨달았다.

소크라테스는 믿기지 않겠지만, 인간이 지닌 최고의 탁월함은 자기 자신과 타인에게 질문하는 능력이라고 말했다. 질문을 함으로써 상대편에게서 나오는 지식을 얻을 수 있고 (이건 특히 강연장 질문을 함으로써 한 번 더 생각하게 되거나, 더 깊이 그 문제의 본질로 들어가게 한다. 그렇게 의식의 확장을 일으키고, 본질적인 문제로 들어가다 보면 통찰이란 걸 얻게 되면서 그 문제의 표면적으로 보이는 문제점에서 벗어나 본질적인 문제의 해결이 이루어진다.

예를 들면 실제 코칭을 했을 때, 고객이 매일매일 계획을 세워 데드라인에 일을 마치는 것에 관해 이야기할 때, 코칭의 주제를 파악하기 위해 몇 가지 질문을 하자 실제적인 고객의 문제는 계획 세우기가 아니라 계획이 실천이 안 되는 부분이었다. 그래서 중간에 코칭 주제를 변경하고 꾸준히 실천하기 위한 내용들로 질문을 하고, 실제적이고 구체적인 방안들을 세울 수 있었다.

이처럼 질문을 고객에게 던지는 것은 고객이 한 번 더 주제에 대해 본질적으로 고민을 하게 하고, 좋은 질문의 경우 고객의 의식을 확장해 본질적인 문제에 접근하게 해주는 좋은 도구이다.

평소에 질문을 하는 것에 익숙하지 않은 분들에게는 5Why 기법을 소개해 드리고 싶다. 예전에는 나 자신에게 질문을 한다는 것이 어색해서 이 기법을 이용했다.

5Why 기법은 '왜?'라는 질문을 연속적으로 5번 던지는 것을 말한다. 5번의 질문으로도 부족하면 6번, 7번, 질문을 계속하는 방식이다. 예시를 들면 다음과 같다.

토머스 제퍼슨 기념관의 대리석 벽이 빠른 속도로 부식되고 있다. 전체 대리석을 교체 수리하려면 많은 시간과 비용을 들여야 한다. 교체가 근본적인 문제 해결인가?

1차 Why : 왜 벽이 심하게 부식되는 걸까?

→ 벽을 청소할 때 세제를 사용한다.

2차 Why : 왜 관리 직원들은 세제를 사용하는 걸까?

→ 비둘기들이 몰려와 배설물이 쌓여 세제를 사용한다.

3차 Why : 왜 비둘기들이 몰려오는 걸까?

→ 이곳에 많은 거미들을 잡아먹기 위해서이다.

4차 Why : 왜 이곳에 거미들이 많을까?

→ 많은 나방들을 잡아먹기 위해서이다.

5차 Why : 왜 나방들이 많이 생기는 걸까?

→ 주변보다 먼저 불을 켜서 나방들이 많이 모인다.

➡ 문제의 근본적인 원인 : 기념관 벽의 빠른 훼손은 기념관의 조명을 주변보다 빠른 시간에 켜기 때문이다

➡ 문제 해결 : 기존보다 2시간 늦은 시간에 조명을 켠다.

이렇게 사회생활을 하면서 질문이란 꼭 필요한 부분이고 없어서는 안 되며 좋은 것이란 인식이 생겼는데 코치 수업을 들으면서 무엇보다 고객의 자원을 끌어내기 위해서 적극적 경청을 하고 좋은 질문을 던지는 과정이 필수적인 요소임을 알게 되었을 때 코치라는 직업은 또 한 번 내게 매력적으로 다가왔다. 그래서 요즘은 좋은 질문을 하기 위해 질문에 관한 책을 읽거나 질문 개발에 집중하고 있다.

적극적 경청이란 고객이 말하는 것과 말하지 않는 것에 집중하고, 고객의 욕구를 헤아리고, 고객의 자기표현을 지원할 수 있는 능력이다.

그리고 고객의 주제 탐구 부분에서 고객에게 그 주제가 가지는 의미나 계기를 물어보고, 그 주제에 대한 고객의 현재 상태와 나아가고자 하는 상태에 대해 질문을 하며, 그 주제를 해결하기 위한 또는 그 주제로 나아가기 위한 고객 안에 답을 찾고자 질문을 한다.

나의 경우에도 코칭 실습을 할 때, 상대 코치가 해주셨던 질문들이 그 문제에 대해 다시 생각해보게 되는 계기가 되었고, 계속되는 질문에 더 깊이 생각하게 되면서 내 안의 자원들을 끄집어낼 수 있었다.

　보통 주제의 해결책에 대해 3–5번 정도의 질문을 하는데 상대 코치가 "더 생각나는 게 있을 실까요?"나 "한 가지 더 생각해 보신다면요?"란 질문을 듣고 4번째나 5번째 떠올렸던 생각들은 나도 미처 인지하지 못했던 나의 자원들이었다. 4번째, 5번째 생각의 자원들은 이미 해결점이거나 해결로 가기 위한 매우 유용한 방법이었던 것이다.

　그저 "또 무엇이 있을까요?"라고 물어만 주었는데 말이다.


　그리고 주제 합의의 시간에도 코치님들이 해주시는 다양한 각도의 질문들은 의식의 확장을 일으켜 내가 인지하지 못했던 그 고민이 가진 본질적인 문제점에 도달하게 한다.

　질문의 힘의 대단함을 느낀 순간들이었다. 이러한 질문의 힘을 다른 분들에게도 느껴보게 하고 싶은 마음이 코칭 역량을 키우는 원동력이 되는 것 같다. 앞으로 좋은 질문으로 고객님을 올바른 방향으로 나아가게 하고, 나 자신에게도 셀프 질문을 통해 고객과 함께 성장하는 코치를 꿈꿔본다.

# 내면의 힘을 깨우는 코칭 도구, 버츄 카드

석윤희

"당신의 꿈은 무엇인가요?"

저의 10대와 20대를 돌이켜 생각해 보았을 때, 이 질문에 대해 진지하게 생각해본 적이 없었음을 고백합니다. 결혼 후에는 어린 두 아이를 돌보느라 저의 꿈에 대해 생각해볼 여유가 없었습니다. 이렇게 지내던 2012년, 아이를 잘 키우고 싶은 마음에 처음으로 부모 교육 강의를 들었습니다. 이 교육을 통해 저는 아이와의 관계뿐만 아니라 남편과의 관계도 좋아지는 것을 경험했습니다. 무엇보다 새로운 것을 배운다는 것 자체가 참 좋았습니다. 그래서 부모 교육 강의에 계속 참여했습니다. 그리고 이 분야에 대해 더 전문적으로 배울 수 있다는 강사님의 추천에

'부모 교육 강사 양성과정'에 참여했습니다. 그리고 이 과정이 끝난 후, 자연스럽게 부모 교육 강사가 되었습니다.

부모 교육 강사가 된 이후에도 배움의 영역을 넓혀 갔습니다. 그러자 강의 분야와 강의 대상도 다양해졌습니다. 그러나 그때까지도 저의 '꿈'에 대해 진지하게 생각해본 적은 없었습니다. 이랬던 제가 청소년 진로 교육 강사로 활동하기 시작하면서 저의 꿈에 대해 생각해보기 시작했습니다. 청소년 진로 강의에 핵심 주제는 '꿈'입니다. "여러분의 꿈은 무엇인가요?", "여러분은 꿈을 이루기 위해서 무엇을 하고 있나요?" 이와 같은 질문들을 어느 순간부터 제 자신에게 하고 있었던 것입니다.

"너의 꿈은 뭐니?"

제 자신에게 물어보았습니다. 저는 부모에게는 '유익한 내용의 강의를 통해 자녀 교육에 도움이 되고, 더 나아가 행복한 가정을 이루는 데 도움이 되는 강사'가 되고 싶었습니다. 그리고 청소년에게는 '자신의 진로를 찾고 싶어 하는 청소년들이 그들의 진로를 발견할 수 있도록 돕는 좋은 멘토'가 되고 싶었습니다. 이렇게 저의 꿈이 무엇인지 명확해지자 그들에게 도움을 주는데 제가 해야 할 역할과 방법에 대해 진지하게 생각해 보았습니다.

그리고 저의 강의 내용과 방식에 대해 점검하기 시작했습니다.

　　강의는 강사가 전달할 내용을 잘 설명하여 가르쳐주는 방식입니다. 저 역시 제가 전달할 내용을 어떻게 하면 잘 설명할 수 있을까에 집중하는 강의를 오랫동안 해왔습니다. 잘 정리해서 알려주는 것이 강사의 의무이자 역할이라고 생각했기 때문입니다. 하지만 조금씩 변화가 생기기 시작했습니다. 달라질 수 있었던 이유는 강사로서 제가 진짜 해야 할 역할에 대해 진지하게 고민했기 때문입니다. '잘 알려주어야 한다'는 강박에서 벗어나니 저의 강의에 대해 좀 더 객관적으로 생각해 볼 수 있었습니다. 우리는 이미 수많은 매체, 특히 유튜브와 다양한 강의 플랫폼, 책을 통해 자신이 원하는 양질의 정보를 얻을 수 있습니다. 저에게 강의를 들으러 오시는 분들도 마찬가지입니다. 자녀와 잘 소통하는 방법을 알고 싶다면 '자녀와 잘 소통하는 방법'이라고 인터넷에 검색하면 수많은 강의와 기사, 책들을 검색해 그 방법을 알아볼 수 있습니다. 제가 요즘 강의하는 시간 관리도 마찬가지입니다. 제가 아니더라도 수많은 리더십 강사, 시간 관리 전문 강사들이 오프라인과 온라인 강의에서 시간 관리 방법을 알려줍니다. 괜찮은 자기 계발서 한두 권만 잘 읽어보아도 정보를 얻을 수 있습니다. 여기에 생각이 미치자 '나는 어떤 강의를 어떤 방법으로 해야 하는가?'라는 질문에 마주하게 되었습니다.

여기서 제가 찾은 방법은 질문과 경청, 그리고 피드백이 핵심 기술인 코칭을 접목한 강의였습니다. 그동안 강의 첫날이면 수강자에게 의례적으로 물어왔던 "이 강의를 통해 얻고 싶은 것이 무엇인가요?"라는 질문은 이제 제 강의의 방향을 이끌어가는 핵심 질문이 되었습니다. 그리고 이 질문에 대한 수강자의 대답에 경청하고 피드백을 하는 것이 가장 중요한 부분이 되었습니다. 그래야 수강자와 진심으로 소통할 수 있기 때문입니다. 그런데 이 과정에서 제가 발견한 것이 있습니다. 대부분 수강자들은 자신이 해결하고 싶은 문제에 대한 답을 알고 있다는 것입니다. 하지만 그것을 깨닫고 자신의 문제를 해결하는 데 오래 걸렸습니다. 그래서 저는 누구나 해결하고 싶은 문제의 근원(내적 욕구 혹은 동기)이 무엇이고, 자신에게 그것을 해결하는 내면의 힘이 있음을 알려 주고 싶었습니다. 이런 고민 끝에 찾아낸 것이 '버츄 카드'였습니다.

버츄 카드는 UN에서 인정한 인성 연마 프로그램인 버츄 프로젝트에서 개발한 인성교육 도구입니다. 감사, 배려, 용기, 존중, 협력 등 전 세계 모든 문화권에서 소중하게 여겨지는 많은 미덕 가운데 52개의 미덕을 선발해 담고 있습니다. 이 미덕의 언어에 푹 빠진 저는 이 미덕 단어들을 제 삶에 적용하고 싶어 2021년 1월, 매일 버츄카드 한 개를 필사하기 시작했습니다. 버츄 카드에 담긴 내용을 통해 저는 일상에서 마주치는 어려움을 새로운 배움의 기회로 삼을 수 있었습니다. 실수를 두려워하지 않고 실수로부터 배울 수 있는 용기를 얻을 수 있었습니다. 도움이 필요할 땐 요청할 수 있는 사람이 되었습니다. 그리고 제가 누리는 모든 것에 감사한 마음을 갖게 되었습니다. 특히 제 삶을 이끌어가는 핵심 가치를 발견한 것은 정말 큰 선물이었습니다.

"당신의 삶을 이끌어가고 있는 핵심 가치는 무엇인가요?"
버츄 카드를 알게 된 지 얼마 되지 않았을 때, 저는 목적의식, 열정, 예의를 저의 상위 핵심 가치로 선택했습니다. 그러나 1년 이상 꾸준히 버츄 카드를 필사하고, 코칭을 강의에 녹여내기 시작하고, 인터널 코칭을 하는 과정에서 저의 상위 핵심 가치에 변화가 생겼습니다. 존중, 화합, 협력 등이 상위 핵심 가치로 자리 잡은 것입니다. '나' 중심의 핵심 가치가 '우리', '공동체'로 확장되면서 시도한 것이 두 가지가 있습니다. 첫째, 강의 첫 시간에는 늘 자신이 중요하게 생각하는 삶의 가치를 버츄 카드의 미덕 단어에서 찾아보도록 합니다. 청소년들의 경우, 수업 중에 서로 지켜야 할 미덕은 무엇인지 52개의 미덕 단어에서 찾아보게 합니다. "선생님의 이야기에 집중하고 다른 친구의 말에 경청해 주세요."라고 제가 말하는 대신, 청소년들이 수업 중 지켜야 할 규칙을 스스로 찾아보도록 합니다. 이렇게 하는 것이 훨씬 효과적임을 느꼈습니다. 둘째, 버츄 카드를 함께 필사하는 모임을 만들었습니다. 2021년에 이어 2022년에도 함께 버츄 카드 필사를 하고 인증함으로써 내면의 힘을 깨우는 핵심 도구인 미덕을 계속 필사할 수 있도록 돕고 있습니다. 그리고 소감 나눔 시간을 통해 필사를 통해 변화한 점, 도움이 필요한 점을 나누고 있습니다.

내면의 힘을 깨우는 코칭 도구, 버츄 카드!

그동안 1년 이상의 꾸준한 필사와 성찰로 내면의 힘을 키워왔습니다. 지금은 코칭으로 만나는 모든 분이 내면의 힘을 발견하고 키울 수 있도록 버츄 카드를 활용해 도움을 드리고 있습니다. 함께하는 분들의 이야기에 경청하고 집중하여 그들 스스로 자신 내면에 있는 보석인 내면의 힘을 찾아가는데 길잡이가 되는 코치로 함께 하겠습니다.

# 창의력은 어디에서 비롯되는가

서성미

　15년 근무한 조직문화가 코로나 팬데믹 이후 급속하게 바뀌었다는 것을 피부로 체감하고 있습니다. 창의적 문제 해결의 중요성이 강조되다 보니 수직적 계급 문화도 수평적 파트너십으로 바뀌고 있습니다. 직책으로 불리던 호칭도 매니저로 통일되었습니다. 기존의 축적된 경험과 노하우가 새로운 장비와 시스템 앞에서 더 유용하지 않게 되었습니다. 급변하는 세상에 적응하고 변화를 주도하려면 창의적인 문제 해결 역량을 요구받고 있습니다. 리더십에도 변화를 요구하고 있습니다. 조직 구성원들과 같은 눈높이에서 문제에 관한 탐구와 해결 방안을 찾는 코치형 리더십이 요구되고 있습니다.

성격유형 검사, 강점 진단 검사 결과 저는 사고의 유연함과 민첩한 적응력, 아이디어 발상에 강점이 있다는 것을 파악했습니다. 반복되는 일보다 새로운 일을 기획하는 것을 좋아합니다. 색다른 방법, 새로운 시도는 어려서부터 형성되었습니다. 초등학교 3학년 당번이었을 때 일입니다. 당번은 쉬는 시간마다 칠판청소를 했습니다. 수업시간마다 선생님들께서 돌아가며 칭찬을 해 주셨던 기억이 떠오릅니다. 판서된 칠판을 닦고 물걸레로 분필 가루받이를 닦아냈습니다. 그런 뒤 새 분필을 놓을 때 가로로 눕혀 두는 것이 아닌 칠판에 45도 각도로 비스듬히 세워뒀습니다. 선생님께서 분필 쥐기 좋은 모양으로 두었던 것입니다. 같은 일을 해도 새로운 방법을 시도하는 성향이 어려서부터 있었다고 생각되는 사건입니다. 창의력이 단순히 머리가 비상하고 재치 있어 튀어나오는 것이 아니라 사람과 사물에 관한 관심과 애정이 먼저구나라는 생각도 듭니다. 제가 사용하는 창의력을 키우는 방법 3가지를 소개해 드리겠습니다.

첫째, 코칭에서 중요한 요소인 질문은 창의력을 키우는데 마중물 역할을 합니다. 관점 전환 질문은 창의적 발상을 돕습니다. 고객이 문제를 보던 시각, 관점을 새로운 차원으로 볼 수 있게 해 줍니다. 예를 들면 시간의 축을 현재가 아닌 미래로 보내버리는 것도 관점 전환 질문 중 하나입니다. 이슈가 다 해결되어 기대 이상으로 만족한 내가 되어 지금의 상황을 바라보는 것도 관점 전환 방법입니다. 자기 계발 교육에서 비전 보드, 미래일기, 꿈 리스트 등의 활동을 하는 것도 같은 원리입니다. 일본 경영컨설턴트로 유명한 간다 마사노리의 〈스토리씽킹〉이라는 책에 퓨처 매핑이라는 도구를 소개합니다. 코칭에서 다루는 대화 프로세스와 유사한 면이 있습니다. 코칭 주제가 갖는 의미와 코칭 주제가 이상적으로 해결된 상황을 이미지와 스토리로 풀어냅니다. 현재와 원하는 모습 사이의 간극을 줄이기 위한 대안 탐색 또한 스토리로 풀어냅니다. 코칭기법이 담긴 창의적 아이디어 발산 도구로 추천해 드립니다.

둘째, 익숙한 것을 낯설게 하기입니다. 여행이 대표적인 익숙함을 낯설게 하는 방법입니다. 굳이 시간과 비용을 들이지 않더라도 여유만 있다면 늘 다니던 익숙한 길 대신 다른 경로로 목적지에 가본다든지 차를 두고 대중교통을 이용해 보는 것도 일상에 낯선 충격을 주는 방법입니다. 익숙한 풍경도 다르게 보이고 생각하지 못했던 불편함이나 예상외로 좋은 점도 발견할 수 있습니다. 가끔 이런 낯선 충격이 색다른 아이디어의 조합을 이끌거나 생각해 보지 못한 발상을 떠올리게 합니다. 코칭 대화에서 사물에 빗대어 생각해 보거나 다른 사람의 관점에서 질문하기도 합니다. 예를 들면 "지금 주위를 한번 둘러보시고, 눈길을 사로잡은 사물을 하나 말씀해 주시겠어요?"라고 질문한 뒤, "그 사물은 지금 고객님께 어떤 이야기를 들려줄까요?"라는 질문으로 관점 전환 질문을 합니다. 이런 생뚱맞은 질문을 들으면 생각지도 못한 것을 떠올리게 됩니다. 본인 내부에 가지고 있던 해답을 끄집어내는 순간입니다.

마지막으로 무의식의 활용입니다. 관점 전환을 위한 의식적인 활동을 했음에도 불구하고 더 이상 떠오르는 방법이 없을 때, 질문에 대한 답을 찾으려 생각을 쥐어 짜내기보다 잠시 잊어버리는 것입니다. 잠재의식에 미션을 주고 잊어버리는 것입니다. 우연히 샤워하다, 산책하다, 수다 떨다, 비몽사몽 잠에 취했을 때 문득 설루션('solution'의 올바른 한글 표기)이 떠오를 때가 있습니다. 잠재의식의 도움을 기다리기엔 시간이 부족할 땐 여러 가지 문제 해결 아이디어 중에 우선순위를 뽑고 실행에 옮긴 뒤 피드백해서 개선해 나가는 것도 방법입니다. 시간을 두고 고민해야 하는 문제라면 엄청난 잠재력을 가지고 있는 잠재의식 활용을 추천해 드립니다.

코로나 펜데믹과 같은 상상하지 못한 현실을 살아내야 하는 것처럼 앞으로도 창의적인 문제 해결 능력을 요구하는 일들이 펼쳐질 것입니다. 창의력이 필요한 순간 관점 전환 질문 던지기, 일상 낯설게 하기, 잠재의식 활용하기를 떠올려 보시기 바랍니다. 시급을 다툴 때는 검색이 도움이 됩니다. 하늘 아래 새로운 것은 없다. 많이 찾아보고 강제 연결, 분해, 재조합으로 실마리를 찾아야 합니다. 끈기 있게 매달릴 만큼 열정을 쏟은 문제라면 그 노력이 분명 나를 이전보다 훌륭한 사람으로 만들어줄 것입니다. 스스로 상상하지 못하는 일은 결코 이룰 수 없습니다. 상상은 무료입니다. 마음껏 펼치세요.

# 코치와 코칭받는 사람 사이의 파트너십

조성윤

"요새 당신이 공부한다는 코칭 그거 나한테도 좀 해봐."

매일 누군가와 통화하면서 칭찬하는 그게 뭐냐고 남편이 물어왔다. '코칭'을 배우고 실습 중이라고 했다. 남편은 묵묵한 시냇물 같은 성품이다. 그런 그가 코칭을 해달라고 하니 당황스러웠다. 자신의 고민을 이야기하는 편이 아닌데 얼마나 답답했으면 코칭을 부탁할까 싶었다.

잘해보고 싶었던 마음이 과욕이었다. 남편은 회사 문제, 40대 중반의 나이와 앞으로의 걱정들을 이야기했다. 상대를 경청하는 코치의 자세보다 남편을 걱정하는 아내의 모습이 나와버렸다. 이건 아닌데 싶어 답답했다. 회사원인 남편의 고민을 전업주부인 나는 잘 모른다고 생각했다. 한 시간 넘게 이어지던 대화는 결국 흐지부지 끝났다. 코치로서 역량이 부족한 것 같아 입맛이 썼다. 나의 코칭은 대 실패였다.

실패한 남편과의 코칭을 다른 코치들은 어떻게 하는지 궁금했다. 남편이 나에게 한 말을 더듬어 코칭받아보았다. 하지만 이내 코치와 코치이가 합을 맞춰서 해야 함을 깨달았다. 주위 사람을 코치하는 것은 생각 외로 어렵다. 개인적인 감정을 내려놓고 함께 답을 찾는 파트너로 대해야 한다.

성공적인 코칭은 코치 혼자서 할 수 없다. 코칭받는 상대인 코치와의 파트너십이 중요하다. 파트너란 어떤 목적을 가지고 만난 동반자 관계를 말한다. 서로 가르치거나 가르침 받는 것이 아니다. 파트너십이 생겨야 코칭은 시작된다.

코칭이 시작되면 그다음은 어떻게 하면 될까? 상대의 마음을 열었으면 그다음은 표면적 주제의 의미를 찾는 탐색을 해야 한다. 현재와 원하는 목표를 설정하고 갭 차이를 점수화하여 명확히 인식할 수 있게 한다. 목표를 이루었을 때 모습을 상상하게 하여 실행 의지를 불러일으킨다. 목표를 이루기 위해 해야 할 과제들을 코치이가 정하고 그중에 가장 먼저 해볼 수 있는 것을 선택한다. 코치는 코치이의 목표와 실천을 실행할 수 있도록 돕는다.

코칭은 대화를 바탕으로 프로세스를 통해 진행된다. 프로세스가 없다는 것은 시스템과 룰이 없다는 것과 마찬가지다. 코칭은 코치이가 목표를 설정하고 실천하는 방법을 찾아 실행을 돕는다. 효과적인 프로세스인 (ROIC)$^2$ 코칭 대화 모델을 소개한다.

## (ROIC)$^2$ 코칭 대화 모델

Rapport 신뢰 형성 : 마음을 열어가는 첫 단계

Object 주제 : 대화의 주제를 쌍방이 확인하는 단계

Implication 영향/의미 : 말하고 싶은 본질을 탐색해 보는 단계

Core Agenda 핵심 주제 : 마음속의 진짜 주제를 찾는 단계

Reality/Result 현상/기대 결과 : 주제와 관련, 현재 수준과 원하는 목표의 Gap을 확인하는 단계

Option 대안 : Gap을 줄이기 위한 구체적인 해결방안을 탐색하는 단계

Imagination 상상 : 성공을 상상하면서 실행 의지를 높이는 단계

Confirm 확인 : SMART한 세부계획으로 변화 실천을 약속하는
단계

*블루밍경영연구소 개발 모델

　　이러한 과정을 코치는 혼자 끌고 가면 안 된다. 신뢰를 쌓은
파트너 관계인 코치이와 함께 가야 한다.

　　코칭을 배울 때 상위 코치에게 코칭받는 '코치 더 코치(코더코)'
가 있다. 상위 코치와 만남은 언제나 배움의 선물을 받는다. 기
회가 있다면 주저하지 않고 잡았다. 생각이 많아 행동이 느린
나로서는 놀라운 실행력이다. 초등학생인 아이 둘을 챙기면서
틈틈이 코더코 시간에 맞추다 보니 약속 시각에 늦거나 펑크를
낼 때도 있었다. 죄송한 마음에 안절부절못하고 있었는데 상위
코치가 "미안해하지 않으셔도 됩니다. 우리는 마음을 편안하게
하려고 함께 코칭을 하는 겁니다."라고 한 말이 와닿았다.
　　코칭을 배운다고 생각했는데 나를 가르치는 대상이 아니라
같이 코칭을 하는 동반자로 대하고 있었다. 마음이 한결 가벼워
졌다. 그 뒤로 누군가를 만나도 상대의 마음을 편하게 해 주기
위해 노력한다. 내가 답을 주는 것이 아니라 코칭 프로세스에
따라 코치이의 내적 갈망을 찾는 데 집중했다. 모르는 분야를

주제로 코칭을 해도 마음의 부담이 한결 줄어들었다.

"조성윤 코치님은 공감과 지지를 잘해주세요."라는 피드백을 많이 받았다. 코칭은 더 나은 내가 되고 싶은 사람들과 만난다. 경청하며 실행하고 싶은 마음을 응원해 준 것뿐인데 칭찬을 들었다. 가끔 더 잘하고 싶다는 마음에 내 생각을 말하고 '아차!' 했다. 코치의 말 한마디가 중심 주제를 찾아가는 고객의 방향을 틀어버린다. 코치는 마음속 깊은 고민을 찾아 스스로 정리하도록 돕는다.

KAC코치 자격시험을 준비하면서 코칭 연습을 수도 없이 했다. 코칭할 고민이 없는 것이 고민이라는 농담을 하기도 했다. 코치가 되기도 하고 코치이가 되어보기도 했다. 상위 코치들이 코치이를 잘 만나는 게 복이라는 말이 기억났다. 아무리 코칭 프로세스대로 이끌어 간들 환상의 콤비가 되지 않는다면 그 코칭은 실패였다.

농구에 득점을 올리는 선수의 손은 두 개가 아니라 열 개라고 한다. 코치와 코칭받는 사람 사이의 파트너십도 마찬가지다. 코치가 던진 공을 코치이가 어떻게 받느냐에 따라 그 공은 골인이 될 수도 있고 아웃이 될 수도 있다. 상대방의 장점을 파악하고, 단점도 있는 그대로 받아들인다. 서로를 믿으며, 합의된 주제로 골을 향해 함께 던진다. 그것이 코치와 코치이의 파트너십이다.

# 나를 알아차리는 연습

홍지숙

　심리교육과 독서 모임. '모르는 사람들끼리 의견이나 감정 등을 나눈다.'라는 공통점이 있다. 낯선 사람 앞에서 자신의 이야기를 꺼낸다는 게 쉬운 일은 아니지만, 그런데도 서로의 솔직한 생각을 말하고 들을 수 있다는 장점이 있다. 심리교육과 독서 모임에 참여하면서, 치유와 코칭에 관심을 두게 되었다.

　심리교육 중에 '무의식과 의식의 대화'라는 과정이 있다. 오른손은 의식, 왼손은 무의식. 의식이 묻고 무의식이 대답한다. 질문과 답을 활동지에 적는다. 휴식, 잠, 피곤함. 왼손이 적은 단어들이다. 너무 힘들다, 쉬고 싶다 무의식이 외치는 거라고,

담당 강사가 해석해 주었다. 눈물이 흘렀다.

어떤 의미의 눈물이었을까? 공감일까? 서러움일까? 아니면 당황스러움일까? 표현할 말이 마땅치 않았다. 하지만 확실한 건, 내가 힘들고 지쳐 있다는 사실이었다. 몰랐던 나를 찾은 느낌. 외면했던 나를 꼭 안아주는 듯한 기분. 애써 참아왔던 나를, 여리고 아픈 나를, 심리교육에서 만나게 된 것이다.

그 후로 나를 알아차리는 연습을 계속했다. 멈추고 생각하고 질문했다. 거리를 두고 객관적으로 살피기도 했다. 다른 사람의 시선과 평가를 의식하며 살았다. 칭찬과 인정을 받고 싶었다. 진짜 나의 모습보다 그들이 기대하는 내 모습으로 살기 위해 최선을 다했다. 힘들고 지칠 수밖에 없었다. 그런 나를 제대로 돌보지 못했으니 눈물이 흐를 수밖에.

강사는 나의 문제와 해결책을 직접 언급하지 않았다. 그저 문제를 스스로 인지하게 했고, 해결책 또한 내가 찾도록 유도했다. 강사는 내가 말한 문제와 해결책을 정리해줄 뿐이었다. 문제도 답도 모두 내 안에 있었다.

의미 있는 경험이었다. 나누고 싶었다. 독서 지도자 과정에 함께 하는 동료들을 대상으로 알아차림과 내면 대화에 관한 수업을 준비하고 진행했다.

첫 수업을 마친 후 상담을 요청하는 사람이 있었다. 나름 잘하고 있다고 생각했는데 뭔가 부족한 것 같은 느낌과 한계가 느껴진다면서, 그 무엇을 찾고 싶은 생각이 들었다고 한다.

"내가 없는 것 같아요. 앞으로 뭘 해야 할지 분명해졌습니다."

기초공사 없이 건물만 열심히 올린 셈이다. 높이 올라갈수록 불안하고 한계에 부딪혀 자기 계발을 시작한 것이다. 그녀는 독서와 질문 등을 통해 자신을 뚜렷하게 알아차리게 되어 생각까지 명확해졌다. 그녀는 지금 당당하게 자기 일을 해나가고 있다. 과정이 즐거우니 달콤한 열매는 당연한 듯 따라온다. 강사, 작가로 성장하고 있는 모습을 보니 흐뭇하고 뿌듯하다. 내가 한 일이라고는 '스스로 집중하도록 기회를 준' 것뿐이었다.

또 다른 수업에서는 한 친구가 흐느껴 운 적도 있다. 다른 친구들을 옆 교실로 보내고 우는 친구 옆에 앉아 등을 쓰다듬었다. 흐느낌에 집중했다. 잠시 후 눈물을 닦는 그녀에게 말을 건넸다.

"감정을 솔직히 표현해줘서 고마워요. 무슨 일인지 물어봐도 될까요?"

그녀는 어릴 적 상처와 아픔에 관해 이야기했고, 나는 경청하고 집중하며 귀를 기울였다. 말이 끊길 때마다 질문을 던지며 이야기를 이어가도록 도와주었다. 필요할 때마다 손도 잡아주었고, 그녀의 감정에 공감도 해주었다. 어느 순간부터 그녀의 표정이 환해지기 시작했다. 다행히 아직 끝내지 못한 수업을 계속할 수 있었다. 그 후로, 그녀는 속상하거나 풀리지 않는 문제가 있을 때마다 솔직하게 말을 했고, 그 말들이 그녀의 행동을 이끌었다. 물론 모든 행동이 좋은 결과를 가져온 건 아니지만, 적어도 그녀는 자신이 원하는 것이 무엇인지는 알게 되었다. 충분히 긍정적이라 할 수 있겠다.

나의 '코칭'이 다른 사람을 도울 수 있다는 사실이 놀라웠다. 일에 대한 확신, 그리고 자신감이 생겼다. 덕분에 많은 사람을 만나 더 당당하게 코칭할 수 있는 에너지가 되었다. 만난 횟수가 거듭될수록 코칭에 대한 중요성도 분명해졌다.

사람들은 온몸으로 자신의 문제를 얘기한다. 행동이나 말, 표정과 몸짓에 '진짜 모습'이 드러난다. 경청하고 집중해야 한다. 코치의 역할이다. 자신을 스스로 표현할 기회를 주어야 한다. 코칭은 논리가 아니다. 진심이고 정성이다. 코치는 말을 잘하는 사람이 아니다. 침묵할 줄 아는 사람이다. 귀를 열면 지혜를 얻는다. 그 지혜로 사람을 돕는다. 나는 오늘도 귀를 기울인다.

# 진짜 문제와 진짜 원인을 찾아야

박상림

코칭은 코치와 고객이 서로 의견을 주고받는 과정을 통해 더 나은 해결책을 찾아가는 소통의 프로세스이다. 고객이 나누고 싶은 주제를 이야기하는 과정에서 고객과의 주제 합의가 중요하다. 공통의 주제를 합의하기 위해서는 말하고 듣는 과정에서 코치가 고객의 이야기를 얼마나 잘 듣는 능력이 있는지에 따라 코칭의 성과를 좌우할 수 있다. 상대방이 어떤 이야기를 하든 나는 '내 인식 시스템'으로 들을 수밖에 없다. 나의 정체성, 환경, 경험, 지식, 가치관, 신념 등에 따라서 내 인식 시스템이 작동한다. 사람은 누구나 자기중심적이다. 내가 듣고 싶은 대로, 내 방식으로 듣게 된다. 고객이 원하는 진짜 문제와 진짜 원인을 찾기 위해서는 '적극적 경청'이 이루어져야 한다. '적극적 경청'을 하기 위해서는 3가지의 방법을 실천할 수 있다.

첫째, 자신의 선입견과 고정관념, 판단 등을 내려놓아야 한다. 코치 자신의 의견, 경험, 일방적인 조언, 충고를 하지 않는다. 코치 자신의 경험과 지식이 옳다는 생각에서 벗어나야 한다. 세상의 모든 사람들은 각자 다르다. 그것을 인정해야 한다. 코칭은 고객이 자신의 삶에 대한 문제를 스스로 자각하고, 해결책을 마련해서 실행할 수 있도록 도와야 하기 때문이다. 고객의 문제에 대한 답은 고객이 갖고 있다.

둘째, '입으로 듣는 경청'을 해야 한다. 상대방의 이야기를 듣고, 핵심을 '요약'하면서 입으로 다시 거울처럼 되돌려 주어야 한다. "이렇다는 말씀이신 거죠." 하고 고객에게 되돌려 주면서 듣는 것이다. 이 과정 속에서 고객이 말하는 것과 다른 방향으로 들었는지, 일치하는지를 확인할 수 있다. 고객도 자신이 생각하는 부분을 다시 재확인함으로써 더 명확하게 자신의 생각이나 감정, 욕구를 알아차릴 수 있다.

셋째, 말에 드러나지 않는 비언어적인 신호, 감정과 에너지의 변화에 대한 몸짓 언어를 관찰한다. 몸짓 언어는 말로 표현하지 못하는 무의식의 표현으로 드러날 수 있다. 웃으면서 말하고 있지만 내면에서 말하지 못하고 있는 무언가가 있을 수 있다. 웃음으로 애써 감추거나, 순간을 모면하고 싶은 마음이 일어날 수 있다. 고객이 말하지 못한 부분을 몸짓 언어로 표현할 때 놓치지 않아야 한다.

인터널 코치 육성과정을 통해서 경청에 대해서 배웠다. 사람은 누구나 자기중심적으로 듣고 해석을 한다. 있는 그대로 듣고 있는 것이 아니라 '내 인식 시스템'을 통해 듣고 있다는 것을 깨닫게 되었다. '들을 청'은 임금이 이야기할 때, 귀를 기울이는 자세로, 열 개의 눈으로 그 사람을 보면서 하나의 마음이 되어 듣는 것이라고 한다. 과연 열 개의 눈과 하나의 마음으로 듣고 있는지 되돌아보았다. 경청의 '경' 자에도 가까이 가지 못하고 있다는 걸 알았다. 남편과 소통이 안 된다고 생각했는데 그것은 듣는 내 귀와 마음의 문제였다. 코칭을 진행하면서 겸손한 마음으로 '적극적 경청'을 하는 것이 무엇보다 중요함을 깨닫는다.

코칭을 진행할 때 주제에 대한 합의가 이루어져야 한다. 코치는 "어떤 주제로 얘기할까요?"라고 고객에게 묻는다. 고객의 답을 듣고 "오늘은 OOO주제에 대해 이야기를 나누려고 하는데, 어떤가요?"라고 다시 주제를 명확하게 제시해 준다. 또는 고객에게 "오늘 나누고 싶은 주제를 한 문장으로 말씀해 주시겠어요?"라고 해서 고객이 주제에 대해 한 문장으로 요약하면서 고객 스스로 원하는 목표를 세울 수 있다. 코칭을 진행하면서 주제가 바뀔 수도 있다. 처음에 나누고 싶었던 주제가 진짜 문제가 아니라는 것을 코칭을 진행하면서 깨닫게 된 경험이 있다. 코치의 질문 중 "5년 후의 내가 원하는 모습이 되어 지금 상황을 바라본다면 어떤 생각이 드나요?", "헬리콥터를 타고 하늘 위에서 지금 상황을 내려다본다면 어떻게 보이나요?"라는 질문에 진짜 내가 원하는 것이 무엇인지를 볼 수 있었다. 질문을 통해서 관점을 전환할 수 있다.

중학교 1학년인 첫째 주혁이와 숙제 문제로 자주 싸우고 있어 나누고 싶은 코칭 주제를 '아이와의 소통 방법'이라고 정하고 대화를 나누었다. 이 문제가 이상적으로 해결된 상태는 어떤 모습일지 상상하고 그것에 대한 답을 찾아갔다. 질문에 대한 답을 하다 보니 답 속에는 내가 원하는 아이의 모습만 있었다. 아이 스스로 자기 주도 학습을 하고 내 말에 '네'라고 착하게 대답해 주는 것이 주혁이에게 바라는 모습이었다. 입력하면 입력한

값에 대한 답을 해주는 로봇처럼. 명령에 잘 움직여지는 아이를 원하고 있었다. 아이보다는 내 욕구가 먼저였다.

"아이에게 진짜로 원하는 것이 무엇인가요?"라는 코치의 질문에 "아이가 스스로 판단하고 결정하고 책임질 수 있는 삶을 살아가면 좋겠습니다."라고 대답했다. 말을 입 밖으로 꺼내는 순간 진짜 원하는 아이의 모습을 깨달았다. 지금까지 주혁이에게 바라고 원하는 진짜 모습과는 반대로 행동하게끔 환경을 만들고 있었던 것이다. 진짜 문제는 아이를 있는 그대로 받아들이지 않고, 다른 사람들의 시선을 의식하면서 자랑하고 싶은 아이로 키우고 싶었던 것이다. 그 원인은 내 안에 있는 '열등감'이라는 것을 알게 되었다. 열등감은 비교에서 나온다. 비교는 남을 의식할 때 생기는 것이다. 주혁이를 계속 다른 친구들과 비교하고 있었다. 코칭 대화를 통해 내가 인식하고 있는 주혁이의 모습과 내가 바라는 주혁이의 모습을 객관적으로 바라볼 수 있었다. 그 차이를 인식할 수 있었으며 아이에 대한 관점을 전환할 수 있었다. 세상에는 많은 사람이 있다. 한 사람, 한 사람 모두 다르다. 주혁이는 하나뿐이다. 특별하다. 소중한 존재로 사랑받기 위해 태어난 아이다. 주혁이가 갖고 있는 고유성을 인정해주기 시작할 때 스스로 성장해 나갈 있는 힘을 키울 수 있다. 기다림도 사랑이라는 걸 깨닫게 된다.

이처럼 인터널 코칭을 통해서 진짜 문제와 진짜 원인을 찾을 수 있다. 코칭 전에는 아이와 숙제 문제로 계속 싸우게 되는 이유가 '소통의 부재'라고 생각했다. 코칭 대화 속에서 그것이 진짜 문제와 원인이 아니라는 걸 알게 되었다. 나의 열등감으로 인해 남과 비교하면서 주혁이를 비난을 하고 있었다. 그것이 진짜 문제이고 해결해야 할 과제라는 걸 깨닫게 되었다. 문제를 명확하게 파악하고 나니 그 원인과 해결방법을 찾을 수 있었다. 내 속에 있는 '열등감'을 바라보고 인정하게 되었다. 문제를 바르게 파악하면, 절반은 해결한 것이나 마찬가지다. 내 삶에 코칭이 필요한 이유다. 진짜 문제와 원인을 파악해서 스스로 답을 찾을 수 있기 때문이다. 모든 문제에는 코칭이 최고의 해법이라고 생각한다.

# 제3장

인터널 코칭, 이렇게 시작하라

(독자에게 인터널 코칭 시작법을 전한다)

# 원하는 인생과 현재의 모습, 그 사이에서

이현주

　나는 생각을 오해 없이 표현하고 싶었다. 사람들에게 이야기할 때 생각을 전할 때 오해받는 일들이 많았다. 생각한 것과는 다르게 표현되는 상황 속에서 어떻게 하면 생각을 사실에 기반하여 올곧게 전달할 수 있는가에 관한 생각과 고민이 많았음을 고백한다. 그리고 코칭을 통해 만난 코치님들이 내가 하는 이야기를 있는 그대로 들어주고 수용해주는 경험을 통해 생각이 오해 없이 그대로 전달됨을 경험하였다. 대화할 때 뭔가 이해가 되지 않는 부분이 있을 때 그에 대한 의미를 물어봐 주었고, 나는 그 의미에 관해서 설명하며 생각을 자유롭게 그리고 사실적으로 오해 없이 표현할 수 있었다.

함께 몇 년을 알고 지냈던 언니에게 너의 성향으로 힘들었었다는 말을 들었을 때, 정말 친했던 사람이 나로 인해 상처를 받아 돌아섰던 순간들을 경험했을 때, 나는 속상했다. 사람과의 관계에서 정말 잘하려고 노력했는데 결과는 왜 이런 것인가? 그럼 과연 어떤 모습을 원했던 것이었을까? 나는 서로 솔직하게 이야기 나누기를 원했다. 내가 힘든 이야기만 늘어놔서 듣기가 힘들었다면 그 부분에 관해서 이야기를 해주기를 원했고, 내가 의도치 않게 상대방의 이야기를 다른 사람에게 해서 화가 났다면 나에게 직접 이야기를 해줘 문제시된 상황들을 풀어가기를 원했다. 하지만 내가 사랑했던, 내가 관계를 맺고자 했던 사람들은 참고 참다 나중에는 나와 맞지 않는다고 생각하고 떠난 경험들이 종종 있다. 관계를 중요시하고 사람을 귀하게 여기는 나는 그럴 때마다 매우 속상했고 답답했다.

그런 나에게 코칭은 있는 그대로의 모습을 받아들이는 경험이었다. 코칭은 문제 해결의 주도적 권한이 고객 스스로 가지고 있다고 본다. 그리고 경청과 질문의 코칭 기술을 통해 원하는 모습으로 가기 위해 우리를 현재와 미래로 안내하는 그 과정은 참으로 흥미롭다. 현재의 나의 모습을 인정하기가 쉽지는 않다. 하지만 현재의 나의 모습을 인정하고 미래 내가 원하는 모습으로 가고자 노력하고 애쓰는 과정을 통해 나의 모습을 바로 볼 수 있게 된다. 나의 모습을 바로 볼 수 있는 이유는, 내 있는 모습 그대로를 인정할 수 있는 이유는, 지금 나의 모습은 이렇지만, 내가 원하는 방향으로 갈 수 있다는 믿음과 확신이 있기 때문이 아닐까?

인터널 과정을 통해 내 장점 100가지를 적어보았다. 성장하기 위해, 앞으로 나아가기 위해 나는 고쳐야 할 점이 많다고 생각했다. 하지만 장점 100가지를 적으면서 현재 내가 가지고 있는 자원이 많다는 것을 알게 되었다. 내가 가진 것이 무엇인지 생각하지 않고 인지하고 있지 않는다면 그 능력을 사용할 수 없다는 것을 알게 되었다. 그리고 갤럽 강점 검사를 통해 나의 강점 5가지에 대해서 알아보았는데 나에게는 긍정, 개별화, 성취, 수집, 커뮤니케이션이 나왔다. 열정을 전이시키는 긍정 무한동력기, 개별적인 특성과 차이를 있는 그대로 받아들일 줄 알며 개성을 존중해 주는 오픈 마인드, 실행 계획을 잘게 쪼개서 완료해 내는 모습을 보며 자기 유능감을 만끽하는 프로 성취러, 내 안의 자원이 늘 부족하다고 생각하고 더 완벽해지기를 원하는 자원 수집가, 대중연설에 강점이 있고 생각한 바를 말로 표현할 때 더 전달력이 좋은 사람이라는 평가들을 통해 좀 더 자신감을 가지고 앞으로 나아가는 힘을 얻게 된 것 같다.

이렇게 삶에 힘이 된 강점 검사를 현재 근무하고 있는 아동 양육시설 아동들에게도 접하게 하고 싶어 고3 아동 다섯 명과 함께 검사를 진행하였고, 아동들의 5가지 강점을 파악하고 강점을 토대로 아동들의 재능이 어떻게 발현되었는지 서성미 코치를 통해 알 수 있는 시간이 되었다. 아동들은 갤럽 강점 검사를 통해 살아가는 데 있어서 강점이 중요하다는 사실과 함께 자신의 행동에 강점이 작용했다는 것을 알 수 있었다고 하였고, 강점이 발현된 상황들에 대해 적어보면서 강점으로 문제들을 원만하게 해결해 나간 것을 볼 수 있었다고 하였다. 삶에서 강점보다는 약점을 많이 생각하고 그 부분으로 힘들어하고 어려워했던 모습을 돌아보며 약점에 집중하는 삶이 아니라 강점에 집중하는 삶을 살고 싶다고 다짐하는 아동들의 모습을 볼 수 있었다.

아동들에게도 갤럽 강점 검사가 도움이 되었다면 나의 강점을 토대로 시험이라면 정말 싫어하던 불편해했는데 KAC 시험을 도전하게 되었고, 합격하였다. 서류 절차, 필기시험, 실기시험을 준비하면서 과연 내가 할 수 있을까?라는 의문이 들 때 나의 강점인 성취를 생각하며 코칭을 통해 변화된 나의 모습을 통해 내가 만나는 청소년과 청년들에게도 자신을 있는 그대로 인지하고 수용하며 살아갈 수 있는 한 사람으로 서기 위해 먼저 간 걸음에 대해 함께 걸어갈 수 있는 사람이 되고 싶다는 마음으로 결심을 하고 시험 준비하고 합격하게 되었다.

삶에서 모르는 것을 알아가는 즐거움이 있다면 요즘은 나를 알아가는 즐거움이 큰 것 같다. 나에 대한 장점과 강점에 대해 알게 되면서 삶에서 해결해야 하는 일들을 강점으로 해결해 가기 시작했다. 지금 글을 쓸 때도 솔직히 즐겁게 재미있게 쓰고 있지는 못하지만, 나의 강점인 긍정을 활용하여 글을 쓰면서 감탄하고 감사하고 할 수 있다고 힘을 주며 작성하는 모습에 참으로 달라진 모습을 볼 수 있게 된다. 일하다 보면 계획된 일들보다는 솔직히 갑자기 생기는 예측하지 못한 일들이 더 많이 있다. 그때마다 당황하고 어떻게 해야 하는지 우왕좌왕할 때도 있었지만 지금은 조금 달라진 모습들을 바라본다.

나에 대해 알아가면서 더 변하려고 노력하는 내 모습이 스트레스가 아니라 도전이 되어가고 있다. 사람은 변하지 않는다고 생각했다면 생각을 바꿔 사람은 변할 수 있고, 나를 좀 더 좋은 사람으로 만들어 가고 싶다는 마음이 생겼다는 것은 아주 큰 성과라고 생각한다. 어제보다 오늘 더 따뜻한 사람으로 변화될 나의 모습에 기대가 된다.

## 3-2

# 배우고 익히고 연습하기

석윤희

결혼 후, 전업주부가 된 이후에도 무언가를 끊임없이 배우러 다녔습니다. 그리고 배우는 동안 최선을 다했습니다. 이런 배움의 시간을 통해 제 자신이 조금씩 성장하는 것 같아 기분이 좋았습니다. 두 살 터울인 아이들이 모두 어린이집을 다니게 된 이후, 처음 정규과정에 들어가 공부했던 것이 '방과 후 수학 지도사' 자격증 과정이었습니다. 자격증 발급 날짜가 2012년 11월 26일인 것을 보니 그해 여름부터 배우기 시작했었던 것 같습니다. 당시 방과 후 수학 지도자가 되고 싶다거나 수학을 좋아해서 이 자격증을 딴 것은 아니었습니다. 아이들 모두 어린이집에 가고 없는 몇 년 만에 얻게 된 나만의 소중한 자유 시간을 어떻게 보낼지 생각해보았습니다. 동네에서 만나 친해진 분들과의 대화도 즐거웠지만 무언가 배우고 싶다는 생각에 인터넷을 찾아보기 시작했습니다. 마침 집과 가까웠던 대학교 부설 평생교육원에서 여러 강의가 열리는 것을 알게 되었고, 그중 배워놓으면 도움이 될 것 같다고 생각했던 것이 방과 후 수학 지도자 양성 과정이었습니다. 아이들도 있으니 배워놓으면 도움이 되지 않을까 하는 막연한 기대감도 있었습니다. 오랜만에 무언가를 배운다는 것이 즐거웠습니다. 누가 시켜서 하는 배움이 아니라 내가 선택한 배움이었기에 더 즐겁게 할 수 있었습니다.

배움은 배움을 낳는 것일까요? 위 과정과 비슷한 시기에 강의를 들으러 다닌 것이 부모를 대상으로 한 자녀의 학습 도와주기와 자녀의 진로지도 과정이었습니다. 이후 바른 교육관 갖기, 부모-자녀와의 대화법, 글쓰기 독서지도, 생각그물, 자녀의 감성 능력 키우기, 성교육, 하브루타, 버츄 프로젝트 FT, 북 큐레이터 등 다양한 분야의 강사 과정에서 깊이 있는 공부를 꾸준히 이어갔습니다. 2012년, 배우는 것이 좋아 시작했던 다양한 배움이 쌓여 지금은 부모 교육 강사, 청소년 교육 강사, 인문 독서 강사, 셀프리더십 코치, 인터널 코치라는 이름으로 활동하고 있습니다.

부모 교육 강사와 청소년 교육 강사, 그리고 인문독서 강사로 활동하던 2020년 가을, 코칭이라는 개념을 처음 공부하기 시작했습니다. 물론 그전에도 '코칭'이라는 단어는 알고 있었지만, 그저 막연하게 알고 있었을 뿐이었습니다. 그런데 제 자신이 셀프리더십 코칭, 감정 코칭을 통해 코치와 대화하며 저의 문제를 해결해 가는 경험을 한 후, '코치'로서의 삶에 대해 관심을 갖기 시작했습니다. 개인 코칭에 대해 관심이 높아질 때쯤 알게 된 것이 '인터널 코치 육성과정'이었습니다.

인터널 코치 육성과정에서 소개하는 인터널 코치의 역할은 자발적 동기부여 전문가입니다. 인터널 코치는 사람들의 강점과 잠재된 가능성을 찾아 내적 동기를 자극하고 발휘하도록 돕고 지지합니다. 마음을 들어주는 적극적 경청을 통해 고객의 자신감과 자존감을 올려주는 것을 최우선으로 합니다. 그리고 고객에게 답이 있다고 믿는 마음으로 그들에게 질문하고, 성과에 대해서는 즉시 구체적으로 칭찬합니다. 배려와 프로세스를 갖고 발전적 피드백을 해주는 것도 인터널 코치의 중요한 역할입니다. 인터널 코치 과정을 배우고 난 후, 코치 역할을 하면서 가장 많이 변화한 사람은 저였습니다. 제 자신과 제 주변 사람들과의 대화에서 저의 변화가 느껴졌습니다. 전화나 카카오톡에서 누군가와 대화가 시작되었을 때 상대방의 말에 담긴 생각과 감정, 욕구에 대해 생각해보기 시작했습니다. 이런 저의 마음이 느껴졌는지 상대방도 저를 편하게 대하고 있음을 느낄 수 있었습니다. 이것이 경청의 힘임을 할 수 있었습니다.

우리에게는 자신의 삶을 보다 나은 방향으로 전환할 수 있는 좋은 기회가 늘 있습니다. 그 기회는 늘 우리 주변에 존재합니다. 그러나 자신의 일상에서 변화의 필요성을 느끼지 않는 사람, 이 정도면 충분하다고 생각하는 사람들에게는 이 기회가 보이지 않습니다. 심지어 기회인지조차 모르고 넘어가는 사람도 많습니다. 만약 누군가에게 어떤 책이나 강의를 추천받았다고 생각해 보겠습니다. '윤희야, OOO 읽어봤어? 못 읽었으면 꼭 읽어봐. 나는 인간관계가 참 어렵다고 생각했는데, 이 책을 읽고 앞으로 내가 어떻게 해야 하는지 생각해볼 수 있었어. 너도 나와 같은 고민 있다고 했지? 너도 꼭 읽어봐!' 혹은 '윤희야, 이번에 OOO에서 좋은 강의가 있는데. 같이 가서 한번 들어보자, 어때?'

당신이라면 어떻게 하시겠습니까? 시도해보시겠습니까? 아니면 다음 기회로 미루시겠습니까?

지금보다 행복하고 만족스러운 삶을 살고 싶은 사람들, 하지만 어떻게 해야 할지 방법을 모르는 사람들에게 인터널 코칭을 추천하고 싶습니다. 인터널 코치의 질문과 경청, 피드백을 통해 나 혼자는 찾기 어려웠던 '해결 방법'을 찾을 수 있습니다. 또는 인터널 코치가 되어 누군가를 도울 수도 있습니다. 기회가 왔을 때 배우고, 익히고, 연습하면 됩니다. 코칭 역시 마찬가지입니다. 7년 이상 강사로 살아온 저에게 전문 코치의 역할은 또하나의 도전이었습니다. 무언가를 알려주는 역할을 오랫동안 했던 저에게 상대방의 말에 경청하고 집중하며, 질문을 통해 스스로 해답을 찾을 수 있도록 하는 것이 처음에는 쉽지 않았습니다. 코칭을 하다 보면 아직도 제 경험을 이야기해주고 싶고, 방향을 알려주고 싶어 하는 저와 끊임없이 마주합니다. 이럴 때마다 저는 '나는 코치다. 코치의 역할은 그들에게 답이 있다고 믿는 마음으로 강력한 질문을 해야 한다'며 제 자신에게 끊임없이 이야기합니다. 잘 안될 때면, 코치로서의 훈련이 더 필요함을 느낍니다. 하지만 새로 시작한 분야에서의 경험이 부족한 제 자신을 인정하니, 상위 코치님과 동료 코치님에게 모르는 것을 질문하고, 도움을 요청하는 것이 어렵지 않게 되었습니다. 그래서 요즘도 상위 코치님과 동기 코치님과의 코칭 대화를 통해 자주 익히고 연습하고 있습니다.

배우고 익히고 연습하는 과정에서 진짜 성장은 이루어집니다. 이런 저의 경험들이 코칭을 통해 자신의 문제를 해결하고 싶은 사람들, 코치의 길을 가고 싶어 하는 누군가에게 큰 도움이 될 것이라 확신합니다.

인터널 코칭! 배우고 익히고 연습하면 됩니다.

# 코칭의 기본은 대화

조소연

코칭의 기본은 무엇일까요? 상대방의 생각을 끌어내도록 하는 것은 무엇일까요? 무엇부터 해야 할까요?

코칭의 시작. 바로 '대화'입니다. 사람과 사람 사이의 연결, 그 시작은 대화입니다.

대화는 어떻게 해야 잘하는 것인가요? 대화를 잘하려면 믿음이 있어야 합니다. 신뢰가 있어야 깊은 대화를 할 수 있습니다. 코칭은 자신의 내면 이야기를 밖으로 꺼내 놓는 과정입니다. 속의 이야기를 하려는데 믿음이 없다면 한계가 있습니다. 상대방에게 나는 믿을 수 있는 존재이어야 합니다. 데니스 레스트레인지는 이런 말을 합니다. '사람들은 누군가가 자신을 알고 있고, 또한 자신에게 관심이 있다는 것을 알고 싶어 한다.' 그렇습니다. 사람에게는 누구나 자신을 드러내고 싶은 마음이 있습니다. 나를 알아주는 사람이 있기를 원합니다. 그러나 때로는 가까운 이들에게서조차 인정받지 못하기도 합니다. 나의 마음 치료를 위해, 나의 존재감을 깨닫기 위해 코칭에 문을 두드렸습니다. 그리고 인터널 코칭을 알게 되었습니다.

대화를 여는 첫 시작, 믿음. 그렇다면 처음 만나는 상대방에게 어떻게 믿음을 줄 수 있을까요?

첫째, 따뜻하고 긍정적인 말로 시작해야 합니다. 차분한 목소리와 긍정적인 어휘를 사용합니다. 따뜻한 말은 귀를 열리게 합니다. 귀가 열려야 마음이 열리고 마음이 열려야 긍정적인 생각이 열립니다.

둘째, 입가의 미소는 기본입니다. 미소는 상대방에 대해 긍정적인 마음을 갖고 있다는 표현입니다. 상대를 긍정적인 마음으로 보는 것은 상대방을 지지하겠다는 마음의 표현입니다.

셋째, 상대방의 이야기를 집중해서 듣습니다. 눈에 힘을 주고 상대를 응시합니다. 눈으로도 많은 표현을 할 수 있습니다. 눈동자 안에 비치는 나를 볼 수 있게 합니다.

넷째, 몸짓, 고갯짓 등 몸짓을 사용합니다. 잘 듣고 있다는 몸의 언어입니다.

이제 코치와 피코치 사이에 좋은 감정의 기류가 형성되었습니다. 이제 대화가 잘 이루어질 바탕이 마련되었습니다. 그러면 대화는 어떻게 이끌어야 할까요?

첫째, 피코치의 말속에 숨은 의미들을 찾습니다. 그리고 그것을 질문으로 던집니다. 서로 주고받는 말속에 말로 미처 뱉어 내지 못한 숨은 말들이 있습니다. 그것을 잘 포착해야 합니다. 예민하게 들어야 합니다. 말로 만들어 내지 못했던 부분에 상대방의 본심이 놓여 있을 때가 많습니다. 숨어 있는 말속에서 숨어 있는 마음을 찾습니다. 잃은 마음을 찾도록 잘 듣고, 확인하고, 질문합니다.

둘째, 질문할 때 은유, 비유, 상징을 이용하며, 색깔과 이미지를 활용해 봅니다. 피코치의 마음을 표현하도록 할 때 이미지를 사용하게 합니다. 좌뇌와 우뇌를 사용하게 하여 생각을 조금 더 유연하게 할 수 있습니다.

셋째, 인정하고 칭찬합니다. 피코치를 지지해 줍니다. 스스로 힘을 얻도록 피코치를 격려합니다.

매일 학생들을 만납니다. 아이들이 자신의 속 이야기를 편안하게 할 수 있도록 들어주는 어른이 되고 싶습니다. 부모에게도 이야기하지 못하는 일들이 있습니다. 청소년기에는 생각과 마음이 복잡합니다. 잘못된 판단으로 생각하지 못한 일이 벌어지는 경우도 종종 있습니다. 누구나 거치는 청소년기에 아이들의 이야기를 사심 없이 들어줄 수 있는 한 어른이 되고 싶습니다.

코칭을 배우기 시작했으니 대화를 할 때 코칭의 방식을 따라가 보았습니다.

학생이 뭔가를 이야기하고 싶어 하는 눈치입니다. 학교 안에서의 시계는 빨리도 돕니다. 이야기를 할 수 있는 시간과 장소를 찾습니다. 점심을 먹고 학교 안을 산책하며 대화를 나눕니다. 가능한 한 이야기를 잘 들으려고 온 신경을 집중합니다. 아이는 편안한 분위기에서 자연스럽게 자신의 이야기를 합니다. 아이의 일상을 묻다 보면 아이가 하고 싶은 이야기들에 쉽게 접근할 수 있습니다. 대화가 훨씬 수월해집니다. 나를 믿고 있습니다. 긍정적인 언어, 따뜻한 말을 사용합니다. 미소를 지어 보입니다. 맞장구를 칩니다. 집중해서 듣는다는 몸짓을 보입니다. 인정하고 칭찬해 줍니다. 아이 자신의 말속에서 자신의 속마음을 볼 수 있도록 이런저런 질문을 해 봅니다.

가만히 듣다 보면, 아이의 말과 행동이 서로 다름을 알아채기도 합니다. 그래서 종합적으로 판단해야 합니다. 마음-행동-말의 연관성을 잘 살펴보아야 합니다. 어른이라도 자기의 생각과 행동, 그리고 말이 서로 엉켜 있어 분명하게 정리하는 것이 어렵습니다. 친구를 좋아하는 마음을 가지고 있어도 행동은 엉뚱하게 합니다. 말은 A라고 하면서 행동은 B로 하고 있습니다. 어떤 것이 진짜인지 확인을 해야 합니다. 그 부분을 정리해야 마음-행동-말의 삼박자가 잘 맞아 갈 수 있습니다. 그래야 삶이 편안해집니다.

얽힌 대화를 풀기 위해서는 질문이 필요합니다. 정리하기 위한 질문이 필요합니다. 상대방의 진의를 확인하는 적절한 질문들이 필요합니다. 아이들의 말을 예민하게 들어야 합니다. 정리의 질문, 되묻는 질문, 상대의 의중을 묻는 말 등 대화 속에서 계속 확인하며 풀어내기 작업을 해야 합니다.

긍정의 언어는 관계에 힘을 줍니다. 어제 6교시 수업을 하러 교실에 들어가 칠판 앞에 섰습니다. 복도 쪽 첫 자리에 앉은 학생 하나가 땅이 꺼져라, 길게 한숨을 쉽니다. 중학교 1학년 학생이 깊은 한숨을 쉬어야만 하는 어떤 큰일이 있을까? 아이들은 서슴없이 이야기합니다. 월요일이라 공부하기 싫다고요. 재미가 없다고요. 체육 시간에 뛰고 와서 덥다고요. 그 학생의 부정적인 말들에 다른 학생들도 합세합니다. 아이들의 마음도 이해는 됩니다. 따스한 봄 햇살을 맞으며 체육 수업을 하고 왔으니 공부가 재미있을 리 없습니다. 잠시 쉬며 이야기를 꺼냅니다.

"월요일부터 금요일까지, 우리는 매일 수업을 합니다. 매주 똑같은 시간표의 수업들이죠. 선생님이 이렇게 말해 볼게요. '월요일이라 짜증 나네. 날씨는 갑자기 왜 이렇게 더워진 거야? 1학년 2반 아이들이 많이 떠들 텐데. 아, 짜증 난다. 주말은 대체 언제 오는 거야?' 이번에는 이렇게 말해 볼게요. '와! 주말에 못 만났던 2반 아이들을 오늘 만날 수 있어 좋다. 주말 잘 지내고 왔을 테니 아이들이 또 얼마나 활기찰까.' 이렇게 말이에요. 그리고 '멋진 1학년 2반 친구들, 안녕!' 하고 인사하면 너희들도 기분이 좋겠지? 우리에게 주어진 상황은 지난주나 이번 주나 똑같아요. 그것에 대해 어떤 기분을 선택할지는 자신의 몫입니다. 내가 부정적인 생각을 한다면 상황은 늘 내게 부정적으로 다가옵니다. 내가 긍정적으로 생각을 한다면 상황은 늘 긍정적으로 될 거예요. 그것들을 판단하고 결정해 주는 사람은 바로 나 자신입니다. 내가 내 마음의 주인이거든요." 몇몇 아이들이 고개를 끄덕입니다. 긍정의 언어는 긍정의 마음을 낳습니다. 아이들에게 긍정의 대화가 중요함을 일상생활 속에서 느낍니다.

코칭은 대화를 매개로 이루어집니다. 그래서 코치들은 대화를 잘해야 합니다. 따뜻하고 긍정적인 말로 대화를 시작해 보세요. 입가의 미소와 함께 상대방의 말을 잘 경청하면 신뢰는 점점 쌓여갑니다. 피코치의 이야기에 집중하고 긍정의 언어와 몸짓을 사용합니다. 긍정의 언어가 마음을 녹이고 대화의 문을 열어줍니다. 믿음 있는 대화, 인정과 지지가 있는 대화, 코칭의 시작입니다.

모든 이의 삶에서 필요한 것은 내 이야기를 들어줄 사람입니다. "믿습니다. 응원합니다. 잘하고 있습니다."

짧은 말이지만 그 울림은 끝이 없습니다.

# 두려움 마주하기

정봉영

급변하는 시대. 유행이 쉼 없이 바뀐다. 현장에서 코칭도 하 브루타도 한때 흐름이라고 보시는 분들을 만난다. 일리 있는 말씀이다. 시대가 변하고 시대가 요청하는 교육도, 리더십도 달라지니까. 지금 하는 일이 한때가 될 수 있다는 말은 나를 두렵게 한다. 정말 그러한가? 자문한다. 내 마음에 소리가 답한다. 몸으로 경험하지 않았는가? 본질에 집중한 것은 시간이 지나도 생명력을 잃지 않는다. 본질에 더 집중하고 그 밖의 것들에 유연하게 대처한다면 시대의 변화 속에서 중심을 잃지 않을 것이다. 두려움이 엄습할 때 본질에 집중하기 위해 나는 마음의 소리에 귀를 기울인다.

갑자기 학부모에게서 문자 연락이 왔다. 분주한 시간이지만 잠시 고민 후 연락했다. 낙심한 목소리다. 귀를 기울였다. 복잡한 상황 속에서 자신의 마음이 어떠한지 토해내는 목소리, 얼마나 마음이 무겁고 힘들었을까? 내 마음도 무거웠다. 상담 전화가 오면 감사한 마음과 함께 내가 잘 도울 수 있을까? 부담감도 있다. 코칭 이전에는 최선을 다해 내가 아는 답을 전하려고 했다. 그 방법이 좋은 해답이 되면 기뻤다. 그렇지 않을 때는 좌절감도 느꼈다. 코칭을 공부하면서 상담의 태도가 변화하고 있다. 그녀의 목소리는 답을 찾고 있지만 나는 답을 줄 수 없다. 나는 정답을 줄 수 있는 사람이 아니다. 오히려 내가 답을 줄 수 없는 것이 다행이다. 코치로서 그녀가 문제의 본질에 집중할 수 있도록 질문할 수 있다는 것이 감사했다. 그녀 안에 찾아온 두려움과 불안을 함께 느껴본다. 앞이 잘 보이지 않는 그 두려움의 정체를 알아야 하기에 집중해서 그녀의 이야기를 들었다. 나는 그녀에게 묻는다. 이야기를 들을수록 안개는 걷히고 그녀의 목소리는 안정되었다. 코칭이 진행되며 그녀는 자신을 발견했다. 그녀의 고통의 원인이 무엇인지, 진짜 원하는 게 무엇인지 내면의 소리를 듣게 된 것이다. 이런 알아차림은 그녀의 고개를 끄덕이게 했고 감정의 소용돌이를 가라앉혔다. 잘 알지 못했던 마음의 소리를 듣게 되면 어떤 해결책을 듣는 것과 비교할 수 없는 큰 에너지를 불러일으켰다.

　최근 새로운 과정을 준비하며 마음에 두려움이 찾아왔다. 잘 해낼 수 있을까? 중간에 포기하면 어떡하지? 두려웠다. 두려움은 몸과 마음을 꼼짝 못 하게 묶어 놓는다. 아무 시도도 하지 못하고 지레 포기하도록 만든다. 그래서 실패도 하지 못한다. 그런 두려움의 순간을 회피하니 어느덧 이것이 패턴이 되어 자동으로 실행됐다. 두려움이 들려주는 소리는 어마어마하게 커서 내 마음의 소리가 들리지 않았다. 그런데 왜 두려운지 하나씩 묻고 알아가려고 하니 의외로 직면할 용기가 생겼다. 인터널 코칭 과정을 통해 경험한 코치의 질문은 내가 인지하지 못했던 두려움에 대한 반응을 읽어주었다. 이에 대해서 어떻게 맞서고 싶은지 질문하고 스스로 길을 찾도록 격려했다. 앞으로 뚫고 갈 수 있는 내면의 힘을 믿어주고 지지해 주었다. 다양한 강의를 하면서 수업 한계에 부딪히곤 했다. 그 한계가 코칭을 경험하면서 보완되는 것을 느꼈다. 실제 아이들 수업 중에 코칭의 요소를 적용할 때 아이들이 훨씬 주도적이고 자신의 의견을 자유롭게 전달했다. 또한 다른 사람 의견을 경청하고 존중하는 태도를 볼 수 있었다. 이는 가정에서도 적용됐다. 남편과의 관계, 자녀와의 관계에서 코치의 마인드와 태도를 가지고 고객으로 모시니 관계를 개선하는 데 도움이 됐다. 가정에서 존재 자체로 인정받고 존중받으며 자라 간다면 자존감은 물론 세상을 긍정적으로 볼 수 있는 프레임도 얻게 될 것이다. 가르치려 들고 바꾸려는 태도만 사라져도 한결 소통하기 좋을 것이다. 나아가 서로를 존중하며 자신의 답을 찾아가도록 돕기, 상대방이 원하는 것을 발견하려고 노력하기, 상대방을 그답게 바라봐 주는 것, 정말 원하는 것을 위해 내가 도울 것이 무엇인지 찾는다면 당면한 문제들은 대부분 해소할 수 있을 것이다. 내면을 보는 힘이 강함은 서로의 연결을 튼튼하게 만들고 협력으로 나아가는 토대가 될 것이다.

코칭은 병리적인 부분의 해결책은 아니지만 모든 분야에서 적용할 수 있다고 생각한다. 교육도 이제는 티칭이 아니라 코칭이라고 말한다. 인터널 코치 과정에서는 자신의 내면을 만날 수 있도록 도와준다. 그리고 다른 사람이 자신의 내면을 보도록 도울 수 있는 법을 배운다. 변화된 기업의 문화 인재상, 리더십, 경영환경 변화 속에서 우리가 무엇을 할 수 있는지 구체적인 필요 역량을 몸으로 연습한다. 코칭을 해보고 또 코칭을 받으면서 변화를 몸소 느낄 수 있다. 실습 과정을 통해 자각하기, 문제를 마주하기, 해결을 돕는 강력한 질문을 만날 때 가슴 뛰는 경험과 내면의 힘이 단단해지는 것을 느낄 수 있다.

우리의 뇌는 생존하기 위해 위험하고 두려운 것, 불안을 더욱 잘 기억한다고 한다. 두려움은 자연스러운 것이다. 우리는 두려움을 없애는 것이 아니라 두려움에 대해 건강하게 반응하는 방법을 배워야 한다. 행복하고 건강한 삶을 사는 비결은 누구나 느끼는 스트레스를 어떻게 알아차려야 하는지, 두려움에 대해 어떻게 대처하느냐에 따라 달려 있다고 말할 수 있겠다. 두려움에 대처하는 최선의 방법은 회피하거나 도망가지 않고 내 마음의 소리를 듣고 마주 보는 것이다. 내면의 소리에 귀 기울일 때 우리는 진짜 원하는 답을 찾아갈 수 있다. 누군가 말했다. 두려움은 친구라고. 두려움이 엄습하는 순간 "어 너 왔구나" 말하며 자연스럽게 받아들인다면 좀 더 편안한 마음으로 맞이할 수 있을 것이다. 혼자서 어렵다면 다른 사람에게 도움을 구하자. 코칭이 여러분에게 손을 내밀어 줄 것이다.

# 마음에 시동걸기

박희숙

처음 준비, 첫 시작이 어려운 사람들이 있다. 얼마나 시작이 어려우면 개리 비숍의 〈시작의 기술〉이나 브라이언 트레이시의 〈그냥, 닥치고 하라〉 등의 실행력에 관한 책들이 시중에 많이 나와 있다. 그에 반해 나는 처음 준비나 시작은 어렵지 않은 편이다. 마음속에 생각한 부분이나, 책을 읽으면서 좋다고 생각해 나에게 적용하고자 하는 부분들이 있으면 나이키 광고의 "Just do it"처럼 그날 바인더에 적고 당장 시작을 하고 적용을 했다. 그래서인지 좋은 습관, 예를 들면 새벽 기상이나 매일 책을 읽는 습관이나 자투리 시간을 활용해 공부하는 것 등의 좋은 습관을 내 몸에 하나하나씩 창작해 나갈 수가 있었다.

대신 지구력이 부족해 중도에 흐지부지되는 경우들이 있는데 그런 나와 같은 유형의 분들에게는 하이디 그랜트 할버슨의 〈작심삼일 인연 끊기〉란 책에 나온 '작심 3일 법'이란 내용을 추천하고 싶다.

하지만 생각이 많아 시작이 어려운 사람들이 많다. 내 친구 중에도 그런 친구가 있다. 옷을 한번 같이 사러 가도 여러 매장을 방문하고, 입어보고 '저거로 사면되겠네' 나는 속으로 생각하지만, 그 친구는 조금 더 생각을 해보겠다고 한다. 그리고 신발을 하나 사는 것에 대해서도 두 달, 석 달을 고민한다.

물론 그 외에 인생에서 도전해야 하는 일들이 있을 때도 생각만 하고 시도를 잘하지 못하면서 안타까운 시간이 흐른 적도 있다. 그렇다고 그 친구가 미루는 성격을 가진 것은 아니고, 매우 신중한 편이라 그런 것 같다.

생각이 많다는 건 그만큼 신중한 것이고, 중요한 일에 대해 생각을 많이 해서 옳은 방향으로 결론을 내리는 일은 매우 중요하다. 하지만 모든 일에 신중할 필요는 없다. 필요한 옷이나 신발을 사는 것은 몇 군데 매장을 둘러보고 사거나, 마음에 드는 것이 없으면 인터넷 사이트를 뒤져보고 그다음 날 사면된다. 그렇게 여러 날 고민한다고 아주 최상으로 마음에 드는 것을 사는 것도 아니다. 오히려 마음에 그나마 들었던 상품이 품절이 되어 아쉬움으로 남기도 한다.

그리고 그걸 고민하는 시간에 다른 일들을 처리할 시간을 빼앗기니 그것도 시간의 효율성 부분에서 손실이 아닐 수 없다.

매일 고민만 하는 것 같아 얘기할까 하다가도 기분이 상할까 봐 마음에만 담아두었던 조언을 용기 내서 한 적이 있다. "행동을 먼저 하고 생각을 나중에 해도 돼, 우선 먼저 행동을 해."

그렇지 않은가? 무슨 일을 할 때 무조건 생각을 먼저 할 필요는 없다. 우선 행동을 하고 나서, 일단 시작하고 나서, 그다음 생각을 해도 된다. Why not?


인터널 코치 교육을 받을 때 내가 그랬다. 아시는 강사분이 이런 강좌를 개설한다고 했을 때, 나는 코치란 것이 무엇인지도 몰랐고, 그런 직업이 한국에 있는지도 몰랐지만 우선 신청했다.

'먼저 선점하라'란 말이 있듯이 이렇게 행동을 먼저 저질렀을 때 가끔 얻어걸리는 수확이 있을 때가 있다. 이 인터널 코치 교육이 내게는 그랬다. 우선 1기여서 교육비를 정가의 50%에 수강했다. 그리고 교육을 들을 때도 분위기가 매우 좋았고, 한눈에 봐도 매우 좋은 분들이 모여있었다. 그분들로부터 코칭에 대한 열정이나 인생 선배로서의 삶의 조언들을 듣고 좋은 영향을 받았다.

그 뒤에 코칭 기술을 배우고 동기들끼리 코칭 실습을 하였다. 신기한 것은 동기들은 아직 코치가 아닌데도 이 프로세스만으로 코칭 실습을 할 때, 나의 작은 고민부터 인생의 본질적인 물음에 대한 고민까지도 해결이 되었다.

그리고 코치 더 코치라고 선배 코치들과의 코칭 실습을 하는 시간이 있는데, 실습이 끝나고 그분들에게서 피드백을 받았다. 그게 비록 나에 대한 안 좋은 피드백이라고 해도, 그 피드백을 들으면서 나를 한번 되돌아보게 되었고, 성찰을 하게 되면서 내가 정말 그런 부분들이 있었다는 걸 발견하게 되었다. 지적받은 부분들을 고쳐야겠다고 생각하게 되었다.

한 번은 코칭 실습 초반에 처음으로 상위 코치와의 코칭 실습을 하는데, 상위 코치가 나에게 상대방의 말을 잘 듣지 않는다, 경청을 잘하지 않는다는 피드백을 주셨었다. 속으로 약간 뜨끔했다. 왜냐면 실제로 회사를 20년 넘게 다니면서 다른 상대 회사의 요구나 요청을 어느 정도 타협은 하지만 어쨌든 회사는 영리 추구 단체이므로 그리고 난 이 회사 소속이므로 전부 수용하지 못한다.

그런 부분들이나 부서 간 완력 다툼 등이 있을 때 조율은 하지만 전부 수용하지 못하므로 적절하게 내 선에서 배제해야 하는 부분들이 있었다. 그럴 때 어느 정도까지만 상대방의 이야기를 듣고 그 이후에 요구들에 대해서는 잘 듣지 않고 커트해버리는 상황들이 있었다. 그게 회사생활을 통해 몸에 밴 거 같다. 그런 부분들이 그 상위 코치에게는 바로 보였던 것이다. 많이 반성했다. 그런 경청하지 않는 태도 앞에서 상대방들이 얼마나 기분이 나빴을까 그리고 나의 자녀들에게도 제대로 된 경청을 하지 못했던 것 같아 미안한 감정들이 올라왔다. 그 이후로 자녀들의 이야기나 업무시 상대편의 이야기를 주의 깊게 듣기 위해 의도적으로 노력을 했다.

또한 사회생활하면서 누가 정말 나를 아끼지 않는 한 피드백 해주지 않는다. 관심이 없는 경우에는 스스로 도태되도록 알려주지도 않는 냉정한 약육강식의 법칙이 존재하는 곳이 사회이다.

근데 이렇게 나에 대해 애정 어린 피드백을 해주시다니, 그것도 자신의 전문 분야에서 오랜 시간 커리어를 쌓고, 끊임없는 배움의 열정을 가지고 이런 코칭 자격을 취득한 인생선배님이 해주시는 조언이라니, 막상 들을 때는 기분이 나쁘기도 하고, 부끄러워지기도 하나, 하나하나 나에 대한 피드백들은 나를 정말 내 인생의 목표로 삼는 인격적이고 성숙한 인간으로 만들어 줄 것 같다는 생각이 들었다.

그래서 인터널 코치라는 직업을 인생 이모작과 같은 심정으로 공부를 계속해서 역량을 키우고 있다. 인생 이모작을 고민하는 분들에게도 추천해 주고 싶다. 성찰을 통해 자기 자신을 변화시킬 수 있고, 다른 사람의 고민을 그 자신 스스로가 가진 자원 내에서 이끌어 내어 문제를 해결시켜주고 나아갈 방향을 찾게 해 준다는 그 자체만으로도 매우 보람되기 때문이다.

# 주변 사람들에게 마음 열기

김현지

　마음을 연다는 것은 어떤 것일까? 마음을 열기 위해서는 우선 우리에게 가장 중요한 부분인 무의식에 주목해야 한다. 무의식이란 무엇일까? 테드 제임스. 데이비드 셰퍼드의 '마술처럼 발표하고 거인같이 말하라'에서는 의식적으로 생각하고 있는 것이 아닌 모든 것이 무의식이라고 정의하고 있다. 우리가 어떤 것을 생각하자마자 이것은 의식이 된다. 이 '어떤 것'이 의식이 되기 바로 이 전에는 무의식에 있었다는 것이다. 즉, 우리가 누군가와 함께 있을 때 상대의 의식과 무의식 둘 다와 함께 있는 것이다. 상대의 말과 행동과 표정 이면에는 상대의 무의식이 작용을 하고 있고 이 무의식이 바로 상대방의 뿌리다. 이 뿌리를 인식하고 인정해 주는 것이 바로 마음을 여는 행위인 것이다. 코칭은 바로 마음을 여는 행위에서 시작된다.

하나의 행동이 습관이 되는 과정에 무의식의 작용이 있다. 나는 글을 너무 쓰고 싶었지만 습관이 잘 형성되지 않아서 잘 써지지가 않았다. 의식적인 차원에서는 글을 써야 한다고 생각했지만 행동이 연결되지 않았다. 무의식에서 받아들여지지 않은 나머지 글을 쓰는 행위가 내 것이 되지 못했던 것이다. 코칭을 해보면 새벽 기상을 하고 싶어요. 규칙적으로 운동을 하고 싶어요. 다이어트를 하고 싶어요. 하는 분들을 많이 만난다. 이분들도 다 나처럼 마음과는 달리 현실에서 실천이 잘 안 된다고 했다. 무의식에서 이것을 인정하지 못하고 받아들이지 못하기 때문에 실천이 안 되는 것이다. 이것을 모르고 의식 차원에서 만의 노력은 작심삼일로 끝나기 일쑤다. 우리가 습관을 만들기 위해서는 무의식에 길을 내야 한다. 우리가 아이가 태어나면 삼칠일을 한다. 새로운 생명체인 아기가 면역력이 생겨서 7일이 3번 지나갈 때까지 외부인의 출입을 금하는 것이다. 이 21일이 뇌 과학에서도 의미가 있다고 한다. 21일 정도를 꾸준하게 해야 우리의 뇌에 새로운 습관에 관한 흔적이 생긴다. 그리고 100일을 꾸준히 실천해야 이후에 뇌에 나만의 습관의 길이 나게 되고 비로

소 그 행동이 내 것이 된다고 한다. 이렇게 100일 정도 꾸준한 실천으로 습관을 만들면 무의식에 길이 만들어지고 그제야 새벽 기상이나 운동이나 다이어트가 습관이 된다. 나도 모르게 새벽 4시가 되면 눈이 저절로 떠지는 상태에 이르는 것이다. 그래서 자신을 변화시키기 위해서는 우선 나의 무의식과 소통하는 방법, 무의식에 길을 내는 법을 알아야 한다. 그래야 코칭으로 만난 고객의 무의식과 만나서 소통할 수 있다. 내 무의식과 소통하는 법을 모르면 고객의 무의식을 이해하지 못해 당황스러운 상황이 생길 수 있다. 그래서 코치는 우선 자신의 무의식부터 인정해 주고 알아차리는 연습이 필요하다.

친구를 코칭한 적이 있었다. 이 친구는 캐나다에서 8년 정도 고생 끝에 시민권을 땄다. 시민권을 따기 위해 8년 동안 한 번도 한국에 오지를 못했다. 그런데 시민권을 따자마자 코로나 사태가 발생했고 작년 여름에 한국에 오게 되었다. 그리고 지금 '캐나다로 다시 갈 것인가, 말 것인가' 하는 문제로 고민 중이다. 시민권 다음 코스는 영주권이라고 했다. 영주권을 따러 다시 캐나다로 가야 할지 한국에 남을지 아무리 생각해도 결론을 못 내겠다고 해서 코칭을 해보았다. 그 친구는 지금 캐나다로 떠나기 전에 일하던 직장에서 다시 일하고 있는데 그곳에서 인정받고 있고 또 그 일이 자신의 적성에 맞아 즐겁다고 했다. 타지에서 가족 없이 외롭게 지내기보다 한국에서 가족과 함께 따뜻하게 지내기를 바라는 마음에 나는 친구가 한국에 있기를 바랐다. 코치는 고객의 입장을 선명하게 만들어주는 역할을 해야지. 자신의 입장을 가지고 그 입장을 고객에게 강요하면 안 된다. 그런데 친한 친구이다 보니 나도 모르게 감정이 이입되어 한국에 남았으면 좋겠다는 입장으로 코칭이 진행되었다. 친구와의 대화가 끊기고 서로 감정이 상하려 하고 있었다. 그래서 순간 나는 마음을 탁 비우고 친구의 무의식 속에 캐나다를 향한 마음을 인정해 주기로 했다. 그리고 다시 코칭을 진행했더니 왜 캐나다를 가고 싶은지를 더 들을 수 있었다. 물론 두 가지 마음의 크기가 비슷해서 결정을 내리지는 못했지만 친구는 본인이 한국에 남고 싶은 이유와 캐나다에 가고 싶은 이유가 정리되는 느낌이었다고 했고 그 둘 사이의 결정을 위해 자신의 삶의 목적에 대해 좀 더 깊이 있는 고민을 해보겠다며 코칭의 소감을 남겼다.

친구가 캐나다를 가고 싶다는 생각을 갖게 되는 것은 의식 차원에서 이루어졌지만 그 생각이 의식으로 올라오기 전 무의식에 어떤 이유들이 존재한다. 코치는 이 무의식에 쌓여 있는 그 뿌리를 보지 못하고 함부로 판단해서는 안 된다. 고객이 자신의 입장을 인정받지 못하고 있다고 생각한 순간 감정이 상해서 입을 닫는다. 고객은 왜 캐나다에 가고 싶은지 무의식 차원에 존재하는 이유가 본인 스스로 정리가 되어 있지 않기 때문에 혼란스러운 것이다. 친구의 캐나다를 향하는 마음이 무엇인지 고객의 무의식에 가라앉아 있는 이유를 의식의 차원으로 끌어올려 주는 것. 그것이 코치가 할 일이다. 그러기 위해서는 열린 마음이 필수다. 그래야 존중받은 고객의 무의식이 자신의 이야기를 술술 털어놓으면서 베일에 싸여있던 자신의 정체를 밝히게 되는 것이다.

그 과정에서 고객은 캐나다에 가고 싶은 진짜 내면의 이유를 알게 된다. 그 이유가 자신의 성장을 위한 것에서 온 것인지 아니면 자기 결핍이나 남에게 인정받기 위한 왜곡된 마음에서 온 것인지를 잘 살펴 고객 스스로가 본인을 객관적으로 바라볼 수 있게 해 주는 것 이것이 바로 코치의 역할이다.

이 과정에서 코치에게 요구되는 덕목은 열린 마음이다. 그 열린 마음이란 사람은 누구나 자신의 삶의 경험에서 오는 감정, 생각들로 인해 만들어진 무의식의 세계가 있다는 것을 인정하고 그 세계를 존중해 주는 마음이다. 그 마음이면 된다. 감기가 걸렸을 때 약을 먹어도 낫지만 약이 없어도 자연 치유된다. 각자가 가지고 있는 치유력 때문이다. 코칭은 처방전과 약을 주는 것이 아니라 고객이 가진 자연치유력을 되찾아주는 도구다. 타인의 치유력을 일깨워주는데 필요한 것은 바로 고객이 가진 치유의 힘을 믿고 열린 마음이 되어 고객을 애정 어린 눈으로 바라봐 주는 것. 그것 하나면 충분하다.

# 목표 정하기와 전략 세우기

서성미

코칭은 목적이 있는 대화라고 합니다. 프로세스와 매뉴얼의 유무에 따라 일의 능률, 효율성이 달라집니다. 우리가 하는 대화에 프로세스를 갖춘다면 대화의 생산성은 어떻게 바뀔까요? 사적인 일상 대화뿐 아니라 회사에서 진행하는 회의도 프로세스대로 흘러갈 때와 서로 업무 떠맡기기, 남 탓하기, 하소연하기, 시비 가리기 대화만 오갔다면 시간 대비 효율성은 떨어집니다. 자기 계발 강사로 시간 관리 교육을 진행할 때 컬러에 의미를 부여해서 내가 사용한 시간을 컬러로 피드백하는 방법을 알려드린 적이 있습니다. 커뮤니티 관리한 시간을 '보라'색으로 피드백해보자고 말씀드렸더니 수강생 중 한 분이 "저는 오늘 모임에서 기분도 상하고 보낸 시간이 아까워 적 보라색으로 칠하고 싶어요." 하셨던 게 생각이 납니다.

목적이 있는 대화 프로세스가 뭘까요? 목표하는 바를 함께 탐구하여 합의하고 목표 달성을 위한 대안 탐색과 실행계획을 세워 대화가 끝났을 때 방아쇠가 당겨진 총처럼 혹은 시동이 걸린 자동차처럼 실행 의지가 끌어올려진 채로 마쳐진 대화 프로세스를 말합니다. 주제 탐구하는 시간을 충분히 갖는다면 온전하고 창의적이고 해답이 있는 고객은 무엇이 중요하고 무엇부터 할 것인지 스스로 정리합니다. 저도 불편한 감정이 올라올 때 셀프코칭을 합니다. 다이어트 챌린저 팀을 꾸려 진행하는데 답답하고 화나는 부분이 있어 바로 셀프코칭에 들어갔습니다. 불편한 감정을 느끼게 한 생각의 근원이 무엇인지 살펴보니 멤버들의 적극적이지 않은 태도 때문이었습니다. 몇 단계 더 들어가보니 다른 근본적인 문제가 있었습니다.

나에게 다이어트란 어떤 의미지?, 다이어트에 성공한다면 삶에 어떤 영향을 끼치지?, 이상적으로 만족한 상태는 어떤 상태지?, 그 상태가 되어서 진짜 하고 싶은 일은 뭐지?, 현재는 어떤 상태지?, 원하는 상태와의 간격은 어떻게 줄여나갈 거지? 스스로 묻고 답하는 가운데 성찰이 올라왔습니다. '아~ 내가 지금 답답하고 화가 나는 부분이 직감적으로 이번에도 다이어트 실패할 것 같다는 생각 때문이구나. 내 화를 환경 탓, 남 탓하고 있었던 거구나. 환경이나 팀워크와 상관없이 약속한 것을 스스로 잘해나가면 되는데 하지 않으면서 합리적인 이유를 찾고 있었구나' 이런 생각이 정리되니 뭘 해야 할지 스스로 동기부여되어 실행계획을 다시 세우고 집중할 수 있었습니다.

자기 계발서를 읽어보면 자기 계발의 첫 단계로 목표 설정을 제안하는 책들이 많습니다. 저 역시 자기 계발 교육을 받고 본업이 있는 상태에서 병행 경력으로 하고 싶은 일을 지속해서 도전할 수 있었던 이유가 목표를 세웠기 때문입니다. 목표 설정뿐 아니라 자기 인식을 충분히 하는 것도 도움이 되었습니다. 어떤 존재 이유를 가지고 핵심가치를 실현하고 싶은 것인지, 어떻게 잘하는 일로 나답게 즐겁게 행복하게 살아갈 것인지 이런 질문을 던지고 답을 찾았습니다. 이런 시간이 나를 단단하게 만들어 줬다고 생각합니다. 목표를 세우고 검증하는 시간을 통해 어떤 환경에서도 해낼 수 있다는 자존감을 가질 수 있게 되었습니다. 나에 대한 자기 인식이 부족한 상태에서 세운 목표 설정은 약하고 뿌리가 깊지 못합니다. 그래서 타인의 목소리에 흔들리기 쉽습니다.

　나의 핵심가치를 실현하기 위한 목표와 타인의 평가를 신경 쓰며 세운 목표를 실행에 옮길 때 몰입도와 지속력에 차이를 확인할 수 있었습니다. 자기 분석과 성찰을 바탕으로 가슴 설레는 목표를 설정합니다. 이때 생산성 있는 대화 프로세스를 갖춰 혼자라도 셀프코칭 대화를 할 수 있습니다. 원하는 목표와 현재 상태를 극복할 실행전략을 세울 때 가용할 수 있는 내적 자원인 강점을 의도적으로 사용합니다. 이 과정에서 셀프코칭도 도움이 되지만 파트너십을 갖춘 전문 코치와 함께라면 관점 전환과 성찰을 일으키는 데 도움을 받을 수 있습니다. 코치의 인정, 지지의 메시지까지 더해진다면 더 높은 에너지 레벨에서 긍정적이고 창의적인 사고로 실행 의지를 끌어올릴 수 있습니다.

　구체적인 목표의 중요성만큼이나 나에 대한 인식을 위한 탐구 시간도 필요합니다. 무엇을 할 것인가, 어떻게 할 것인가를 다루던 사고에 앞서 나는 어떤 것을 하길 원하는 사람인가? 왜 그걸 하고자 하는가에 대한 탐구를 선행해야 합니다. 열정적인 마음으로 목표를 설정하고 일을 시작해도 난관에 부딪히면 포기하고 싶은 게 사람입니다. 나에 관한 탐구 없이 남들 보기에 그럴듯한 목표로 시작한 일은 말할 것도 없습니다. 충분한 자기 인식을 바탕으로 세운 목표가 있고 마지막까지 놓지 말아야 할 무기, '희망'을 가지고 세운 전략이라면 이제 행동만 남았습니다.

# 필요한 지식과 스킬 습득하기

박상림

국제 코칭 연맹은 코칭에 대한 정의를 "코칭은 고객의 개인적, 전문적 잠재력을 최대한 발휘할 수 있도록 영감을 불어넣고, 사고를 자극하여 창의적인 프로세스 안에서 고객과 파트너 관계를 맺는 것"이라고 한다. 코칭은 자신이 갖고 있는 잠재력을 최대한 발휘해서 고객이 원하는 삶에 대한 욕구와 문제를 해결해 나갈 수 있는 답을 찾을 수 있게 도와준다. 그 답을 찾기 위해서는 창의적인 프로세스가 필요하다. 코치라면 프로세스의 지식과 스킬을 습득해야 한다. 프로세스 안에는 고객의 이야기에 경청하고, 고객의 생각을 자극하며, 관점을 전환시킬 수 있는 질문이 있어야 한다. 고객을 인정, 칭찬, 지지해 주며 변화를 도울 수 있는 피드백이 들어 있어야 한다. 고객을 도울 수 있는 창의적인 프로세스를 알아보자.

ICF 코칭 핵심 역량은 코칭 철학을 바탕으로 여러 가지 코칭 스킬과 접근 방법들을 체계적으로 제시하기 위해 개발되었다. 코칭 핵심 역량은 제대로 된 코칭을 하기 위해 코치가 갖춰야 할 능력을 말한다. 8가지 코칭 핵심 역량은 ICF에서 실시하는 코치 자격시험의 기준이 된다. ICF에서 인증하는 코치 자격은 ACC, PCC, MCC의 세 단계가 있다. 이 시험에서 코칭 핵심 역량을 얼마나 갖추고 있는지를 본다. ICF는 2020년에 코칭 핵심 역량을 개정했다.

ICF 코칭 핵심 역량은 다음과 같다.

**A. 기초 세우기** (Foundation)

　　1. 윤리 실천을 보여 주기 (Demonstrates Ethical Practice)

　　2. 코칭 마인드셋을 구현하기 (Embodies a Coaching Mindset)

**B. 관계의 공동 구축하기** (Co-Creating the Relationship)

　　3. 합의하고 유지하기 (Establishes and Maintains Agreements)

4. 신뢰와 안전감 만들기 (Cultivates Trust and Safety)

5. 현재에 머무르기 (Maintains Presence)


C. 효과적으로 의사소통하기 (Communicating Effectively)

6. 적극적으로 경청하기 (Listens Actively)

7. 알아차림으로 의식 깨우기 (Evokes Awareness)


D. 학습과 성장 북돋우기 (Cultivating Learning and Growth)

8. 고객의 성장 촉진하기 (Facilitates Client Growth)


코칭 핵심 역량의 목적은 코칭을 잘할 수 있도록 안내하여 돕는 것이다. 고객과의 코칭 속에서 대화를 위해 사용할 프로세스를 제공한다. 코칭 과정 속에서 고객의 생각이나 감정, 의도에 따라서 유연하게 진행되기 때문에 미리 정해진 프로세스에 따라 주지 않을 수도 있다. 그럼에도 불구하고 고객이 표현하는 것을 경청하여 거울처럼 비추어 줌으로써 고객 스스로 자신이 말하는 부분이 어떻게 영향을 주고 있는지를 알아차릴 수 있게 도와줄 수 있다.

8가지 코칭 핵심 역량이 서로 상호작용 하면서 연결되어 있고, 영향을 주고받는다. 첫 번째 단계는 고객이 코칭받고 싶은 주제와 코칭을 통해 얻고 싶은 것을 정하는 '주제 합의'를 맺으면서 출발을 한다. 나누고 싶은 주제를 고객 자신도 모를 때는 고객이 생각해 낼 수 있도록 도와주는 질문들을 할 수 있다. "지금 당장 해결해야 할 과제가 있다면 무엇입니까?", "얻고 싶은 것이 있다면 무엇입니까?" 등 고객의 성공을 돕기 위한 질문을 한다. 이렇게 해서 코칭할 주제를 합의하게 되면, 합의된 코칭 주제와 목표를 달성하기 위해서 현재 상태와 목표 상태에 어떤 차이가 있는지 질문을 통해서 확인한다. 그 차이를 메울 수 있는 방안들을 찾기 위해 다각도로 브레인스토밍을 한다.

코치의 역할은 고객의 생각을 확장시키고 동기 부여를 하는 것이다. 고객이 스스로 해결책을 찾을 수 있도록 지원한다. 구체적인 실행 계획을 수립하고 실행할 수 있도록 질문을 통해서 다양한 관점으로 바라볼 수 있도록 돕는다. "그 목표를 위해서 어떻게 하시겠습니까?", "무엇을 해보겠습니까?", "언제 하시겠습니까?" 이런 질문을 통해서 고객은 스스로 무엇을 해야 할지 생각하고, 실행할 방안을 마련할 수 있다. 고객이 스스로 앞으로 나아갈 수 있도록 돕는 것이 코칭 목표다.

고객으로 하여금 코칭 전반을 돌이켜 보게 하고 스스로 확인할 수 있는 마무리 질문을 한다. "오늘 코칭을 통해서 무엇을 느끼셨습니까?", "오늘 코칭을 통해 자신에 대해 알게 된 건 무엇입니까?"라고 질문할 수 있다. 질문을 통해서 고객이 코칭의 주인이 되어 스스로 돌아보고, 코칭을 통해 성취한 것을 실행할 수 있도록 고객을 지지하고 응원해 준다.

8가지 코칭 프로세스를 배우고 익혀서 고객을 돕는 코칭을 하려고 한다. 고객과 소통하는 과정 중에 상황에 따라서 프로세스대로 진행되지 않을 때도 있다. 고객의 말을 들으면서도 다음에 어떤 질문을 해야 할지 머릿속으로 생각하면서 고객의 말을 듣게 된다. 그러다 보니 적극적인 경청을 할 수 없다. 대화의 흐름이 끊겨 다시 질문을 하기도 한다. 고객이 말하는 것과 말하지 않는 것에 집중하여 고객이 처한 맥락에서 드러나는 모든 걸 이해해야 하는데 쉽지가 않다. 고객이 스스로 표현하도록 지원하는 것이 우선인데 코칭을 잘 해내고 싶다는 욕구에 집중하는 오류를 범하기도 한다. 고객의 말을 그대로 반영하거나 요약하여 거울이 되어 그대로 보여 줘야 하는데 내 방식대로 해석해서 들려주기도 한다. 이런 실수를 하지 않도록 지식과 스킬을 습득해 나가야 한다.

코칭을 진행하면서 필요한 지식과 스킬을 습득하며 배우고 있다. 프로세스는 보편적으로 그렇게 하면 좋은 성과를 낼 수 있다는 모범 진행 순서다. 일단 프로세스를 익히고 반복하고 난 후에는 프로세스에 얽매이지 않고 자유로워질 수 있도록 계속해서 코칭 경험을 쌓아 가고 있다. 고객의 상황에 따라 유연하게 프로세스를 진행할 수 있는 단계에 이르기까지 ICF 코칭 핵심 역량에 대한 설명을 반복해서 읽고 배워 나가려 한다. 비효율적인 프로세스는 실제 작업에 소요되는 시간의 10배를 소모시킨다고 한다. 효과적인 프로세스는 시간 낭비를 없애고 실제 필요한 시간을 단축시킬 수 있다. 기본이 튼튼하면 움직임이 훨씬 자유로워질 수 있다.

# 리더십 배양이 먼저다

홍지숙

"코치님 제가 독서지도사가 될 수 있을까요?"

독서지도사 과정을 진행하면서 가장 많이 들었던 질문이다. 그럴 때마다 긍정 생각과 동기부여를 위한 교육을 했다. 그런 다음 독서지도사 커리큘럼을 훈련했다. 문제는 그다음 실습 단계였다. 자신이 익히고 누군가에게 가르치는 코치의 단계에서 모든 걸 포기한다. 설득도 쉽지 않았다. 포기하는 그들을 보면서 힘이 빠졌다. 무엇이 문제인지 생각했다. 그리고 얻은 답은 누가 독서지도사이고 왜 하는지에 대한 명확한 이유가 없다는 것을 알게 되었다.

그 이후로 "왜 독서 지도를 하려고 하십니까?"라는 질문을 하기 시작했다. 처음엔 모두 힘들어했다. 대부분 사람이 목적이나 이유 없이 과정을 수강하고 자격증을 취득하고 있었다. 그러면서 교육과정에 변화가 생겼다. 첫 입문은 '내가 왜 독서지도를 하려고 하는가?'의 질문으로 시작했다. 처음 질문에 답을 못했던 사람들이 자신만의 이유를 찾기 시작했고 과정을 완주했다.

독서지도사 과정을 수료하고 경력을 쌓기 위해 시립 지역아동센터에 자원봉사를 하게 된 선생님이 있었다. 초등학생 책 읽기 프로그램이다. 지역아동센터의 수업은 여러 학년이 섞인 다수의 아이를 대상으로 진행된다. 첫 수업이라 동행했다. 수업이 시작되는 것을 보고 사회복지사 선생님과 대화를 나누고 있을 때 갑자기 교실이 소란스러워졌다. 한 친구가 와서 사회복지사 선생님을 찾았다. 교실은 웅성웅성 소란스러웠다. 상기된 표정의 선생님이 한 친구에게 뭔가를 묻고 있었다. 책을 읽는 도중 친구들이 떠들었고 선생님은 책 읽기를 멈추고 조용히 하라고 주의를 시켰다. 그러자 한 친구가 욕을 했고 선생님 귀에 들렸다. 욕을 한 이유를 묻는 과정에서 아이는 하지 않았다고 말하고 있었고 선생님은 분명히 들었다고 했다. 실랑이가 이어지자 사회복지사가 아이를 데리고 교무실로 갔다.

이 사건으로 독서지도사 선생님은 일을 그만두게 되었다. 어렵게 공부하고 취득한 자격증이기에 설득했지만, 마음이 열리지 않았다. 코치를 육성하는 내게도 많은 생각을 하게 한 사건이다.

이후 많은 코치를 육성하고 그들이 성장하는 것을 보면서 '일을 하고 싶다' 이전에 내가 왜 일을 하는지에 대한 이유가 얼마나 중요한지를 알게 되었다. 자기 자신이 무엇을 원하는지, 자신에 대한 인지가 먼저라는 걸 말이다.

코치들의 내면 찾기와 리더십 함양이 자격 취득보다 중요하다는 걸 알게 된 후 독서 모임을 시작했다. 타인의 사고력 확장을 위한 질문을 스스로 하고 생각을 표현할 기회를 주고 싶었다. 시작이 순조롭지는 않았다. 하고 싶은 마음은 있지만, 책 읽기와 토론에 대한 두려움을 가지고 있었다. 천천히 가더라도 그들에게 독서 모임을 통한 자기 성장을 경험하게 해주고 싶었다. 그리고 독서지도사로서 당당하고 즐겁게 활동하게 하고 싶은 마음이 컸기에 무조건 시작했다. 시작 전 두려움과 불안은 어디 갔을까? 정해진 2시간이 모자라 매번 늦게까지 토론을 했고 울고 웃고 자신의 감정에 솔직해지기 시작했다. 내면의 이야기를 하기 시작한 순간 그들은 변하기 시작했다. 자신의 소리에 귀 기울였고 자신에 대한 집중이 되자 타인의 생각도 수용할 수 있게 되었다. 독서 모임은 코치인 나로 인해 시작되었지만, 변화를 느낀 그들은 주체가 되었고 다른 독서 모임을 운영할 정도로 성장했다.

코치는 단순히 내가 익히는 단계를 넘어 누군가를 가르치고, 그 누군가가 다른 사람을 가르칠 수 있을 때까지 돕는 사람이다. 다시 말해 리더가 되어야 한다. 누군가의 리더가 되기 위해서는 나를 이끌 줄 아는 리더가 먼저 되어야 함을 많은 지도사 양성을 통해 경험했다. 나를 이끌지 못하는 리더는 외부의 환경이나 타인의 반응에 따라 본인이 하는 것들을 끝까지 해내지 못한다. 나를 알아가는 과정의 경험이 없으므로 타인의 문제를 문제로만 인식하고 관계를 원만하게 형성하지 못하기 때문이다.

이후 모든 강의 과정의 시작은 동기부여, 마인드, 나를 찾는 활동으로 이어졌다. 이런 시간이 과정을 인문 하는 수강생에게 중도 포기 없이 과정을 마무리할 힘을 줬다. 더 나아가 타인에게 리더십을 발휘할 수 있는 리더로서의 역량을 키울 수 있게 도와줬다.

코칭은 자신을 찾는 것부터 시작해야 한다. 코치로써 다른 사람을 변화시키겠다는 생각은 버려야 한다. 자기 자신을 변화시킬 수 있는 사람은 자신뿐이라는 걸 인지하고 자신을 알아가는 리더십을 먼저 길러야 한다. 자신을 이끄는 리더십을 키우는 것이야말로 인터널 코칭의 시작이다.

# 쌍방향 커뮤니케이션의 이해

조성윤

'통~~~하였느냐?'

2003년 개봉한 영화 '스캔들—조선남녀상열지사'에 나오는 말이다. 통하는 상대와 대화를 나누는 것은 즐겁다. 코치도 코치이와 이렇게 '통' 해야 한다. 통하는 것은 생각보다 쉽지 않다. 한참 열심히 이야기하고 있는데 상대가 집중하지 않거나 딴짓을하면 김이 샌다. 커뮤니케이션은 서로 마음을 열고 통해야 한다. 마음은 라포를 형성하면 열린다. 라포는 사람과 사람 사이에 다리를 놓는다는 뜻의 프랑스어로 상호 이해와 공감을 통해형성되는 신뢰 관계와 유대감이다. 코칭은 공감과 칭찬으로 라포를 쌓는다.

코치 : "오늘 코칭을 시작하기 전에 기분이 어떠셨나요?"
코치이 : "날이 좋아 산책을 하면서 꽃을 보니 기분 전환도 되고
좋았어요."

코치이가 대답하면 "아~산책을 하면서 꽃을 보니 기분 전환
도 되고 좋으셨군요." 하고 복사기 화법으로 상대의 말을 돌려준
다. "바쁘신데도 시간을 내서 코칭을 신청하셨군요. 문제를 해결
하고 싶은 열정이 느껴집니다."라고 하며 구체적으로 칭찬한다.
칭찬도 "잘했다"라는 단답형이 아니라 구체적으로 코치이의 상
황을 긍정적으로 이야기해 주는 것이 라포를 잘 쌓는 방법이다.

코치이는 현재 자신의 상태를 해결하고 싶지만, 중심 문제가
명확하지 않을 때가 있다. 대화를 통해 문제를 찾아갈 때 코치
와 커뮤니케이션이 중요하다. 잘 '통'하려면 상대의 이야기를 경
청하여야 한다. 한자로 들을 청(聽)은 임금이 이야기할 때, 귀를
기울이는 자세로, 열 개의 눈으로 그 사람을 보면서 하나의 마
음이 되어 듣는다는 뜻이다. 즉, 경청은 마음을 '알아차리는 것'
이다. 그러기 위해서는 상대가 이야기할 때 끼어들거나, 넘겨짚
으면 안 된다. 눈과 귀뿐만 아니라 오감을 사용하여 상대의 마
음에 집중한다.

코칭 기술은 TED를 기반으로 하여 마음을 끌어낸다. TED 는 마음의 3요소를 말하는데 생각(Think), 감정(Emotion), 갈망(Desire)을 합친 것이다.

"시간 관리를 잘하고 싶어요."라는 주제로 코칭을 한다면 겉으로는 시간을 잘 활용해서 자기 계발을 잘하고 싶은 내용으로 보인다. 하지만 TED를 하는 경청을 하면 고객이 정말 하고 싶은 핵심 주제가 달라질 수도 있다. "시간 관리를 잘해서 가족과 함께 하는 시간을 갖고 싶어요." 고객이 진정 원하는 문제와 해결방안을 찾기 위해서는 코치와 코치이가 커뮤니케이션이 잘되어야 한다.

듣기만 해서는 커뮤니케이션이 잘 된다고 할 수 없다. 잘 들었다면 질문을 해야 한다. 질문에는 7가지의 힘이 있다.

1. 질문하면 답이 나온다.
2. 질문은 생각을 자극한다.
3. 질문하면 정보를 얻는다.
4. 질문하면 통제가 된다.

5. 질문하면 마음을 열게 한다.

6. 질문은 귀를 기울이게 한다.

7. 질문을 받으면 스스로 설득이 된다.

*질문의 7가지 힘. 도로시 리즈 지음

상대의 이야기에 귀를 기울이고 공감을 통해 긍정적인 피드백을 한다. 코치이의 에너지를 올리고 질문을 통해 해결 과정을 함께 찾아본다.

그때 앞서 언급한 복사기 화법을 사용한다. '아~그래서 ~하셨군요.' '~하셨다는 거죠?' 상대의 이야기를 복사해서 말하는 방법으로 복사기 화법이라고 한다. 코치이는 코치의 입을 통해 자신의 문제를 듣고 해답의 실마리를 찾게 된다.

"운동을 통해 다이어트를 하고 싶다는 거죠? 다이어트를 하게 된 계기가 있으셨나요?"

"아~그래서 자신의 꿈을 찾으려고 노력하셨군요. ○○님에게 꿈이란 어떤 의미인가요?"

코치는 코치이에게 열린 질문을 한다. 단답형으로 떨어지는 닫힌 질문이나 부정 질문, 혹은 코치의 생각이 담긴 유도 질문은 지양해야 한다. 답은 코치이가 가지고 있다. 코치는 질문이라는 공을 던져 코치이의 답을 끌어내어 실행하는 것을 돕는다. 상위 코치에게 제일 많이 들은 조언도 코치의 생각을 말하지 말라는 것이었다.

코칭 실습으로 40대 여성을 만났다. 아이를 낳으면서 허리 디스크가 생겨 통증을 없애고 싶다는 주제였다. 라포 형성도 잘되고 주제 합의도 수월하게 했다. 점수화를 통해 현재 상태를 인지하고 앞으로 되고 싶은 상태를 인지하는 분위기도 좋았다. 그런데 고객이 '허리 운동할 시간도 없고 힘들어서 안 하고 싶다'라는 대답이 나왔다. 해결하고 싶은 마음에 순간 '안 하고 싶은 마음'을 방해 요소로 질문을 했다. 코치의 판단이 들어가 버린 것이다. 고객은 '안 하고 싶단 건 나쁜 건가?'라는 생각이 들어 주춤했다. 그 뒤로 분위기가 바뀌어 평범한 답을 찾는 것으로 끝났던 씁쓸한 경험이 있다.

코칭을 배우면서 다양한 주제로 대화를 나누는 것이 좋았다. 코칭을 통해 문제가 해결되었다는 말을 들으면 뿌듯했다. 하지만 잘될 때가 있으면 잘되지 않을 때도 있었다. 처음에는 역량이 부족한 나를 탓하고 자신감도 떨어졌는데 실패를 통해 배울 수 있다는 것도 코칭을 통해 알았다. 위에 언급한 에피소드도 실패한 코칭 사례이지만 쌍방향 커뮤니케이션을 잘해야 함을 배운 코칭이기도 하다.

상대를 판단하지 않고 귀를 기울이는 코치가 되고 싶다.
'저와 통~~~하시겠습니까?'

# 제4장

**문제 해결 기법**

(각자가 생각하는 인터널 코칭의 강점)

# 코칭의 세 가지 원칙

조소연

　한국코치협회(KCA)는 코칭을 이렇게 정의합니다. '코칭이란 개인과 조직의 잠재력을 극대화해 최상의 가치를 실현할 수 있도록 돕는 것이다.' 피코치가 스스로 목표를 설정하고 효과적으로 달성하며 성장할 수 있도록 도우려면 긴밀한 관계가 있어야 합니다. 즉 긴밀한 파트너십이 있어야 합니다. 블루밍 경영연구소는 코칭을 이렇게도 정의합니다. '코칭은 상대가 목표 달성을 위해 자발적으로 행동할 수 있도록 촉진하는 활동이다. 경청, 피드백 기법을 이용해서, 현 수준과 목표를 분명히 인식하도록 하여, 더 나은 성과를 만들 수 있도록 도와주고 지지하는 수평적 파트너십이다.' 코칭의 정의를 놓고 보았을 때, 양쪽 모두 파트너십을 언급하고 있습니다.

코치와 피코치 간의 파트너십, 긴밀한 관계란 또 무엇일까요? 코치와 피코치 사이의 雙方向的 관계, 지속적인 대화, 상대방에게 꼭 맞는 맞춤의 코칭이 그것이라 할 수 있습니다.

雙方向性, 지속성, 맞춤형. 즉 이 세 가지가 코칭의 모든 기술의 전제가 되는 기본 원칙입니다. 코칭에서의 의사소통은 이 세 가지를 기초로 합니다.

첫째, 코칭은 雙方向的이어야 합니다.

대화는 당연히 雙方向的이 아니겠느냐고요? 아닙니다. 우리의 대화를 잘 관찰해 봅니다. 예를 들어, 부모-자녀, 상사-부하직원, 선생님-학생의 대화를 관찰하다 보면 대화의 내용의 많은 부분이 雙方向的이 아니라 단방향 적임을 봅니다. 雙方向의 소통은 일상적인 대화를 서로 나눈다고 되는 것이 아닙니다. 상대방의 말을 잘 듣고, 그런 다음에 자신의 말을 이어가는 과정이 반드시 있어야 합니다. 자기의 생각을 말하고 상대방의 이야기를 들어야 雙方向的인 의사소통입니다.

집에서 아이들과 雙方向的인 대화를 하려고 노력해봅니다. 아이들과 대화를 많이 한다고 생각하지만, 아이들에게 자주 하는 말은 雙方向的인 대화가 아닙니다. 지시와 확인일 때가 많습니다. 오늘 뭘 했는지, 뭘 먹었는지 할 일은 다 했는지, 공부는 얼마만큼 했는지에 관한 질문과 답은 쌍방향의 대화라 할 수 없습니다. 아이들을 관리 감독하는 감독자의 발언일 뿐입니다. 우선 상대방의 이야기를 듣고, 질문하고 답하는 일련의 과정이 있어야 쌍방향의 대화입니다. 학생들에게도 코칭식 대화를 하려고 합니다. 역시 쉽지 않습니다. 지시하고 확인하고 통제하는 식의 대화에 너무나 익숙하게 살아왔나 봅니다. 익숙함을 벗어나 나의 상태를 자각하고 쌍방향적인 소통을 해야 합니다.

둘째, 코칭은 지속성이 있어야 합니다.

코칭의 목적은 코칭을 받는 사람이 스스로 깨닫고 자신의 행동에 변화를 주도록 하는 데 있습니다. 한번 코칭을 받았다고 하여 단번에 행동이 달라지지 않습니다. 피코치가 끊임없이 자각하고 변화할 수 있도록 지속해서 소통해야 합니다. 하나의 주제로 지속해서 대화하는 것은 어려운 일입니다. 코치나 피코치에게 있어서 모두 인내와 끈기가 있어야 합니다. 문제가 단번에 해결되지 않으므로 지속적인 대화가 필요합니다.

몇 달 전, 오랜 친구가 세상을 떠났습니다. 불과 얼마 전까지 연락하던 친구가 갑자기 세상을 떠났다니 참 당황스럽고 허망했습니다. 몇 달간 우울했습니다. 일에 집중이 되지 않았습니다. 일은 해서 무얼 하나 싶었습니다. 무기력이 찾아왔습니다.

이래서는 안 되겠다 싶어 황 코치님에게 전화를 하여 코칭을 받기 시작했습니다. 화요일 밤에 매주 한 번 대화를 나누었습니다. 황 코치님과 그 상황에 얽힌 이야기를 풀어갔습니다. 코치님은 제 이야기를 깊이 들어주었고, 여러 가지 생각해 볼 만한 질문을 해주었습니다. 그리고 저는 그 친구를 제 마음속에서 어떻게 정리하고 싶은가에 대해 고민할 수 있었습니다. 죽음과 삶에 대해 생각도 해 보았습니다. 코칭 횟수를 거듭하면서 제 안에 있던 답답함과 괴로움은 점차 희망으로 바뀌어 갔습니다. 그리고 떠나간 친구를 위해 내가 할 수 있는 일들에 대해 생각해보게 되었습니다. 그렇게 사 주 간의 지속적인 코칭 덕분에 저는 친구와의 헤어짐을 정리할 방법을 찾을 수 있었습니다.

셋째, 코칭은 맞춤형이어야 합니다.

어찌 보면 너무나 물린 이야기입니다. 코칭은 일대일의 맞춤식 대화입니다. 이야기의 주제를 선택하는 것은 코치가 아니라 피코치입니다. 피코치가 원하는 방향으로 대화가 전개됩니다. 문제의 해결책을 찾는 것은 피코치입니다. 코치는 단지 질문을 하여 피코치가 답을 찾도록 도와줄 뿐입니다. 코칭을 할 때는 상대방의 눈높이에 맞도록 대화해야 합니다. 어린아이들과 대화할 때나, 청소년들과 대화할 때는 마음의 자세를 낮추고 들어야 합니다. 어른의 대화에서도 상대방 생각의 선상에서 대화를 시작해야 합니다. 코치가 아무리 학식이 뛰어나고 식견이 높다고 하더라도 코칭의 성패는 그와는 별개의 문제입니다. 코칭을 받는 사람의 눈높이를 고려해야만 소통이 될 테니까요. 그러니 반드시 상대방의 눈높이에 맞는 맞춤식 대화를 해야 합니다. 학생이나 학부모와 코칭식 상담을 할 때도 우선, 상대방의 기본 자료를 확인합니다. 등하교 시간은 얼마나 걸리는지, 아이가 생각하는 부모님과의 관계는 어떠한지, 성적은 어떠한지, 친구 관계 및 좋아하고 싫어하는 것들은 무엇인지, 성격은 어떠한지, 어떤 어려움이 있는지를 파악하고, 자신의 미래에 대해 생각하고 있는지도 확인합니다. 맞춤형 대화를 위한 준비입니다. 상대방에 대해 충분히 준비하고 시작하는 대화에서는 마음이 금방 통하는 것을 느낍니다. 믿음이 생기고 진지한 대화를 나눌 마음의 준비가 되어 갑니다. 그런 후 상대방에게 집중하면 유의미한 대화가 오갈 수 있습니다. 피코치가 이해하기 쉽고 알아듣기 쉬운 용어를 사용해 맞춤형 코칭을 합니다.

인터널 코칭은 참 매력적인 일입니다. 쌍방향의 코칭 대화를 통해 코치도 피코치도 성장합니다. 또한, 지속적인 소통 안에서 피코치는 안정감과 편안함을 느낍니다. 상대방의 눈높이에 맞는 맞춤식 대화는 관계를 더욱 풍요롭게 만듭니다.

코칭의 세 원칙을 통해 더욱 풍부한 코칭을 경험하는 사람들이 많아졌으면 좋겠습니다. 그리고 결국에는 자신을 셀프 코칭하는 사람들이 많아졌으면 좋겠습니다. 삶은 누구에게나 녹록하지 않습니다. 늘 자신에게 묻고 자신에게 대답하는 삶은 분명 값진 삶입니다.

당나라 시인 백낙청의 시에는 '비익'이라는 새가 나옵니다. 비익은 날개가 하나인 이상한 새입니다. 날개가 하나라 두 마리가 서로 기대어 함께 날갯짓해야 날 수가 있는 새라지요. 코치는 피코치와 함께 날갯짓해야 합니다. 상대와 같은 높이에서 날갯짓해야 둘 다 날 수 있습니다. 누군가의 한쪽 날개가 되어 주는 코치가 되고 싶습니다….

# 매슬로의 욕구-자아실현

박상림

　인간의 욕구에는 다양한 종류와 층위가 있다. 미국의 심리학자 매슬로우(Maslow)는 욕구를 5단계로 나누고 있다. 욕구는 그 중요도별로 일련의 단계를 형성한다. 하나의 욕구가 충족되면 위계상 다음 단계에 있는 다른 욕구가 나타나며 이를 해결하고자 한다. 가장 먼저 요구되는 욕구는 다음 단계에서 달성하려는 욕구보다 강하고 그 욕구가 만족되었을 때만 다음 단계의 욕구로 나아가게 된다. 첫 번째 단계인 생리적 욕구는 허기를 면하고 생명을 유지하려는 욕구다. 가장 기본적인 의복, 음식, 집을 향한 욕구에서 성욕까지 포함하고 있다. 두 번째 단계는 안전의 욕구이다. 생리 욕구가 충족되고서 나타나는 욕구로서 위험, 위협, 박탈에서 자신을 보호하고 불안을 회피하려는 욕구이다. 세 번째는 애정과 소속의 욕구이다. 가족, 친구, 친척 등과 친교를 맺고 원하는 집단에 귀속되고 싶어 하는 욕구이다. 주변 사람들과 관계를 맺으려는 사회적인 욕구이다. 네 번째는 존중의 욕구이다. 사람들과 친하게 지내고 싶은 인간의 기초가 되는 욕구이다. 자아존중, 자신감, 성취, 존중, 존경 등에 관한 욕구가 여기에 속한다. 다섯 번째는 자아실현 욕구이다. 자기를 계속 발전하게 하고자 자신의 잠재력을 최대한 발휘하려는 욕구이다. 다른 욕구와 달리 욕구가 충족될수록 더욱 중대되는 경향을 보인다. '성장 욕구'라고도 한다. 알고 이해하려는 인지 욕구와 심미 욕구 등이 여기에 포함된다. 한 번 충족되면 동기로서 작용하지 않는 것을 결핍 욕구라고 한다. 생리 욕구, 안전 욕구, 사회적 욕구, 존경 욕구가 여기에 해당된다. 충족이 될수록 그 욕구가 더욱 중대된다. 성장 욕구로서 자아실현 욕구가 이에 해당된다. 메타 욕구라고 한다.

인터널 코칭을 통해서 안전의 욕구, 사회적 욕구를 충족시킬 수 있었다. 신뢰와 안정감은 코칭 과정 전체의 기초가 된다. 지속적으로 발전하기 위한 관계의 초석을 만들어 준다. 신뢰란 서로 믿고 의지하는 것이다. '상대방에 대한 긍정적인 태도'를 보이거나, '상대방을 믿고 기꺼이 의존하는' 모습을 보여주는 것을 의미한다. 수평적인 관계로 신뢰가 형성되면 고객은 긍정적인 정서를 갖게 되고, 자신의 취약성을 수용하는 심리적인 상태를 만들수 있다. 자신의 말과 행동에 대한 책임의식을 갖게 된다. 안전이란 기본적으로 위험하지 않은 상태를 말한다. 생존의 위협이 없을 때, 신체적 안전감과 정서적 안정감을 통해서 이성적 사고와 언어 및 고차원적 사고 능력을 발휘할 수 있다. 서로를 평화롭고 공정하게 대할 수 있는 기반을 만들어 간다.

중학교 1학년 첫째 주혁이와 원활한 소통을 하고 싶다는 주제로 코칭을 시작했다. 주혁이와 계속 싸우는 원인이 자신의 할일을 제대로 하지 않는 주혁이 때문이라고 생각했다. 주혁이에게 늘 하는 말은 "숙제는 다 했어?"였다. 주혁이가 원하는 것은 엄마와 함께 노는 것이었다. 핸드폰으로 같이 게임을 하거나 보드 게임을 하면서 같이 시간을 보내는 것이었다. 둘 사이 욕구가 다르다. 각자 자신이 말하고 싶은 것만 하고 상대방 말은 들으려고 하지 않았다. 코칭을 받으면서 주혁이와의 관계를 되돌아볼 수 있었다. 충족되지 않는 내 욕구가 무엇인지를 바라볼 수 있었다.
"아이와의 소통을 원활하게 하기 위한 액션플랜으로 무엇이 있을까요?"라는 코치의 질문에

"안아주기를 실행해 보겠습니다."라고 대답했다.

아침에 깨울 때 주혁이가 눈을 뜨고 제일 먼저 하는 말이 "엄마 안아주세요"다. 그때마다 "빨리 일어나" 하고는 건성으로 안아줄 때가 많았다. 진심을 담아 아이가 충분히 사랑받는다는 느낌을 받을 때까지 안아줘야겠다는 생각을 했다.

"중학교 1학년 남자아이가 '안아주세요'라고 말하는 것이 쉽지 않은데 고객님의 아드님은 사랑을 많이 받고 있다는 걸 알 수 있었습니다. 참 좋은 어머니이시네요. 훌륭하세요."라고 코치가 인정, 지지, 칭찬을 해 주었을 때 '좋은 엄마'로 인정받는 것 같았다. '좋은 엄마'는 나와 거리가 멀다고 생각했는데 이미 내 안에 존재하고 있다는 걸 깨달았다. 이처럼 코칭은 애정과 소속의 욕구를 충족시켜주는 좋은 기회를 제공해 준다.

"코칭에 대한 전체적인 느낌과 깨달은 점을 한 마디로 말한다면 어떻게 정리해보실 수 있으실까요?"라고 질문했을 때 "완벽한 엄마는 아니지만 주혁이에게 응원, 지지, 칭찬을 얼마든지 해줄 수 있다는 걸 깨달았습니다. 앞으로 하나씩 구체적인 행동으로 실천해야겠다는 생각이 들었습니다"라고 대답했다. 코칭 속 질문을 통해서 내 안의 답을 찾고, 아이디어를 생각하고, 구체적인 실천 방안을 세워 볼 수 환경을 만들어 간다. 나를 믿고 응원한다. 자신감이 생긴다. 애정과 소속의 욕구, 존중의 욕구가 충족된다. 더 나아가 자아실현의 욕구까지 성찰할 수 있는 시간을 만들어 가고 있다.

"자아실현을 이룬 사람들은 다음과 같은 특별한 길을 걷는다. 그들은 내면의 목소리를 들을 수 있다. 자신이 진짜 원하는 것을 알고 실행해 나간다. 또한 그것에 대한 책임을 진다. 정직하며 자신의 일에 최선을 다한다. 자기 자신을 잘 안다. 인생의 비전처럼 거창한 것뿐만 아니라 어떤 신발을 신을 때 기분이 좋은지, 오이가 먹고 싶은지 아닌지 세세한 것 까지도 잘 알고 있다. 이 모든 것은 진정한 자아를 의미한다. 자신의 생물학적 특성과 타고난 습성처럼 버리거나 변화시키기 어려운 특성까지도 잘 알고 있다."

에이브러햄 매슬로가 자아실현에 대해 한 말이다. 코칭을 통해서 나에게 부족한 욕구가 무엇인지를 명확하게 알 수 있었다. 그 욕구를 채우기 위해서 어떤 노력을 해야 하는지 파악하게 된다. 이처럼 코칭은 나를 알고 내 욕구를 채워주는 특별한 프로세스이다. 성장 욕구, 메타 욕구인 자아실현을 위해서 한 단계 더 나아갈 수 있게 만든다. 코칭의 유익함이 나무가 햇살을 받아들이는 것처럼 내 삶에 스며들기를 바란다.

# 목표 달성을 위한 협력적 관계

김현지

코칭은 고객의 문제에 대한 해결책을 고객의 내면에서 찾을 수 있도록 도와주는 방법의 하나이다. 고객이 고객의 문제를 충분히 생각해 볼 수 있도록 코치가 도와주려면 협력적 관계는 필수다.

우리의 뇌에는 소원성취 시스템이 있다. 바로 망상 활성계 RAS다. 고객이 가진 망상 활성계인 RAS를 활성화시켜 고객과 코치 두 사람의 소원성취 시스템을 가동하면 보다 빠르게 문제 해결의 열쇠를 찾게 된다. 문제를 바라보는 관점이 코치는 보다 객관적인 입장에 있기 때문에 고객이 자신의 문제를 자신의 관점에서만 좁게 파악할 수 있는 면을 보다 넓혀줄 수 있다는 것이 셀프코칭과의 차이점이다.

　최근에 허리 디스크가 도져서 아프기 시작했다. 사실 허리 디스크는 쌍둥이 배변 훈련 때 아이를 변기에 앉히기 위해 들었다 놨다를 반복적으로 하면서 생긴 병이다. 쌍둥이들이 유달리 화장실을 자주 갔다. 그때 허리 통증을 못 이겨 물리치료를 받으러 다녔었다. 통증이 가라앉고 나서는 새벽에 일어나 허리에 좋다는 오체투지의 방법으로 108배를 하면서 허리 통증을 해결했다. 그러나 복직 후, 새벽 시간을 나만의 운동을 위해 쓸 수가 없게 되었고 운동량이 굉장히 많이 줄어들었다. 이런 시간들이 쌓여서 허리 통증이 다시 도진 것이다. 당시 허리 디스크로 고통 받던 나는 이 문제의 해결을 위해 코칭을 받았다. 코치는 허리 통증이 어떤 의미인지를 물었다. '허리 통증'이 어떤 의미냐고? 아프면 그냥 고쳐야 하는 것이 당연하다고 생각했기 때문에 이런 질문을 '왜 하지?' 하고 생각했다. 하지만 코치의 질문에 대답을 해야겠기에 곰곰이 생각해 보니 허리 통증의 치료는 생존이고 필수였다. 통증이 생기니 책의 내용이 하나도 눈에 들어오지 않았다. 한 번은 어느 정도 책을 읽고 났더니 머릿속이 쥐가 나면서 메스꺼운 적도 있었다. 그래서 통증의 치료는 생존인 것 같다고 말했다. 너무 앉아 있는 시간이 많아 운동하는 시간이 부족하니 몸에서 신호를 보낸다. 이제 운동할 타이밍이다. 이 상태를 넘기지는 말아라.

코치가 물었다. 어떤 상태가 되면 만족하겠느냐고 사실 저녁에는 육아에 신경을 써야 하고 새벽에는 내 시간을 가져야 하고 낮에는 근무해야 하고 일정이 빡빡해서 운동할 시간을 만들 만큼의 마음의 여유가 없다. 일단 운동을 성가시게 여기는 마음부터 바꿔야겠다는 생각이 들었다. 하루에 10분이라도 운동하는 습관을 만들고 싶다고 했다. 그러니 코치가 운동처럼 따로 시간을 내는 것 말고는 다른 방법은 없을까요? 라고 질문했다. 가만히 생각해 보니 근무할 때도 틈틈이 스트레칭을 한다든지 책상에 앉아 있을 때도 한 번씩 다리를 무릎 높이로 차거나 서 있을 때로 일부러 발꿈치를 들고 다녀봐야겠다는 생각이 떠올랐다. 나 혼자서는 아마 이런 생각을 못 했을 것이다. 운동을 위해서는 따로 시간을 내야 한다는 전제를 깔고 있었기 때문이다. 따로 시간 내서 운동을 하는 것에 대해 힘들어하는 점을 느끼고 코치가 고객의 입장에서 협력적으로 해 준 질문이었다. 덕분에 따로 시간을 내지 않고도 일하는 시간에 허리에 도움이 되는 운동을 생각할 수 있게 되어 기뻤다.

이렇게 코치가 고객의 입장에서 고객이 자신의 문제를 해결할 수 있는 답을 스스로 찾도록 도와주기 위해서는 코치의 마음이 고객의 입장에서 생각하는 태도, 즉 협력적인 관계가 되어야 가능하다. 이 코칭을 통해 허리 통증의 치료가 자기 계발을 한다든지 글을 쓰는 데 있어서 얼마나 중요한 문제인지를 자각하게 되었고 거창하게 시간을 정해놓고 꾸준히 운동하는 방법 외에 생활 틈틈이 운동할 기회를 포착할 수 있도록 도와주었다. 그동안 아이들 학원이 끝나는 시간까지 직장에서 기다리고 있다가 퇴근을 하면서 차에 태워 집으로 왔는데 방법을 바꾸기로 했다. 아예 집으로 바로 퇴근해서 차를 집에 놓고 학원까지 걸어서 가서 아이들과 함께 집으로 걸어오는 방법이 떠올랐다. 그리고 지금은 이 방법들을 실천하고 있다. 생각을 조금 바꿨더니 많은 기회들이 눈에 들어왔다. 이는 코치가 고객의 입장에서 고객이 원하는 것을 찾아주고자 하는 협력적인 마음을 통해 이끌어낸 결과이다. 코치의 협력적인 태도는 뇌의 소원 성취 장치인 망상 활성계를 더욱 활성화시키는 역할을 한다. 고객의 입장에서 원하는 맥락 안에서 효과적인 방법을 찾을 수 있게 해 주니 말이다.

또 이런 경험이 있었다. 상위 코치가 하위 코치가 코칭하는 모습을 보고 평가를 해주는 코더코 시간이었는데, 그날 만난 고객은 소화 기능이 약해서 걱정이 많은 분이었다. 과거에 소화 안 되는 경험으로 심한 고통을 받았다고 했다. 코칭할 당시에는 운동과 건강한 식습관으로 다시 소화 기능이 정상으로 돌아와 행복한 일상을 보내고 있었는데 최근 들어 다시 위가 아파진다는 것이었다. 아직 심각한 상태는 아니지만 자신이 소화 기능이 갑자기 훅 떨어지는 체질을 갖고 있다며 불안해했다. 과거의 소화가 안 되는 사실이 만든 무기력하고 고통스러웠던 일상에 대한 기억을 떠올리면서 다시는 그 과거로 돌아가고 싶지 않다고 했다. 약해진 소화 기능을 정상으로 돌리기 위해 너무나 좋아하는 맛있는 떡볶이, 라면, 커피 등과 같은 기호식품을 끊어야 하고 자연식만 해야 하는 사실을 두려워했다. 또한 대회 출전을 준비하는 긴장한 운동선수처럼 매일 강도가 있는 운동을 해야 하는 일상을 상상하는 것만으로도 힘들어했다. 운동을 해야 하는 것은 너무나 잘 알지만 하고 싶지 않은 마음과 충돌을 일으켜 굉장히 힘든 상태였다.

나는 그분의 하고 싶지 않은 마음에 너무 마음이 공감이 되었고 그러다 보니 고객을 더 이상 성장으로 이끌어주지 못하고 그 자리에 멈추게 하는 코칭이 되어 버렸다. 나도 나름 협력적인 태도, 즉 고객의 마음에 공감하는 태도를 취했다고 생각했다. 그래서 그분의 힘든 마음을 다 털어놓게 하는 계기는 되었다. 그렇지만 결론적으로 고객이 진짜 원하는 목표를 향한 열정적인 마음을 갖도록 도와주지 못하고 그저 고객의 푸념을 들어

주는데 그친 미숙한 코칭이 되고 말았다.

여기에서 주의할 점이 있다. 고객이 진심으로 원하는 것이 무엇인지를 자각하게 해 주고 힘들더라도 그것을 이겨낼 수 있는 계기와 힘을 스스로 찾도록 만들어 주는 것이 진짜 협력적인 태도라는 것이다. 그때 나의 코칭을 지켜보신 상위 코치는 이럴 때는 과거의 힘들어서 고통스러웠던 기억을 떠올리면서도 운동하기 싫다고 말하는 이유는 무엇입니까? 라고 질문을 던져보라고 했다. 고객 스스로가 자신의 모순을 객관적으로 느끼게 해 주라는 말이었다. 그리고 공감을 해주되 그 공감이 고객이 원하는 방향으로 나아가는 과정 중 하나가 되도록 해야지. 그 공감에 빠져 현실에 머물게 해서는 안 된다고 했다. 협력적인 태도를 단순한 공감 차원에서 작게 생각해서는 안 된다는 얘기였다. 공감을 바탕으로 고객의 마음을 열게 하고 자신의 말을 더 신나게 할 수 있게는 해 주되 그것을 넘어서서 개인의 성장이라는 더 큰 목표를 향해 나아가는 발판이 되어야 한다는 사실을 깨닫게 해 준 좋은 코칭 경험이었다.

잘 듣기 위해서 필요한 것은 진실을 말하는 사람과 그리고 그 말을 들어주는 사람, 두 사람이면 충분하다. 하지만 그 말을 들어주는 코치는 고객의 목표 달성에 협력하고자 하는 마음을 갖고 있어야 한다. 그 마음이 있어야 고객의 마음속 진실이 들린다. 고객이 말하지 않는 진실의 소리를 듣게 되고 고객이 진심으로 원하는 목표를 이루도록 도와주는 협력적 파트너가 될 수있다.

# 최단 시간에 최대의 목표를 달성한다

서성미

〈마음을 아는 자가 이긴다〉 저자 특강을 통해 김상임 코치님을 알게 되었습니다. 강의 때 언급된 코칭이라는 대화 프로세스가 매력적으로 다가왔습니다. 코칭이 궁금했습니다. 평소 코칭을 배워보라는 지인 권유도 있던 터라 김상임 코치님이 운영하는 블루밍 경영연구소 인터널 코치 육성과정에 입과 하였습니다. 20시간 교육을 수료한 뒤 독서모임 회원 대상으로 무료 코칭 이벤트를 열었습니다. 라포가 잘 형성된 회원들을 대상으로 코칭 경험을 쌓아갔습니다. 지인이라도 처음엔 한 시간씩 어떤 이야기를 나눠야 하나 고민되었습니다. 코칭에 기대하는 바가 있을 텐데 어떻게 충족시킬까 하는 고민과 함께 의욕이 앞섰습니다. 미

성숙한 코치의 모습은 코칭 실습시간과 피드백을 통해 조금씩 성장하고 성숙해졌습니다. 전문 인증 코치도 되었습니다. 다른 분에 비하면 빠르게 인증 자격을 취득한 셈입니다. 최단 시간에 최대 목표를 달성할 수 있었던 이유도 코칭 덕분입니다.

2021년 핵심 목표 중 하나는 한국 코치협회 KPC 인증 코치가 되는 것이었습니다. 두 번째 목표는 인터널 코치 육성과정을 진행할 수 있는 퍼실리테이터가 되는 것입니다. 21년 10월 KPC 인증 코치 합격과 인터널 코치 FT(퍼실리테이터)를 수료할 수 있었습니다. 몇 개월 앞당긴 덕분에 2022년 목표했던 인터널 코치 육성과정을 바로 시작할 수 있었습니다. 어떻게 가능했을까 되돌아봤습니다. 먼저는 구체적이고 뚜렷한 목표가 있었습니다. 왜 이걸 하려는 걸까에 대한 답도 찾았습니다. 제약회사 연구원으로 일하며 과학적 문제 해결을 업으로 삼았습니다. 이제는 내 삶의 문제, 나아가 내가 만날 고객의 문제를 함께 탐구하고 해답을 찾아가는 여정을 돕는 것이 저의 사명이라 생각합니다. 미션을 달성하기 위해 3, 5, 10년 단위의 비전 로드맵을 그리다 보니 2021년 구체적인 목표를 세울 수 있었습니다.

집중해서 도전할 목표가 생긴 뒤에 한 일은 갭(GAP) 분석이었습니다. 현재 상태를 파악하고 목표와의 갭을 구체적으로 살펴봤습니다. 코칭 실습시간을 채워야 했고 멘토 코칭과 상위 코치와의 코치더코치 트레이닝도 받아야 했습니다. 시간 관리 강사로 훈련받았던 것을 녹여내어 역산 스케줄링을 했습니다. 한 달에 필요한 코칭 시간을 다시 주 단위로 나누고 평일과 주말 코칭에 사용할 수 있는 가용시간을 확인했습니다. 그다음 코칭 고객을 모으기 위해 소그룹 코칭, 지인 코칭, 독서모임 회원 코치 이벤트를 진행했습니다. 유료 멘토 코칭, 코치더코치의 경우 비용을 들여 전문 트레이닝 과정을 밟았습니다. 인터널 코치 FT 과정은 비정기적으로 운영되어 관계자분께 미리 관심을 보이고 개설 요구를 했습니다.

동기 4명은 전문 코치로 활동하는 분들이셔서 KPC 실기시험 앞두고 집중 지도를 받을 수 있었습니다. 한방 합격에 큰 도움이 되었습니다. 인연을 소중히 하는 저의 연결성 강점이 발동되어 끈끈한 동기 파워를 구축한 덕분입니다. 인터널 코치 퍼실리테이터 수료식 날 동기들에게 코치 육성과정 'X배너'와 '현수막' 세트를 선물했습니다. 인터널 코치 육성과정을 개발하고 전파하고 있는 김상임 대표님도 생각지 못한 특별 선물에 놀라워하셨습니다. 제 것을 준비하다 동기들 생각이 나서 같이 세트로 맞췄던 것입니다. 인터널 코치 육성과정을 진행할 때마다 동기 생각도 나고 초심으로 돌아가게 됩니다. 21년도 핵심 목표 2가지를 최단 시간 달성할 수 있었던 것은 집중해야 할 목표, 역산 스케줄링, 강점 활용 덕분입니다.

마지막으로 실행에 옮기는 여정에서 자발적 동기부여를 지속해서 촉진할 수 있는 셀프코칭도 도움이 되었습니다. 해마다 한 해를 살아가는 기준이 되어줄 원 워드를 뽑는 활동을 합니다. 2021년에 뽑은 원 워드는 "의미(Meaning)"였습니다. 이 일은 내 삶에 어떤 영향을 끼치게 될까? 나에게 이 일은 어떤 의미지? 어떻게 되길 바라는 걸까? 원하는 모습이 되어 나는 진짜 하고 싶은 일이 뭘까? 이 일을 하려는 나는 어떤 사람인가? 어떤 가치를 추구하는 사람이지? 이런 질문을 던졌습니다. 매번 이런 질문을 던지고 답할 순 없지만 이럴 때 주로 활용했습니다. 불편한 감정이 올라올 때, 의도적으로 한 주를 마무리할 때, 선택에 갈림길에 섰을 때 셀프 코칭에 답해보는 시간을 가졌습니다. 이렇게 질문을 던지고 스스로 답하는 시간을 가지면서 나를 존중하는 시간을 확보했습니다. 내가 하고자 하는 일의 의미가 명확해지면 뭐부터 해야 하고 뭐가 중요한지 정리되는 것을 경험할 수 있었습니다. 스스로 입증해 내는 근거와 사례가 쌓이면서 자기 효능감과 성취감이 생겨 뭐든지 할 수 있겠다는 근거 있는 자신감도 생겼습니다.

제 소개를 할 때 지금까지의 삶과 앞으로의 삶을 동물로 비유해서 설명합니다. 지금까지는 경주마처럼 주어진 트랙 안에서 곁눈질하지 않고 열심히 앞만 보고 살았다면 앞으로는 희망의 아이콘 유니콘이 되어 마음껏 꿈을 펼치고 살아가고 싶다 설명합니다. 최단 시간에 최대의 목표에 도달하는 삶이 필요한 상태인가요? 왜 그래야 하는 건지. 그런 뒤에 진짜 내가 하고 싶은 일이 뭔지 생각해보는 시간을 가져보세요. 다른 관점으로 목표가 보이게 되고 그 여정도 색다르게 펼쳐질 겁니다. 연구원에서 코치의 삶으로 바뀐 저처럼요.

# (삶의) 목적과 가치를 이해한다

홍지숙

　꿈은 결혼을 하고 아이를 키우면서 참 불편한 말이 되었다. 아침에 눈을 뜨면 신랑 출근 준비와 아이들 돌봄으로 하루가 간다. 아내와 엄마로 사는 삶은 돌발적이고 즉흥적인 상황에 익숙하게 했다. 그러면서 하루하루 계획대로 살지 못한 나의 자존감과 삶의 만족은 떨어졌다.

　계획 없는 생활에 익숙해질 무렵, 동생의 죽음은 커다란 두려움으로 다가왔다. 미래에 대한 두려움과 삶에 대한 허무함 등 여러 가지 복잡한 상황에 우울증까지 왔다. 다 내려놓고 싶었을 때 거실에 앉아 놀고 있는 두 아들이 보였다. 그러면서 떠오른 단어는 '엄마'였다. 내가 꿨던 꿈. 그 꿈속에 있던 행복한 가정과 예쁜 아이들. 나처럼 혹은 나로 인해 내 꿈속에 있던 행복한 아이들의 미래를 망치고 있는 것 같아 두려웠다. 두려움에서 벗어나고 나를 움직이게 하고 싶었다. 그때 나를 움직이게 한 것은 꿈과 목표였다. 모든 사이트의 닉네임을 '난 엄마다'로 바꿨다. 엄마라는 말의 무게감으로 나를 어떻게든 움직이게 하고 싶었다. 아이들의 행복한 모습을 계속 떠올렸고 아이들의 성장 그래프를 그려보고 상상했다. 부정적인 생각이 떠오를 때면 손목의 고무줄을 튕겼고 심호흡했다.

2018년 연말, 꿈 리스트를 작성했다. 해마다 꿈을 적고 꿈이 이뤄지기를 바란다. 그저 바랬다. 2019년 새해가 시작되고 꿈 리스트를 하나씩 완료하고 있는 나를 봤다. 1월에 4개, 2월에 4개, 3월에 3개의 꿈 리스트를 완료했다. 그러면서 자신감은 커졌고 진행 중인 강의에서 매번 꿈에 관해 이야기했다. 에너지는 더 밝아졌고 밝아진 에너지를 수강생들이 느꼈다. 꿈을 기록하고 생활 속에 구체적인 행동으로 바꿔어 기록되었을 때 완료가 됨을 경험을 통해 알게 된 것이다. 기록뿐이었던 꿈이 현실이 되는 과정을 나누고 싶었다.

특히, 학부모 연수나 부모교육에 먼저 적용했다. 자녀를 양육하는 부모에게 가정의 가치관과 교육관을 물어보면 대답하지 못하는 경우가 많다. 그들은 과정보다 결과, 생각보다 정답 교육을 받은 세대이고 나도 마찬가지다. 그래서인지 나도 30대가 되어서야 나를 찾기 시작했다. 꿈과 목표는 오로지 진학에 초점이 맞춰져 있었고 진학 이후에는 아무 생각 없이 시간을 흘려보냈다. 진학은 꿈을 이루기 위한 10대의 세부 목표이지 전부가 아닌데도 말이다. 이 중요한 사실을 나도 30대가 되어서야 알게 된 것이 안타까웠다. 그래서 내가 만나는 학부모와 코치에겐 빨리 경험하게 해주고 싶었다.

강사로서 활동하면서 어려운 일이 생길 때마다 올라오는 마음이 있었다. '그만둘까'하는 마음. 그럴 때마다 멈칫하는 나를 향해 질문했다. '무엇이 너를 자꾸 서게 하니?', '진짜 원하는 것이 뭐야?'라고. 내가 듣고 싶은 대답이 있거나 풀리지 않는 게 있으면 강의 중에 계속 질문을 했다. 수강생들을 향해 던지는 것처럼 보이지만 결국 나에게 하는 것이다. 이런 행동들이 쌓여서 나는 열 번 정도 말하고 기록하면 행동으로 옮겨진다는 것을 알게 됐다. 그래서 하고 싶은 게 있으면 계속 얘기하고 기록한다.

멈칫하는 나를 바꾸고 싶었다. 어떤 사건이나 관계의 문제에도 멈추지 않는 나이기를 원했다. 그래서 나에게 준 목표는 '경제적 독립'이었다. 내가 아이들의 행복한 미래를 상상하고 성장 그래프를 그렸듯이 나의 미래를 상상하고 무엇을 해야 할지 구체적으로 기록하기 시작했다. 그리고 외쳤다. 반복적인 외침은 해야 할 우선순위가 무엇인지 알게 했고 미뤄야 할 것들을 정리하게 했다. 익숙해질 무렵 나는 내 생활의 주인이 되어 있었고 힘든 하루를 잘 버텨낸 자신을 스스로 칭찬했다. 나에게 오늘 하루를 버틸 이유, 내가 그들을 돕고 싶은 이유를 명확하게 그려줬을 뿐이다.

다시 말해, 스스로 설정한 목표가 흔들리는 나를 잡아줬다. 장애물에 걸려 넘어졌을 때도 일어날 이유가 있기에 다시 힘을 냈다. 주변을 의식하던 내가, 내가 정한 목표의 우선순위대로 생활하게 되었다. 선택은 쉬워졌고 실패에 대한 두려움의 무게도 가벼워졌다. 내가 누구인지, 내가 무엇을 원하는지가 명확해지면서 문제 해결이 쉬워졌다. 코칭의 최대 강점은 자신에게 집중할 수 있도록 도와주는 것이다. 코칭은 자신의 가장 위대한 자아를 발견하고, 삶의 목적을 설정하고, 그것을 이뤄나갈 힘을 길러준다.

## 4-6

# 마음 자세에 따라 성과가 달라진다

석윤희

　한동안 저녁 시간이면 늘 다음과 같은 문제로 내면의 갈등을 겪었습니다. '할까? 말까?' 또는 '지금 나갈까? 아니면 좀 쉬었다가 나갈까?' 저에게 이런 내면의 갈등 상황을 일으키는 주인공은 바로 '운동'입니다. "운동? 운동하는 것이 뭐가 어려워? 헬스클럽에 가거나 등산, 혹은 주변 걷기를 하면 되는 것 아니야?" 누군가에게는 고민의 대상이 아닐 수 있는 이 문제가 저에게는 매 순간 선택해야 하는 문제였습니다.

　저는 운동을 좋아하지 않습니다. 그래서 체중 감량을 해야 할 때 이외에는 운동을 하지 않았습니다. 운동을 할 시간 있으면 그 시간에 독서하는 것이 낫다고 생각하는 사람이었습니다. 이런 저에게 최근 운동의 중요성과 필요성을 느끼게 해 준 사건이 있었습니다. 오랜만에 경험한 허리 통증입니다.

2013년 디스크 파열로 고생했던 적이 있습니다. 당시 담당 의사가 수술을 권유하지 않아 수술 없이 몇 번 허리 주사를 맞으며 몇 개월을 누워 지냈습니다. 이후 다시 재발하지 않기 위해 조심해왔습니다. 운동을 좋아하지 않았기 때문에 무거운 물건을 들지 않고 자세를 바르게 유지하는 데 주로 신경을 썼습니다. 그러나 코로나 팬데믹 이후, 컴퓨터 앞에 오래 앉아 일하는 시간이 많아졌습니다. 움직이는 것을 좋아하지 않기 때문에 컴퓨터 앞에 오래 앉아 일하는 것이 불편하지 않았습니다. 그러나 언제부터인가 저의 허리는 다시 이상 신호를 보내기 시작했습니다.

오래 앉아 있다가 일어났을 때 허리가 펴지지 않는 경험을 해본 적이 있으신가요? 저에게 이런 상황이 반복되기 시작했습니다. 그러던 어느 날, 갑자기 허리 통증으로 이어졌습니다. 결국 병원을 방문해 물리치료를 받고 약을 처방받아먹어야 했습니다. 더는 방치하면 안 되겠다고 생각했던 어느 날, 지인에게서 저의 안부를 묻는 전화를 받았습니다. "요즘 어떻게 지내?" 순간 이 말은 저에게 "오늘 어떤 이야기를 나누고 싶어? 지금 네가 원하는 게 뭐야?"라는 질문으로 들렸습니다.

통화가 끝난 후, 노트를 펼쳐 제 자신을 셀프 코칭해보기 시작했습니다. 인터널 코칭에서는 (ROIC)$^2$ 코칭 대화 모델을 사용하는데 이 대화 모델 속 질문을 제 스스로에게 적용해본 것입니다.

| 질문 | 나의 답변 |
|------|-----------|
| 1.<br>오늘 기분은<br>어떠신가요? | 답답하고 짜증이 납니다.<br>할 일은 많은데 자꾸 일이 늦어지니 화도 납니다. |
| 2.<br>오늘 어떤<br>이야기를<br>나누고<br>싶은가요? | 저의 허리 통증입니다. 일주일 정도 아팠는데 이제 좀 괜찮아졌습니다. 제 업무가 컴퓨터 작업이 많은 일인데, 지난 일주일 동안 허리가 아파 의자에 오래 앉아 있을 수가 없었습니다. 그래서 문서작업 업무가 밀린 상태입니다. 이런 상황이 더 이상을 반복해서는 안 될 것 같습니다. 지금 일이 너무 많이 밀렸습니다. 정말 해결해야 할 문제입니다. |
| 3.<br>그 말씀하신<br>키워드의<br>의미는 뭔가요? | 오늘 대화의 핵심 키워드는 허리 통증 줄이기입니다. 더 이상 허리 통증으로 고생하지 않았으면 좋겠습니다. |

| | |
|---|---|
| **4.**<br>오늘 정말 다루고<br>싶은 주제는<br>뭔가요? | 허리 건강을 위해 노력해야 할 것입니다. |
| **5.**<br>현재 수준은<br>100점 만점에<br>몇 점이고,<br>앞으로 몇 점<br>수준으로 변화,<br>발전하고<br>싶은가요? | 현재 허리 건강을 위해 노력하고 있는 부분은 10점입니다. 허리 디스크가 나은 것이 아니기에 조심해야 한다는 사실을 자꾸 잊어버립니다. 앞으로 80점 수준으로 높여 허리 통증으로 앉지 못하는 상황은 만들지 말아야겠습니다. 현재 점수와 변화하고 싶은 점수의 차이가 70점 이상입니다. 이 차이를 정말 줄여야 합니다. |
| **6.**<br>그 목표를 위해<br>어떤 변화를<br>해보시겠습니까?<br>(그 상태로 변화<br>발전하기 위해<br>무엇을 해봐야<br>할까요?) | 정기적으로 허리 치료를 받거나 허리 운동을 꾸준히 해야 합니다. 하지만 지금은 허리 통증이 많이 줄어든 상태이기 때문에 허리 치료보다는 허리를 위한 운동이 우선이라 생각합니다. 직업 특성상 같은 시간에 정기적으로 운동하는 것은 불가능합니다. 아침이나 밤에도 줌으로 회의하는 경우가 종종 있기 때문에 헬스클럽에 등록할 경우 못 가는 날도 있을 것입니다. 시간에 구애받지 않고 꾸준히 할 수 있는 운동을 찾아야 합니다. 피곤하다는 이유로 중간에 하루 이틀 빠지는 상황도 막아야 합니다. 그러기 위해 지인들에게 제가 운동하는 것을 꾸준히 알리거나 운동하고 있는 것을 꾸준히 인증하는 것도 도움이 될 것입니다. |
| **7.**<br>원하는 것을<br>다 이루게<br>되면 기분이<br>어떨까요? | 언제 재발할지 모르는 허리 통증에 대한 불안감이 줄어들 것 같습니다. 몇 년 동안 운동 자체를 해본 적이 없었는데 이번에 운동을 시작한다면 몸도 건강해질 것이라 생각합니다. 살도 좀 빠질 것이라는 기대에 기분이 좋아집니다. |

| 8.<br>구체적으로<br>어떤 실천을<br>해보시겠습니까? | 빠르게 걷기와 가볍게 뛰기를 하루 40분 정도 꾸준히 실천합니다. 또 줌으로 진행하는 장시간 회의나 수업이 끝났을 경우, 다음 스케줄이 없다면 무조건 집을 나서야겠습니다. 절대로 소파에 눕지 않도록 해야겠습니다. 그리고 밤 9시 이전에 운동을 나갈 경우에는 탄천으로, 이후 운동을 나갈 경우에는 아파트 단지 내를 걷습니다. 그리고 가족들에게 운동 사실을 알려 격려받으면 좋을 것 같습니다. 그리고 스마트폰 앱 '타임스탬프'를 사용하여 운동 시작, 운동 중간, 운동 끝나는 시간을 찍어 디지털 바인더에 기록으로 남기겠습니다. |
|---|---|

현재 운동을 한 지 50일이 지났습니다. 운동을 시작한 이후 하루도 빠지지 않고 지키고 있습니다. 지난 몇 년간 운동하다가 중단한 일이 여러 번 있었는데 이번에는 확실히 달랐습니다. 코칭 대화 모델의 8단계 질문을 통해 문제 해결을 돕는 인터널 코칭의 힘을 느낄 수 있었습니다. 그 안에는 고객이 스스로 해결할 수 있다는 강력한 믿음이 있었기 때문입니다.

내 안에 있는 내가 나에게 하는 말에 귀를 기울이고, 무엇이든 할 수 있다는 확신을 가지시기 바랍니다. 마음가짐에 따라 성과는 달라집니다.

## 4-7

# 우선순위를 통한 삶의 여유

박희숙

4년 전에 바인더 교육을 받았다. 그 뒤로부터 바인더를 쭉 써오고 있다. 이렇게 배운 대로 바인더의 시간 가계부를 매일 꾸준히 쓰다 보니 자투리 시간도 잘 활용할 수 있게 되었다.

그 바인더 양식의 위쪽 상단 부분에는 체크박스 칸이 있고, 그 옆에 오늘의 할 일들을 적어놓는 칸이 있다. 전날 저녁이나 그날 새벽에 오늘 해야 할 일들을 순서대로 쭉 적어놓는다. 제일 중요한 일이나 오늘 꼭 끝내야 하는 일에는 맨 위 칸에 적고, 핑크색 형광펜으로 상자를 만들어 눈에 띄게 해 놓는다.

이렇게 바인더를 통해 우선순위에 맞춰 할 일들을 해나가다 보니, 그날 꼭 미션 완수해야 하는 일들은 일이 적재되지 않고,

그날그날 해결을 하거나 끝내는 편이다.

체크박스에 X를(완수, 완료의 의미) 치는 시간은 그날 하루의 피곤이 날아가는 순간이기도 하다.


강규형 대표님의 〈바인더의 힘〉이란 책에 보면 우선순위를 정하고 일할 경우, 삶의 여유를 누릴 수 있지만, 그렇지 않은 경우 분주하기는 하나 중요한 일들은 처리가 되지 않고 적재되는 삶을 산다는 이야기가 나온다. 그리고 급한 일과 중요한 일을 먼저 하는 사람이 최후의 승자가 된다는 말이 있다.

내가 이 부분을 읽을 때 정말로 나의 삶이 그랬다. 매일매일의 삶이 화장실도 제대로 못 갈 정도로 분주하고 바빴는데, 일이 끝나 집에 돌아올 때면 "오늘 나 뭐 했지?"란 공허한 느낌 아니면 "아, 오늘 그걸 끝냈어야 했는데, 못했네. 그거 중요한 일이었는데,," 이런 후회들이 밀려오곤 했다.

이 책을 읽고 난 후에 난 내 분주하기만 한 삶이 좋은 삶이 아니란 것을 알게 되었고, 분주하되 우선순위가 있어야 함을 절실히 깨달았다. 그리고 급한 일과 중요한 일 중에 지혜로운 사람은 중요한 일을 선택한다는 말에서 지혜로운 사람이 되기로 결심했다.

한마디로 바쁘게 사는 걸 잘 사는 것으로 착각하는 것이 아니라, 우선순위로 삶이 정돈된 '잘 바쁘기'의 삶이 되어야 한다는 것이다.

인디언들이 들소를 사냥하는 법이란 이야기를 책에서 읽은 적이 있다. 인디언들은 들소를 잡을 때 들소의 특성을 이용해서 쉽게 잡는다. 들소는 눈이 옆에 달려 있어 다른 소들이 옆에서 달리는 모습을 보고 머리를 숙인 채 무조건 앞으로 달린다. 문제는 절벽에 다다르게 되면 앞선 놈이 정지하라는 신호를 보내지만 이미 때가 늦었다. 속도를 미리 늦출 수 없는 상태라 선두 그룹에 선 소들은 정지할 틈도 없이 뒤에서 달려오는 들소 떼에 밀려서 절벽 밑으로 떨어져 죽는다. 그러면 절벽 밑에 기다리고 있던 인디언들이 떨어져 죽은 소를 그냥 끌고 오기만 하면 된다.
이 글을 읽으면서 나도 이렇게 살아온 것이 아닌가 나를 돌아보게 되었다. 입시를 향해 달려가던 중, 고등학교 시절, 좋은 직장에 취업하지 못하면 루저가 될 것만 같았던 20대, 회사에서 승진하지 못하면 도태되는 것만 같아 여러 날을 야근하며 지내던 시간들, 그리고 지금은 또 어디를 향해 그 들소들처럼 달려가고 있는가.

더 이상 들소가 되기 싫어서 타인이 부여한 수동적인 삶에서 벗어나 자기 주도적인 삶을 살기 위해 5년 전부터 나이에 맞지 않는 방황 아닌 방황을 했던 거 같다. 처음에는 회사원으로 살면서 자기 주도적인 삶을 사는 것은 불가능해 보였다. 하지만 월급을 줄여 탄력 근무를 하면서 아침, 저녁으로 시간을 확보했고, 조금씩 조금씩 시도했던 것 같다.

자기 주도적인 삶을 살기 위해 배움을 다시 시작했던 계기가 되었던 것이 책을 읽는 방법을 배운 것이었다. 어렸을 적부터 책 읽기를 좋아해서 어른이 되어서도 책을 읽어 왔지만, 왠지 나의 삶은 변화가 없었다. 삶에 적용하지 못하고, 읽기만 했는데, 그것도 하얗게 읽어서 하얗게 기억에서 날아갔다. 하지만 독서법을 배운 후부터는 책에 밑줄도 치고, 내 생각도 적고, 좋은 책은 여러 번 읽고, 노트에 정리도 했다.

책에서 말한 내용들 중 좋은 것들을 하나하나씩 실천에 옮겨보고, 시도했다가 안 되면 다른 방법들을 찾아보며 변화하기 시작했다.

그리고 바인더를 배우면서 우선순위를 매기며 살기 시작했다. 회사생활을 그래도 20년 넘게 했으니 급한 일, 중요한 일 정도는 구분해서 그때그때 처리했지만, 나의 삶에 대한 우선순위의 일들은 잘 계획하지 못했던 것 같다.

집을 지을 때 설계도 없이 짓는 경우는 거의 없다. 하지만 나는 나의 삶에 대한 설계도가 없었다.

꿈 리스트, 배우고 싶은 것, 가고 싶은 곳, 되고 싶은 모습, 나누어 주고 싶은 소망 리스트를 적으면서 나의 삶의 우선순위를 재설정해 보았다.

그리고 그 방향을 향해 지금은 들소가 아닌 자기 주도적인 면모가 있는 사람으로 나아가고 있다. 그 방향에 인터널 코치도 있다. 지금은 KAC의 단계에 있지만, KPC, PCC에도 도전할 생각이다.

더 이상의 들소와 같은 삶이 싫다면, 매일 할 일의 우선순위를 매기는 것도 중요하지만, 나의 삶의 우선순위를 적어보는 건 어떨까? 하얀 종이에 적어나가다 보면 나의 마음속 깊은 곳에 있는 꿈이 튀어나오고, 되고 싶은 모습을 떠올릴 때면 혼자서도 미소가 지어지고, 상상하는 것만으로도 마음이 벅차오른다.

우선순위를 매겨보고 1번부터 시작해 보자, 우선순위를 통한 삶의 여유는 자기 주도적인 적극성이 있을 때 가질 수 있다.

# 미래 비전을 위한 열정적인 삶

이현주

나의 강점에는 성취 테마가 있다. 성취 테마가 특히 강한 사람들은 에너지가 왕성하며 지치지 않고 열심히 일한다고 한다. 이들은 바쁘게 일하면서 생산성을 올리는 데에서 큰 만족감을 얻는다고 하였다.

인터널 코칭 과정을 통해 인생 수레바퀴를 작성해보면서 직업, 가족, 신앙, 건강, 인간관계, 재정, 자기 계발, 취미생활을 점검해보는 시간을 갖게 되었다. 균형 잡힌 삶을 살아야 한다는 생각은 갖고 있었지만 이러한 점검을 통해 나의 삶이 불균형적인 것을 알게 되었다. 그리고 삶을 좀 더 어떻게 계획해야 하는지 알게 되었다.

내가 판단했을 때 나는 내가 현재 일하고 있는 일에 몰입해서 많은 시간과 재정과 마음이 가 있다는 것을 알게 되었다. 일에 대해서는 열정적으로 해나가는 모습을 보이지만 가정에서의 나의 모습은 어땠던가? 한 곳에만 쏠려있는 나의 삶의 모습을 바라보았을 때 과연 열정적인 삶을 살아가고 있지만 한 곳으로 치우친 열정의 삶은 맞는 삶인가?라는 생각을 하게 되었다. 그리고 미래 열정적인 삶을 위해 나는 좀 더 균형적인 삶을 살고 싶다는 다짐을 하게 되었다.

그래서 좀 더 인생의 수레바퀴를 골고루 채우기 위해 노력한 세 가지가 있다.

### 첫째, 가족에게 신경 쓰자.

남편에게 매일 듣는 이야기가 있었다. "현주는 늘 밖에서 에너지를 다 쏟고 와서 집에 와서는 힘들어서 손 하나 까딱하는 게 힘들지?" 그런 이야기를 할 때마다 나는 어쩔 수 없다고 생각했다. 일한다고 힘들었고, 에너지를 다 쏟고 나면 집에 와서는 힘이 하나도 없었기 때문이었다. 하지만 코칭을 배우면서 남편이 하는 이야기가 귀에 들어오기 시작했다. 밖에서만 열정적인 사람이고 집에서는 아무것도 하지 않는 사람이라는 것은 균형이 맞지 않는다는 것을 깨닫게 되었고, 좀 더 집에서도 나의 에너지를 사용해야겠다고 생각했다.

남편과의 데이트 시간, 남편 밥을 차려주는 시간 아직 많은 것을 늘리거나 하고 있지는 않지만, 예전보다는 조금이라도 남편과 함께하는 시간과 질을 높이기 위해 노력한다. 아직 확 달라진 모습은 아니지만 나는 자각했고, 조금씩 변해가는 나의 모습을 통해 나중에 남편과 함께하는 삶이 더욱더 풍성해졌으면 좋겠다는 생각을 하게 된다.

### 둘째, 건강을 챙기자.

작년부터 무릎이 아프기 시작했다. 병원에 가서 치료를 받아도 약을 먹을 그때뿐 약 복용을 멈추고 나면 또 무릎이 아팠다. 그래서 생각한 것이 근력운동이었다. 무릎이 아프다면 무릎 주변 근력을 높인다면 좋지 않을까? 그래서 몸무게도 5kg 이상 감량하였고 헬스장에서 전문가의 도움을 받아 운동을 시작하였다. 난 신체 운동 지능이 정말 낮다. 움직이는 것을 싫어하고 집에 가면 소파에 누워 가만히 있는 것을 즐긴다. 그런 내가 운동이라니…. 해야 하기 때문에 하는 것이지만 정말 하기가 싫었다. 헬스장에 가는 것이 싫었고, 땀 흘리는 것이 싫었다. 하지만 약을 먹지 않아도 무릎이 아프지 않기 시작하였고, 몸이 가볍게 되었다. 이러한 결과를 보았을 때 운동이 정말 중요하다는 것을 알게 되었고, 1년이 지난 지금도 꾸준히 운동하고 있다.

### 셋째, 취미생활을 하자.

"취미가 어떻게 되세요?"라는 질문에 뭔가 명확하게 이야기할 수 있는 취미는 없었던 것 같다. 그래서 항상 취미가 있었으면 좋겠다고 생각했다. 운동이 취미라고 이야기하고 싶지만, 솔직히 운동은 좋아하지는 않는다. 필수로 할 수밖에 없어서 하는 상황이기 때문에 정말 재미있게 하는 무엇인가가 있었으면 좋겠다고 생각할 때 함께 코칭 공부를 했던 장선숙 코치가 캘리그래피를 추천해주었다. 그리고 원데이 클래스로 캘리그래피를 배울수 있는 시간을 마련해 주셨다. 처음으로 캘리그래피를 접해 보았는데 어렸을 때부터 좋아했던 미술도 할 수 있고, 글 쓰는 걸 좋아하는 나에게 캘리그래피는 너무나도 나와 잘 맞았다. 그래서 그 뒤로 혜담 선생을 만나 캘리그래피를 전문적으로 배우게 되었다. 글을 쓸 때 마음을 담아, 정성을 담아 글을 쓰면서 그 글을 마음에 새기라고 말을 하는 혜담 선생을 통해 글을 쓴다는 것이 마음에 기록된다는 것을 알게 되었다.

아직은 배운 지 4개월 된 초보기에 잘하지는 못한다. 하지만 누군가가 나에게 취미가 무엇이냐고 물어본다면, 글을 써서 마음에 담고 그림을 그리는 캘리그래피라고 당당하게 말하고 싶다.

코칭을 만나지 않았다면 삶 속에 균형을 이루려는 삶보다는 그냥 내가 좋아하는 것만 하며 살아왔을 것 같다. 하지만 코칭을 통해 어려운 부분들도 강점으로 할 수 있음을 알았고, 균형을 이루는 삶이 얼마나 중요한가에 대해서도 알게 되었다.

> *"인생은 자전거를 타는 것과 같다. 균형을 잡으려면*
> *움직여야 한다"*
>
> – 알버트 아인슈타인

균형을 잡으려면 움직여야 한다는 말속에서 가만히 있으면 아무것도 이루어지지 않는 삶의 원칙을 알게 되었고, 이제는 좀 더 나의 균형 잡힌 인생을 위해 어떻게 움직일지에 대해 고민하고 생각하는 삶을 살고자 원한다. 그리고 문제가 있으면 다른 누구의 방법도 아닌 나만의 방법으로 그 문제를 해결해 나갈 모습을 기대해 본다.

# 코치와 코치이 사이의 신뢰

조성윤

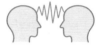

"지금부터 말씀하시는 모든 것은 한국 코치협회의 윤리 규정과 개인정보 보호법에 따라 비밀이 모두 유지되니 편안하게 말씀하시면 됩니다."

코칭을 시작할 때 항상 하는 말이다. 비밀이란 무엇인가? 사전적 정의로 비밀이란 1. 숨기어 남에게 드러내거나 알리지 말아야 할 일. 또는 2. 밝혀지지 않았거나 알려지지 않은 내용이다. 비밀을 편하게 말하는 사이가 되려면 어떻게 해야 할까. '신뢰'를 쌓아야 한다. 말 그대로 코치이가 코치를 믿는다면 자신의 비밀 이야기를 꺼낼 수 있다.

코칭은 코치이를 처음 만날 때가 많다. 혼자 코칭받을 때도 있지만 여럿이 진행하기도 한다. 회사에서 단체로 코칭을 할 때도 있다. 대면으로 만나거나 전화나 화상 전화인 비대면으로도 한다. 코칭은 다양한 상황에서 여러 사람과 각양각색의 주제를 가지고 한다. 이 모든 코칭을 하는 코치는 슈퍼맨이나 척척박사일까? 아니다. 코치를 믿고 코치이가 속 이야기를 하므로 가능하다. 코치이만 코치를 신뢰해서도 안 된다. 코치도 코치이를 함께 답을 찾는 동반자라는 신뢰가 있어야 완성된다.

코치의 어원은 15세기경 코치(Kocsi)라고 명명한 4마리의 말이 끄는 마차가 고객을 원하는 위치까지 이동해주는 운송수단에서 유래됐다. 코치는 고객을 원하는 결과를 얻도록 이끌어준다. 정말 찰떡같은 어원이 아닌가!

코치라고 하면 어떤 모습이 떠오르는가? 운동선수를 지도하는 코치의 모습이 먼저 생각난다. 선수의 능력을 끌어올리기 위해 독려하고 격려하는 모습이 그려진다. 좋은 코치를 만나면 보통의 선수도 놀라운 기량으로 성장한다. 선수들만 코치가 필요하지 않다. 보통의 사람들도 좋은 코치를 만나면 더 나은 사람이 될 수 있다. 하지만 아무리 대단한 사람이 코치로 온들 신뢰가 있지 않으면 원하는 결과를 얻을 수 없다.

신뢰를 쌓기 위해 코치는 경청하고 공감을 한다.

그림책을 읽어주는 독서 수업으로 아이들을 만날 때도 경청
과 공감의 힘을 느낀다. 처음에는 낯설어 가까이 다가오지 않던
아이들이 자신을 공감해준다고 느끼면 서로 더 이야기하고 싶
어 한다. 아이들보다 어른들이 다가오는데 더 시간이 걸린다. 성
인들은 자신의 약한 모습이나 부족한 부분을 남에게 드러내기
가 쉽지 않다. 단단한 어른들의 마음을 열기 위해 신뢰성 있는
진단 도구를 함께 사용하기도 한다.

요새 MBTI나 여러 심리검사가 유행하는 것도 자기 자신을
알고 싶은 사람들의 마음이 아닐까 싶다. 코칭을 할 때 진단 검
사를 하고 결과를 함께 분석하면 코치이의 무의식 속의 갈망을
찾기도 한결 수월하다. 또한 코칭의 신뢰도 높아진다. 그러기에
코칭 공부를 하면서 진단 도구도 함께 공부하는 코치들이 많다.
나도 태니지먼트 강점 진단을 공부하는 중이다. 자신의 강점을
알면 자기 자신을 잘 알 수 있다. 또 성과를 올리고 긍정적인 모
습을 끌어내기에도 좋다.

코칭을 만나기 전의 나는 무엇을 잘하는지, 무엇이 되고 싶은지 알지 못했다. 그때그때 주어진 목표를 향해 열심히 달려가기만 했다. 그 목표는 내가 세운 것인지 남이 세워준 것인지도 알지 못했다. 항상 마음이 불안했다. 불안한 마음을 외부에서 답을 찾으려고 했다. 주위 사람들에게도 물어보고, 멘토들에게도 물어보았다. 심지어 용하다는 점집이나 사주카페가 있다면 장소 불문하고 찾아갔다. 하지만 그때뿐이었다. 뒤돌아서면 답답한 마음이 더해갔다. 남들이 해주는 답을 들을 때는 수긍이 갔지만 뒤돌아서면 남의 옷을 입은 것처럼 갑갑했다.

그러다 강점 코칭을 만났고 갤럽 강점 진단을 받아 보았다. 강점으로 '심사숙고, 지적 사고, 공감, 집중, 존재감'의 결과가 나왔다. 강사로 성장하는데 필요한 강점이 하나도 없는 듯해 맘에 들지 않았다. 강점 코칭도 귀에 들어오지 않았다. 과제로 매일 나의 강점을 낭독하게 되었다. 찬찬히 진단을 들여다보니 내 성향이 어떤지 알 수 있었다. 어떤 상황에서 내가 더 쉽게 잘할 수 있는지, 번아웃이 되지 않으려면 나의 마음을 어떻게 다독여 줘야 할지 조금씩 깨닫게 되었다. 진단을 받아도 결과와 코칭을 신뢰해야 내가 바뀌는 것이었다.

바로 이거다! 싶어 태니지먼트의 디브리퍼 과정을 들었다. 디브리퍼란 결과지를 해석해 주는 사람이다. 처음에 검사지 결과를 줄줄 읽기만 했었다. 별로 어렵게 생각하거나 고민하지 않고 해석해 주었다. 당연히 상대의 반응은 좋지 않았다. 지루해하고 굳이 시간 내서 들어야 할까라는 것이 느껴져 부끄러웠다. 코치이의 신뢰를 쌓기 위해 강점 진단 도구를 배웠지만 정작 제일 중요한 마음의 소리는 듣지 않았다.

도움이 되기 위해 강점 진단을 했는데 맘에 들지 않아 거부하는 상황이 안타까웠다. 어떻게 하면 진단 결과를 상대가 잘 받아들일까 고민했다. 자신이 원하는 강점이 나올 수도 있지만 그렇지 않을 때는 거부하는 것을 나의 사례로 알고 있다. 자신의 강점을 받아들이려면 시간과 노력이 필요했다. 코칭과 접목하면 어떨까 싶었다. 신뢰를 얻기 위해 더 대상자의 결과를 들여다보고 분석해야 했다.

"이런 강점이 있으셨군요. 어떤 상황에서 강점을 발휘했거나 떠오르는 인사이트가 있으신가요?"
"강점을 활용해 어떤 사람이 되고 싶으신가요?"

분석할 때도 코치의 모자를 쓰고 질문을 하여 대상자 스스로 읽고 생각하게 한다. 실제로 모자를 쓰는 게 아니라 코치라는 정체성을 염두에 두고 질문한다는 뜻이다.

"생각해 보니 이럴 때 프로젝트 결과가 좋았던 것 같습니다."
"그러고 보면 저는 사람들이 필요한 것을 찾아주는 것이 행복했던 것 같아요."

자신도 미처 몰랐던 강점들을 발견하여 이야기하니 중심 문제를 찾기도 수월했다.
나는 '척'을 잘했다. 하지만 사람들은 거짓을 눈치챈다. 신뢰를 쌓으려면 '척'을 내려놓고 진심으로 다가가야 한다. 코치와 코치이는 신뢰라는 줄을 묶고 이인삼각 달리기를 하는 관계인 것이다.

# 4-10

# 감정 조절 능력

정봉영

며칠 전 심란한 상황을 겪으며 '내가 감정에 영향을 많이 받고 있구나. 감정이 힘이 세구나.' 나 자신의 상태를 읽어주었다. 어릴 땐 인정하기 싫었다. 감정적이라는 말보다 이성적이라는 말이 좋았다. 나이 들면 감정적인 성향이 좀 나아지나 했다. 이제는 그래도 솔직하게 인정하는 건 가능해졌다.

'좋은 아침입니다' 인사를 하고 싶은데 말이 나오지 않는다. 내 기분을 단어로 표현해본다면? '화'가 난다. 왜 화가 난 것일까? 어제 일을 제대로 해결하지 못해 자신에게 화가 났다. 감정은 1분 30초 이후에는 자신의 선택이라고 하는데 '나는 무엇을 선택했을까?'. 다시 되돌릴 수 없는 순간을 몇 번이고 생각해본다. 바꿀 수 없는데 미련하게 집요하게 파고든다. 다음 기회를 준비하고 대처해야 한다는 걸 아는데 감정은 자꾸 어제의 나로 끌고 간다.

감정의 영향을 많이 받는 나는 코칭을 배우면서 감정의 굴레를 반복하는 대신 새로운 루틴을 만들었다. 문제를 해결할 수 있다는 관점이 생긴 것일까? 일상 가운데 옆에 코치가 있다면? 생각해 본다. 복잡한 마음을 거울처럼 볼 수 있는 코칭을 만나 조금씩 실타래를 풀게 되었다. 나의 잘못에 대해 질책하거나 비난하는 자가 아니라 친절하고 공감해 주는 코치가 되어 나의 감정이 무엇인지 발견하고 원인을 분석해 본다. 내가 이런 감정을 느끼고 있구나. 그런데 왜 이런 감정이 드는 걸까? 차분히 생각해 보는 것이다. 왜 이런 감정에 휩싸이는지 알게 되니 내게 고약하게 구는 일이 조금씩 사라지고 조절할 수 있게 되었다.

얼마 전 코칭에서 고객은 자신의 감정으로 인해 인간관계 어려움을 호소했다. 코칭이 진행되면서 이야기는 자연스레 자신의 과거와 가정 이야기로 흘러갔다. 고객은 감정의 뿌리가 깊고 주변 사람들로부터 영향을 많이 받았다는 걸 발견했다. 상황을 이야기하다 보니 어떤 생각과 감정을 갖고 어떻게 행동하게 되었는지 살피게 된 것이다. 코치가 고객이 자신을 성찰하도록 도움을 주고, 용기를 주고, 자신을 발견할 수 있도록 기다릴 때 고객이 스스로 아하 포인트를 발견했다. 코치는 고객이 말하는 맥락 안에서 경청하고 자신의 해석을 덧붙이지 않아야 한다. 온전히 고객의 감정을 잘 따라가 주기만 해도 고객이 새롭게 발견할 점을 말해주기도 한다. 고객이 원한다면 코치는 자신의 경험이나 의견을 제시할 수 있다.

감정이 잘 다스려지지 않을 때 잠을 자거나, 영화를 보며 기분을 전환하기, 수다를 떨며 마음을 토로하는 시간을 가졌다. 요즘은 셀프 코칭으로 진짜 하고 싶은 말, 진짜 해결하고 싶은 문제를 적고 문제의 실마리를 보려고 노력한다. 내가 발견하지 못하는 새로운 관점을 만나고 싶을 때는 주변에 코칭을 요청하기도 한다. 나의 문제가 무엇인지 이야기하는 과정에서 답답한 마음을 토로할 수 있다. 코치는 내가 진짜 원하는 게 무엇인지 발견하도록 다양한 관점에서 보도록 도와준다. 열쇠를 찾지 못해 닫힌 문이 스스로 열리는 것 같다. 또 뭔가 할 수 있다는 희망이 느껴졌다. 내 감정 변화의 변화가 얼굴에도 나타났다. 코치의 질문은 자신을 긍정적으로 인식하도록 돕고 할 수 있다는 생각을 일으켰다. 그때 느낀 감정은 에너지가 되어 새로운 시도와 아이디어를 떠오르게 해 답답한 마음을 전환해주었다. 사람은 의지로 변하지 않는다. 그런데 감정은 에너지가 되어 나를 움직이게 했다.

내게 아침 기상은 어려운 과제였다. 밤늦게까지 작업하니 새벽에 잠들었다. 이런 습관을 고치기 위해 수없이 계획하고 시도했지만 실패했다. 그런데 공저라는 임무가 주어지고 초고를 완성하는 과정에서 나의 간절함은 극대화되었다. 그리고 무려 새벽 4시에 기상을 단번에 시작하게 되었다. 할 수밖에 없는 환경이 설정됐다. 그런데 마음이 움직이지 않았다면, 간절함이 없었다면 지속하지 못했을 것이다.

감정은 옳거나 그르지도 않고 비합리적이지도 합리적이지도 않다. 감정은 잘 다루면 든든한 안내자가 되지만 못 다루면 괴물이 될 수 있다. 모든 사람은 자신만의 자원과 능력이 있다. 그러나 이를 제대로 발휘하려면 자신의 감정을 잘 이해하고 적절히 조절하는 것이 중요하다. 감정조절이 된다면 좀 더 자신의 능력을 발휘할 수 있을 것이다. 자신의 감정을 다스리는 주인이 되는 것이다. 많은 순간 우리는 감정의 방관자나 노예로 살고 있다. 감정을 다루는 법은 누구에게나 어렵다. 감정을 잘 조절하기 위해서는 어떻게 해야 할까? 감정의 주인이 되기 위해 첫 번째로 지금 내가 느끼는 감정을 숨기지 않고 솔직하게 얘기해보는 것이다. 감정을 이야기하려면 감정에 이름을 붙여주어야 한다. 이는 소통하고 또한 감정을 해소하는 데 도움이 된다. 코칭을 통해 고객은 자신의 감정을 발견하고 이름 붙일 수 있다. 자신의 감정에 대해 알고 있다면 그만큼 성찰이 된 것이고 그렇지 않더라도 자신의 마음을 토해내며 스스로 발견하고 코치의 질문을 통해 더욱 분명하게 알아차릴 수 있다. 자신의 내적인 상태와 외적인 환경 속에서 어떻게 감정이 변화하고 있는지를 들여다볼 수 있다는 것은 그 후에 어떻게 이 감정을 조절할지 답을 찾아갈 수 있는 문을 연 것이다.

돕기 원하는 마음으로 들려주는 말이 있다. "됐어, 다 지난 일이야, 생각하지 마, 별것 아니야!", 맛있는 것 먹으러 갈까? 분위기 전환해 주고 위로해 주기도 한다. 감사하다. 그런데 더 근본적인 해결책은 내 감정을 회피하지 않고 직접 대면하는 것이다. 그 감정이 옳다고 인정하는 것이 아니라 그런 감정이 들 수 있음을 인정하는 것이다. 이를 수용하되 이 감정이 나를 끌고 가지 않도록 나만의 해결 방법을 찾아야 한다. 감정이 나의 주인이 아니라 내가 주인임을 말해주자.

# 제5장

· · · · · · · · · · · · · · · · ·

## 인터널 코칭을 통하여

(독자는 어떻게 변화하는가)

# 감성 능력

조성윤

이름은 하나인데 별명은 서너 개. 동요처럼 내 이름은 조성윤이지만 별명은 '조정색, 가시 쟁이, (감정)기복이...' 등등 여러 개다. 감정이 그대로 드러나고 감정적인 성격의 느낌이 팍팍 드는 별명들이다. 오죽하면 회사 초년생일 때 과장님이 따로 불러서 "그렇게 감정이 다 얼굴에 드러나면 사회생활하기 힘들다"라고 말할 정도였을까.

감정이 드러나면 좋지 않다고 생각해서 나를 숨겼다. 사람과의 만남은 언제나 조심스러웠다. 상대에게 맞추다 보니 나는 없었다. 코칭을 통해 알게 된 나는 감정적인 사람이 아니라 감정을 모르는 사람이었다. 감정을 억누르고 무시하다 보니 본질은 모른 채 관습화 된 감정을 표출하고 있었다.

자신의 감정을 아는 것은 자기 효능감과 회복탄력성과 밀접한 관계가 있었다. 진작 알았다면 감정으로 힘들었던 나의 과거들은 달라지지 않았을까.

상담을 전공한 코치와 상호 코칭을 했었다. 무엇을 하든 불안하다는 주제로 코칭을 받았는데 가만히 내 이야기를 듣더니 꼭 자신과의 시간을 가지라고 했다. 시간을 정해놓고 조용할 때 나를 만나고 풀어내는 시간이 필요하다고 했다. 자신의 마음을 인식하는 만큼 세상을 인식하게 되니 시간을 정해놓고 30분이라도 하길 바란다고 했다. 불안이나 부정적인 감정은 원인을 모르고 무작정 누르거나 회피하기 때문이었다. 원인을 알면 결과를 찾을 수 있다. 마음을 더 알고 싶었다.

김상임 블루밍경영연구소 대표코치가 쓴 〈마음을 아는 자가 이긴다〉라는 책에서 사람을 움직이게 하는 것은 마음이라고 했다. 다른 사람보다 나를 먼저 움직이는 것이다. 마음의 조각들인 감정에 연결된 생각과 갈망이 어떤 것인지 마음 알아차림을 해야 한다. 책에서 나온 마음 세줄 일기를 보고 따라 해 보았다.

- 감정 : 화가 난다.
- 생각 : 아침부터 아이들이 학교 갈 준비도 안 하고 작은 일로
   싸우고 있다.
- 갈망 : 아이들이 사이좋게 서로 도우며 지냈으면 좋겠다.

예전이라면 바쁜 아침에 다투고 있는 아이들을 보고 화부터
버럭 냈을 것이다. 하지만 갈망을 알게 되니 화가 가라앉았다.
아이들에게 조용한 목소리로 "너희가 싸우는 모습을 보니 엄마
는 속상해. 너희가 사이좋게 지냈으면 좋겠어."라고 말했다. 다
투던 아이들의 목소리도 덩달아 잦아들었다.

매일 하루 30분 나를 만난다. 그것이 마음 세 줄 일기든 셀
프 코칭이든 자신에게 맞는 것을 하면 된다. 나를 만나서 소통
하는 시간이 중요하다. 나와 소통하자 남들과 소통하기는 더 편
해졌다. 신기하다. 예전 같으면 민감하게 받아들였겠지만 그럴
수도 있지 하고 생각하게 된다. 이런 변화를 남편도 느낀다고 했
다. 감정을 명확하게 인식하면 자기 존중과 자신감도 높아진다.
남이 나를 흔들어도 내가 흔들리지 않는다.

'속 이야기를 잘하지 않아 거리감 느껴진다.'라는 사람에게도

'난 천천히 다가가고 있어요.'라고 말할 수 있다. '진지해서 재미없다'라는 사람에게는 '당신을 상처 줄까 봐 신중하게 말을 하느라 그래요.' 하고 답해준다.

갑작스러운 질문이 들어오면 머리가 하얘지는 것도 '내가 부족하다는 불안이 커서 그렇구나'라고 다독다독할 수 있다. 선명한 자신을 알게 되면 자신을 개방하는데 두려움이 없어진다. 주변의 수용성을 높여서 사회적 지능까지 높아지는 것이다. 비난하기보다 '너는 그렇구나! 알겠어. 우리 보완법을 찾아보자.'라고 할 수 있음을 코칭을 통해 알게 되었다.

과거의 나는 남을 의식하고 인정받는 것에 매달렸다. 매달릴수록 공허하고 힘들었다. 자기 인식이 잘되지 않으면 타인을 이해하는 것은 더 어렵다. 코칭을 통해 감성 능력을 키우는 연습을 하고 있다. 코칭의 매력은 다른 사람과 하는 것뿐만 아니라 나 자신을 위한 셀프 코칭도 할 수 있다는 점이다. 또한 코칭에 사용할 수 있는 도구는 무궁무진하다.

코칭에는 여러 종류가 있다. 진로 코칭, 비즈니스 코칭, 마음 코칭, 강점 코칭 등등…. 사람이 사는데 필요한 모든 분야에 코칭은 필요하다. KAC 코칭 시험을 볼 때 어떤 분야의 코치가 되고 싶냐는 질문을 받았다. 나는 감성 능력을 갖춘 코치가 되고 싶다고 대답했다.

나는 초등학교 저학년과 유치원 친구들에게 그림책을 읽어주는 강사를 하고 있다. 그림책으로 주인공의 감정이 어떤지 이야기 나누는 수업을 하고 있다. 수업에서 만난 아이들은 자신의 감정뿐만 아니라 알고 있는 감정의 수도 적었다. 그 모습을 보면서 안타까운 마음이 들었다. 현장에서 만난 친구들과 '마음 이야기'를 더 잘 나누고 싶다. 내가 코칭을 만나 감성능력을 키우고 변했듯이 사람들이 그랬으면 좋겠다. 그러기 위해서 그림책 수업과 감정, 코칭을 엮은 감성 코칭 프로그램을 생각하고 있다. 코칭으로 세상이 행복해지길 바라며...

# 자율성

김현지

　자율성, 나에게는 아픈 단어다. 난 맏이로 태어났고 처음 해 보는 부모 노릇을 완벽하게 잘해 보려는 우리 엄마의 넘치는 사 랑으로 과잉보호받으며 컸다. 엄마는 뭐 하나를 제대로 못하 는 어설픈 나를 하나에서부터 열까지 다 챙겨 주셨고 그러다 보 니 그 당시 편하게는 살았지만 진짜 뭐든 어설픈 아이가 되었 다. 엄마 치마폭을 잡아당기며 뒤로 숨는 부끄럼 많은 어린아이 처럼 살았다. 어른이 된 이후로는 주로 친구들이 엄마의 치마 폭이 되어주었다. 아마도 나의 어설픔이 친구들의 모성애를 자 극한 것 같다. 그래서 항상 내 주변에는 엄마의 치마폭의 역할 을 해주는 고마운 친구들이 있었고 그럭저럭 사는 데는 큰 문제는 없었던 것 같다. 문제는 자존감이었다. 스스로 알아서 하고 싶은데 언제나 덜 큰 아이 같은 내가 부끄러웠다. 엄마를 쳐다보듯 주변 사람들에게 도움의 눈길을 바라는 내 눈빛이 한심스러웠다. 일상의 크고 작은 일처리를 시원스럽게 척척 처리하는 친구들이 얼마나 커 보였는지 모른다. 두 아이의 엄마가 된 지금도 내가 부엌에 있으면 남자가 부엌에 있는 것 같은 묘한 어색함이 돈다고들 한다. 어릴 때부터 집안일을 많이 한 사람들은 몸이 먼저 일하는데 나는 이것 다음에 뭘 해야 하지? 이렇게 의식적인 차원에서 생각을 하면서 하다 보니 그게 몸으로 다 드러나나 보다. 내 사정이 이렇다 보니 '내 자식만은 자율성을 키워줘야지' 생각했다. 그런데 생각뿐 행동은 그러지를 못했다. 나 역시 우리 엄마처럼 딸들을 살뜰하게 아낌없이 챙기고 있었다. 생활적인 면뿐 아니라 학습적인 면까지 다 챙겼다. 앞에서 말했다시피 어릴 때부터 다국어를 시켰는데 영어의 경우, 영어 동화책을 읽어주고 아이가 읽게 하고 또 읽은 것으로 재미있는 활동을 하고 그 활동 내용을 기반으로 외워서 발표하는 모습을 동영상으로 찍는 것으로 마무리했다. 쌍둥이 두 아이를 데리고 각 언어마다 이 과정을 한 바퀴씩 돌리는 일이 보통 일이 아니었다. 시간을 엄청 잡아먹었고 에너지 소모도 컸다. 저녁마다 너무 지쳤다. 아이가 초등학생이 되고 내 공부가 하고 싶어 코칭도 배우고 독서를 하게 되면서 나를 위한 시간이 점점 늘어 갔다. 아이들에게 쓰는 시간은 줄어들기 시작했다. 매주 제출해야 하는 스터디 인증 사진 올리기를 빼먹기 일쑤였고 과제를 자주 누락시키는 일이 생기니 마음이 불편했다. 스터디 완주율이 점점 떨어졌고 어떤 스터디에서는 3번 연속 과제 미체출로 탈락하는 일도 생겼다. 아이 공부를 소홀히 하게 되고 아이에게 쓰는 시간이 줄어들자 미안한 생각이 들었다. 내가 아이들을 방치하는 것은 아닐까? 아니야. 이제 초등학생이 되었는데 자기들이 스스로 해야지. 평생 해 줄 수는 없잖아. 내 안에서 두 마음이 싸웠다. 그즈음 아이의 학습문제를 어떻게 할 것인가를 주제로 코칭을 했다.

"제가 자기 계발을 시작하면서 아이에게 쓰는 시간이 줄었어요. 아이에게 쓰는 시간이 줄어드니 미안한 생각이 드네요. 잘하고 있는 건지 걱정돼요."

"자기 계발과 아이 교육 사이에서 고민이 생기셨군요. 아이의 교육은 고객님께 어떤 의미일까요?"

"아이의 교육은 저에게 가장 중요한 일이에요. 저로 인해 생겨난 생명이기에 제가 책임을 다해야 한다고 생각해요. 두 아이가 이 세상에 당당하게 설 수 있도록 제대로 뒷받침해주고 싶어요. 그런데 자기 계발을 시작하면서 예전에 아이 공부 봐주던 시간에 제 공부를 하게 되었고 그만큼 아이 공부를 제대로 챙기지 못하고 있어요. 아이에게 소홀하게 된 것 같아서 이래도 괜찮을까? 걱정돼요. 아이에게 미안하기도 하고 불안한 마음도 생기고요. 열심히 공부를 시켜놓았는데 다 까먹고 다른 애들보다 뒤처지면 어쩌지? 불안하기도 해요."

"고객님이 공부를 시작하시면서 아이에 대한 학습적인 부분에 대해 미안한 마음이 생기고 불안해지셨군요. 그럼 아이를 잘 키운다는 것은 어떤 의미일까요?"

아이를 잘 키운다는 것이 어떤 의미일까? 엄마가 다 해준다는 의미일까? 아닌 것 같았다. 엄마가 다 해줘서 그래서 나 어른 돼서 힘들었잖아. 잘 키운다는 의미는 다 해준다는 의미는 아니다.

"아이가 스스로 하도록 자율적인 사람이 되도록 도와주는 것 같아요."

"아이는 엄마가 어떻게 도와줘야 자율적인 사람이 될까요?"

"아! 그러네요. 제가 옆에서 다 챙겨주면 자율적인 사람이 되기는 힘들겠어요. 엄마가 해주던 습관이 있어 그 습관에 익숙해지면 아이는 계속해서 엄마에게 의존하게 될 테니까요. 엄마가 아이를 챙기기보다는 오히려 제가 열심히 사는 모습을 보여주는 편이 아이가 자율적인 사람이 되도록 도와주는 방법이 될 것 같아요. 그 시간에 아이는 엄마를 벗어나 스스로 좋아하는 것을 찾을 수도 있고요."

이렇게 생각하자 마음속 미안함이 사라졌다. 나는 엄마가 챙겨 주는 것이 아이를 사랑하는 방법이라는 잘못된 전제를 갖고 살았다. 아마 우리 엄마도 그러셨을 것이다. 당신의 몸이 힘들어도 살뜰하게 챙겨주는 것이 바람직하게 사는 것이고 아이를 사랑하는 방법이라고. 인생을 열심히 사는 모습일 것이라고 말이다. 잠시라도 소홀하면 내가 해야 할 책임을 다 하지 못한 게으른 엄마 같이 여겨져 미안한 마음이 생길 정도로. 나 역시 아이의 자율성을 키워주고 싶다고 생각했지만 행동은 부모에게 배운 대로 아이를 의존적으로 키우고 있었다. 아이 스스로 잘 크도록 엄마가 본보기를 보여주는 것이 어쩌면 아이를 향한 더 큰 사랑일 수 있다. 그렇다면 내가 내 공부를 열심히 하는 것을 미안해할 필요가 없었다. 오히려 더 열심히 해서 아이에게 어떻게 사는 것이 올바른 삶인지를 보여주는 것이 더 바람직하겠구나 하는 생각이 들었다.

자율성의 의미를 찾는 동안에 예전에 읽은 와타나베 이타루가 지은 '시골 빵집에서 자본론을 굽다'라는 책의 내용이 갑자기 떠올랐다. 시골 빵집에서 천연균을 사용해서 빵을 만드는 과정이 소개되어 있는 책인데 마르크스의 자본론과 연결되어 아주 재미있게 읽은 책이다. 이 책에서 자연재배에 대한 이야기가 나온다. 농작물을 키울 때 비료를 주지 않는 점이 중요한 포인트라고 설명하면서 비료는 없어도 토양 조건만 좋으면 작물은 자라게 되어 있다고 한다.

"작물이 제힘으로 자라게 하는 것이 자연재배의 제일 큰 특징이다. 비료를 안 준 작물은 살기 위해서 흙에서 양분을 얻으려고 필사적으로 뿌리를 내린다. 작물 스스로가 자기 안에 숨은 생명력을 최대한 발휘해서 살아보려 한다. 그 식물이 가진 생명력을 키우기 위해 농사꾼이 해야 할 역할은 땅을 만드는 것이다. 산과 들에 식물이 비료 없이 뿌리를 내린 경우를 보면 그 땅은 수분을 많이 함유하고 있다. 스스로 자랄 수 있는 땅을 만들어주면 식물은 자연히 자기 힘으로 자라게 된다. 키우는 것이 아니라 '자란다'는 것이 중요하다."

갑자기 이 책의 내용이 떠올랐다. 아이를 키우지 말고 자라게 도와줘야겠구나. 그동안의 나의 도움이 아이에게 비료일 수 있겠구나! 아이 스스로 크고자 하는 생명력을 약화시킬 수 있었겠구나. 하는 통찰이 왔다. 우리 엄마의 도움이 나에게 비료였던 것이다. 외부에서 주어지는 것은 어느 순간 공급이 중단될 수 있다. 어린 시절 엄마라는 비료의 힘으로 커온 나는 20대가 되어 비료가 걷혔을 때 스스로 다시 서기 위해 너무 힘든 시간들을 겪어야 했다. 아이 스스로 자신에게 주어진 생명력을 최대한 발휘해서 살 수 있도록 이제는 나의 역할을 서서히 줄여가야겠다. 이제 엄마라는 비료를 걷어내자. 대신 훌륭한 농사꾼처럼 풍부한 영양과 수분을 많이 함유하고 있는 좋은 땅을 만들어줘야지. 사랑이 담뿍 담긴 눈으로 아이를 바라보고 힘들 때 격려해 주고 아이가 따라 할 수 있는 롤 모델이 되어주자. 이것이 바로 좋은 땅이 되어줄 것이다.

코칭 역시 자신의 내면의 원칙을 찾아 스스로 설 수 있도록 도와주는 과정이다. 외부에서 뿌려주는 비료가 아닌 나만의 생명력의 힘을 스스로 찾도록 코치는 질문을 한다. 내가 의존하고 있는 비료가 무엇인지 똑바로 보게 하고 그 비료를 박차고 스스로 일어나게 도와주는 것이 코칭이다. 우리 딸이 자신에게 주어진 힘을 느끼며 그 힘으로 현실을 살아가는 모습을 상상하는 것만으로도 가슴이 벅차오른다. 이것이 바로 자율성이다. 코칭은, 자신의 힘으로 현실을 당당하게 살아가는 자율성, 즉 본인의 생명력을 일깨워주는 탁월한 도구인 것이다.

# 책임감

박희숙

갤럽 강점 코칭을 통해 나의 강점에 대해 테스트를 받고, 알아본 적이 있다. 나의 5대 강점은 첫 번째가 Learner(배움)이었고, 두 번째가 Responsibility(책임감), 세 번째가 Futuristic(미래지향), 네 번째가 Intellection(지적 사고), 다섯 번째가 Harmony(조화)였다.

책임감이 2번째로 나올 정도로 나는 어릴 적부터 책임감이 강했다. 그 이유는 3남매 중에 첫째이기도 했고, 강점 테스트에 나온 것과 같이 기질적으로 맡은 일에 대해 완수하려는 성향이 강해서이다.

한국의 K-장녀로서 맏이 콤플렉스가 있었던 것 같다. 인정받는 맏딸로서 잘해야 한다는 의무감과 동생들에게 모범이 되어야 한다는 생각으로, 학교에서는 선생님 말씀 잘 듣는 모범생으로, 교회에서는 부회장 등의 임원을 하면서 지내왔다.

회사에 들어가서도 맡은 일에 대한 책임감이 강해 일이 바쁠 때는 주말이나 명절에도 나가서 일을 했다. 아침에 회의가 있을 때는 새벽 6시에 가서 회의를 준비했다.

나는 내 할 일을 한 것뿐인데 상사들로부터 "손이 빠르다. 맡은 일을 끝까지 완수하는 책임감이 있다. 일을 나한테 맡기고 나면 뇌에서 잊어버릴 수 있다" 등등의 말을 들어왔다.

맡은 일을 완수하는 미션 컴플리트는 나에게 일상이었던 것이다.


그리고 꾸준히 써온 바인더를 통해 일정을 관리하게 되면서 일주일의 스케줄이나 완수해야 할 일의 데드라인을 미리 그 날짜에 적어 놓았다. 잊어버리거나 놓치는 일이 적어졌다. 그리고 할 일 목록의 앞에 있는 체크박스에 X 표시가 안된 경우, 왜 이 일이 진척이 없는지 혼자 고민하고 피드백을 하다 보니 일을 책임감 있게 완수하는 나의 기능은 더 강화되었다.

코칭은 그 사람 안에 답이 있다는 Resourceful 이란 철학이 있다. '내 안에 답이 있다'는 의미이다. 실제로 내 안에 가진 것이 많은데도 남과 비교하는 한국 사회의 특성이 각 개인의 강점들을 개발시키기보다는 약점을 보완시키는 일을 하면서 강점이 강화되지 못하고 묻히는 경우들이 있다.

그런데 코칭은 그런 고객의 자원이나 잠재력을 이끌어 내게끔 해주니 정말 좋은 프로세스가 아닐 수 없다. 고객들도 문제의 답이 내 안에 있다고 인식한다면 답을 찾아 헤매는 날들의 시간을 줄 일 수 있고, 코치의 주도하에 코칭을 받는다면 코치에 의해 좀 더 발전된 방향이나 주제로 문제 해결의 방법들이 옮겨질 수 있다. 그것은 무엇보다도 근본적인 문제를 제거해야 하기 때문이다.

코칭을 하면서도 나의 그런 책임감의 강점이 발현되었다. 그것은 고객의 고민이나 코칭 주제를 들을 때 고객의 이 문제를 어떻게 잘 고객 안에 있는 내적 자원을 끌어내어 해결할까? 를 계속 생각하면서 여러 가지 질문들을 떠올리며 다각도로 질문을 하기 때문이다.

그리고 몇 번의 질문들을 통해서 그분 안에서 적절한 또는 핵심이 되는 해결책을 찾게 되어서 고객이 매우 기뻐하셨던 순간이나 코칭을 시작했을 때는 기분이 별로 좋지 않으셨는데 코칭 대화를 통해 문제에 접근하고 내면에서 답을 찾으면서 코칭이 끝날 때쯤, 고객님의 기분이 좋아지면서 끝을 맺은 경우들이 있었다. 그럴 때는 고객과 하나가 된 듯 나 자신도 기뻐서, 덩달아 기분이 좋아지곤 한다.

그런 몇 번의 질문을 통해 고객이 생각지도 못한 답을 찾아내기도 하고, 확장 질문을 통해 좀 더 본질적인 탐구에 들어간다. 그런 과정에서 나의 책임감이란 기질은 계속적으로 고객에게 질문을 하고 본질을 파고든다.

"좀 더 생각나시는 게 있을까요?", "또 무엇이 있을까요?", "~이 이루어지면 고객님의 삶은 어떤 의미가 있을까요?" 등의 질문을 던짐으로써, 그분 안에서 새롭게 끄집어내지는 깨달음이나 해답들, 본질적인 방향들은 고객으로 하여금 "아, 이런 방법이 있었는데", "제 안에 해답이 있었는데 그전에 깊게 생각을 해보지 못했네요", "이 문제에 대해 이렇게 질문을 해주시니까 좀 더 본질적인 문제가 있었는데 자각하지 못했던 거 같아요." 같은 반응들이 나온다.

이런 이야기를 들을 때면, 나의 미션은 또 한 번 완수되면서 저 밑으로부터 뿌듯함이란 감정이 밀려 올라온다. 고객님 모르게 마음속으로 미소를 짓고 있다. 그것은 내게 주어진 과제의 해결 +고객의 문제에 대한 새로운 깨달음 또는 해결방안을 드렸다는 보람 때문이다.

이렇듯 책임감이란 그 개인에게는 어떻게 보면 피곤한 기질일 수 있으나, 회사에서 일을 해나가는 데 있어서, 상대방을 코치하는 코칭이란 일을 해나갈 때 매우 필요한 기질인 것 같다.

왜냐하면 책임감이란 기질은 코칭을 하는 데 있어서 나에게 고객님의 문제 해결에 도움을 주기 위해 집요하게 질문을 떠올리게 하고, 어떨 때는 비유로, 어떨 때는 목표 달성에 대한 상상 시각화로 그분을 옳은 방향으로 이끌기 위해 노력하기 때문이다. 이것은 나와 고객의 동반성장이다.

코칭을 통해 고객님의 문제를 고객님의 내적 자원을 통해 해결하게 함으로써 도움을 줄 수 있다는 것을 보면 이런 기질, 강점을 주신 신께 감사한 마음이 든다.

# 코칭과 학습 능력

조소연

　학습에 의욕적이고, 또래보다 배움이 깊은 학생들을 봅니다. 반면, 배움에 관심이 적은 학생들도 있습니다. 학습이 누적되어 있지 않아 또래에 비해 낮은 수준의 성취를 보이는 학생들도 있습니다. 중간 정도의 수준을 놓고 가르치는 교실 수업 안에서 학습 결손이 있는 학생들은 수업을 따라가기가 쉽지 않습니다. 학교에서는 학습 보충이 필요한 학생들을 자율적으로 보충학습을 할 수 있도록 다양한 프로그램을 제공합니다. 최근 이년 여간 코로나로 인해 학교도, 학생도 많은 어려움을 겪었습니다. 그리고 학생들의 수업 중의 집중도가 많이 낮아졌음을 체감합니다.

공부를 하고 싶고, 해야 하기는 하겠는데, 어떻게 공부를 해야 하는지 모르겠다는 학생들이 있습니다. 작년에 이런 비슷한 고민을 하고 있는 학생 다섯 명을 지도해 보았습니다. 지도에 앞서서 학생들과 소통하며 그들을 파악해야 함을 느꼈습니다. 공부는 스스로 하는 것입니다. 교실에 앉아 있다고 하여 모든 학생이 공부를 하고 있는 것은 아닙니다. 겉으로는 공부하는 것처럼 보일 수 있습니다. 그러나 머릿속에서 실제 공부를 하고 있는지는 알 수 없습니다. 머리로 이해하고 마음으로 받아들여야 공부를 하는 행동까지 이어집니다. 아이들과 원활한 소통이 아이들의 머리, 마음, 몸을 움직일 방법임을 믿습니다.

다섯 학생 중 네 명은 중학교 일, 이학년 때부터 공부를 안 해 왔다고 하였습니다. 고등학교 일 학년인데, 공부를 잘해보고 싶다는 의지를 보였습니다. 누적된 학습이 부족하여 현재의 학교 수업을 잘 따라갈 수 없다 하였습니다. 나머지 한 학생은 공부의 바탕이 전혀 없는 상황은 아니었습니다. 그냥 시험 때만 되면 긴장이 되고 떨려 오히려 공부가 손에 잡히지 않는다고 하였습니다. 계획 없이 마구잡이로 공부를 하다 보니 정작 중요한 과목의 시험을 놓치는 것 같았습니다. 또 초등학교 때 어느 선생님으로부터 무시를 당하고 오해를 받으면서 학교와 선생님에 대한 불신을 갖기 시작했다고 하였습니다. 학교 안에서 자신의 이미지를 '장난꾸러기 학생', '공부 안 하는 아이'처럼 설정해 두는 게 나았다고 했습니다. 그러다 보니 공부를 잘 안 했다고 하였습니다. 아이들과 코칭식 대화를 나누고 다섯 명의 학생과 매주 한 번씩 만나며 동기부여와 계획 하기, 시간 관리 등을 지도하였습니다.

학습과 관련한 코칭을 계획할 때 먼저 피코치를 잘 분석해야 합니다.

첫째, 심리적 장벽을 살핍니다. 학습할 때 여러 종류의 심리적 장벽이 있을 수 있다고 마인드 컨트롤의 대가 Gallwey는 말합니다. 이런 심리 기법을 이너 게임(inner game)이라고 하였습니다. 그렇습니다. 학습에 관한 부정적인 기억이 심리적 장벽을 만들어 새로운 것을 배울 때 어려움을 줍니다. 배움에 대한 나쁜 기억이 악순환의 고리를 만들어 학습을 방해합니다. 그러니 코칭을 받는 사람이 학습에 대해 어떤 마음의 장벽을 가졌는지 자각할 수 있도록 먼저 도와주어야 합니다. 어린 학생들일수록 스스로 자각한다는 것이 쉽지 않습니다. 그러나 대화와 질문을 통해 심리적 장벽이 무엇인지 파악할 수 있습니다.

둘째, 심리적 장벽 외에 피코치에 대해 살펴야 하는 것들이 몇 가지 더 있습니다. 우선, 선행된 학습의 상태를 확인합니다.

선행한 학습은 현재의 학습에 영향을 주기 때문입니다. 또 건강이 좋고 나쁨이 학습에 영향을 미칩니다. 어려운 상황을 이겨내는 마음의 힘이 역시 학습에 영향을 미칩니다. 시간의 적절한 관리가 학습에 영향을 줍니다. 친구, 부모님과의 관계가 좋고 나쁨도 학습에 영향을 미칩니다. 원동연 박사는 '지력, 심력, 체력, 자기 관리력, 인간관계력(대한민국 국가 미래교육전략, 카이스트 미래전략연구센터, 2017)'이라는 말로 이를 정리하고 있습니다. 배움은 인간의 내면에서 일어나는 수용의 과정입니다. 학습을 주제로 코칭을 할 때 위와 같은 내용을 참고하여 코칭을 합니다. 피코치에 대한 이해가 조금 쉬워집니다. 그러니 코칭은 반드시 학습에 도움이 됩니다.

셋째, 피코치의 '자발적 동기'를 살핍니다. 학습하고자 하는 마음은 내면에서 시작해야 합니다. 내적 동기가 충분하면 학습은 더 효과적입니다. 관심 있는 분야를 찾아 자발적으로 공부하도록 내적 동기를 찾아야 합니다. 학생이든 성인이든 자발적인 동기는 누구에게나 중요합니다. 4장에서도 다루었던 '매슬로우의 욕구 단계'를 기억해 봅니다. '생리적 욕구 – 안전의 욕구 – 사랑과 소속의 욕구 – 존경의 욕구 – 자아실현의 욕구'에서 피코치가 어떤 욕구의 지점에 있는지 파악해야 합니다. 성인이라고 하여 매슬로우의 욕구 단계 피라미드에서 상위에 있는 것은 아닙니다. 그러니 코칭받는 이의 상황을 잘 파악하여 현재 그가 어느 단계에 있고 어떤 목표의 지점을 원하는지 살펴야 합니다.

넷째, 학습은 개인차나 자기 관리 등의 개념만으로 설명이 되지 않는 또 다른 요소가 있습니다. 개인과 환경 간의 상호작용이 큰 영향을 미칩니다. '성공적인 학습을 위해서는 반드시 학습이 이루어지는 환경과 기타 구성원을 인식해야 한다'고 Ho Law·Sara Ireland(코칭심리, 학지사, 2010)는 말하고 있습니다. 피코치의 환경적인 요소를 고려해 학습에 도움이 되는 환경과 그렇지 못한 환경을 파악해야 합니다.

학습 코칭은 끊임없이 자기 성찰의 피드백을 제공합니다. 질문을 받고 확인하는 과정에서 자신의 학습 습관, 잘못된 방식 등을 생각하게 됩니다. 현재의 문제점을 파악할 수 있습니다. 자신의 학습방법을 수정하고 보완해 가며 스스로 실행하고 돌아볼 기회를 만듭니다.

코칭은 학습 능력을 향상시키는 데에 도움을 줍니다. 코치는 피코치의 강점과 잠재된 가능성을 찾도록 도와줍니다. 내적 동기를 자극하며, 실행 중에 겪는 오류들을 찾아내도록 지지합니다. 스스로 오류를 수정하는 가운데 자발적 학습이 일어납니다.


영어를 조금 더 잘해보고 싶어 하는 중학교 1학년 학생 일곱

명과 지난 사월부터 방과 후 수업을 시작했습니다. 학생들과 간단한 이야기를 나누었고 목표에 관한 이야기, 현재의 상태 등에 관한 이야기를 나누었습니다. 아직은 코칭에 대해 더 많이 배워야 하고, 특히 학습적 동기 부여를 위해서는 코칭에 관해 더 많은 경험을 쌓아야 합니다. 학생들은 영어를 조금 더 잘해보고 싶어 찾아왔습니다. 공부가 잘 안 되는 것은 비단 실력 부족의 문제가 아닐 때도 많습니다. 보이지 않고 드러나지 않는 부분들에서 막힘이 있습니다. 게임이나 드라마에 빠져있어 공부할 시간이 부족합니다. 마음이 편하지 않아서 공부에 집중이 안 되는 때도 있습니다. 공부는 하는데 엉뚱하게 한다거나 누적된 학습이 없어 현재의 과제가 이해가 잘 안 될 수도 있습니다. 이런 부분들에 관해 아이들 하나하나와 가벼운 이야기부터 풀어가야 합니다. 마음의 문을 열고 대화를 할 수 있도록 천천히 다가가야 합니다.

가능성이 무한한 십 대의 아이들입니다. 먼저 말을 걸어주는 아이들이 고맙습니다. 자발적으로 방과 후 수업을 신청했다는 것은 아이들에게 이미 내재적 동기가 있음을 말해줍니다. 이제 아이들과 코칭을 시작합니다. 나는 코치로서 배울 것이고, 아이들은 피코치로서 배울 것입니다. 약 세 달간의 학습지도와 코칭을 통해 나도 아이들도 또 한 뼘 더 자랄 것이라고 믿습니다. 스스로 찾아가는 배움은 학생들과 나를 다른 차원으로 성장해 가도록 도울 테니까요.

도연명 선생이 이야기합니다. '세월은 사람을 기다리지 않으니 때맞춰 배움에 힘쓰라'라고요. 학생들도 저도 배움의 귀한 때를 놓치지 않도록 오늘도 노력해보렵니다.

# 공감과 소통

정봉영

초등학교 2학년 아이가 '친구란 소중한 존재, 비밀을 말할 수 있는 존재'라고 정의했다. 없으면 답답하고 외롭고 심심하단 다. "친구가 없으면 비밀을 이야기할 수 없어 너무 답답할 것 같아요"라는 소녀의 말에 미소 짓게 된다. 어른이 되고 이런 친구들이 남아있는지 생각했다. 쏟아놓고 싶을 때가 있다. 답답한 마음에 누군가와 부담 없이 대화를 나눌 수 있다면 참 감사한 일이다. 마음이 통하고 공감이 될 때 만남이 짧게 느껴졌다. 만남 뒤에도 대화를 통해 느낀 정서적 안정감, 지지가 기억 속에 오래 남는다. 이러한 대화가 많으면 좋을 텐데 사실 소통이 어려운 경우가 더 많다. 이야기를 듣고 있으면 감정의 쓰레기통이 되는 기분이 들 때도 있다. 좋은 마음으로 말해준다고 충고하고 판단하고 자꾸 해답을 주려고 하면 얼른 대화를 끝내고 싶다. 이렇게 잘 아는데 나도 이런 대화를 하고 있다. 대화가 통한다고 느끼는 순간은 내가 있는 그대로 수용될 때이다. 가족들 안에서 이야기할 때, 이러한 수용적인 대화가 어렵게 느껴지는 것은 서로를 너무 잘 안다고 생각해서일까? 서로에게 바람과 기대가 있기 때문일까.

인터널 코칭을 배우며 코칭 매력에 빠진 이유는 코칭식 대화에 있다. 아무리 친한 친구와 대화를 해도 말하지 않는 게 더 좋았을 것 같다는 생각이 들 때가 있다. 그런데 코칭식 대화를 하고 나면 내 생각이 정리되고 무언가 강요받거나 판단받지 않으면서 뭔가 깊은 곳에서부터 해갈되는 경험을 한다. 코칭에서 공감은 고객을 설득하거나 논쟁하지 않고 고객의 말을 있는 그대로 존중하고 인정하는 것이다. 또한, 코치는 대화 그 자체 수다로 끝나지 않고 대화를 통해 끌어낸 계획을 실천하고 성취하게 돕는 목적이 있다. 그래서 고객 본인도 알지 못했던 내면의 보석을 발견하기도 한다. 또한, 솔직한 감정을 이야기했는데 이 내용에 대해 비밀을 보장받는다. 그렇기에 신뢰하고 깊은 이야기까지도 가능해진다.

수업 중 딸이 찾아와 배가 아프다고 이야기했다. 표정이 심상치 않다. 그런데 당장 무언가를 해줄 수 없었다. 온라인 수업이 한창 진행 중이라 당황했다. 누구도 소홀할 수 없는 상황에서 어떻게 나는 자녀와 학습자들을 잘 도울 수 있을까? 내가 가장 원하는 모습은 무엇일까? 마음을 가다듬는다. 그리고 지금 할 수 있는 일은 무엇인가? 당황한 순간에는 보이지 않았는데 질문으로 다독이니 조금씩 할 수 있는 일이 보였다. 딸은 여러 번 토했다. 나는 아이들에게 양해를 구했고 한 아이가 놀이 인도를 맡아주었다. 아직 수업이 다 마쳐지지 않은 상태이기에 번갈아 가며 살폈다. 땀이 났다. 다행히 학습자들이 이 상황을 충분히 수용해주었고 딸도 엄마의 상황을 이해해 주었다. 만약 이 상황에서 딸에게 적절한 도움을 주지 못했다면 중요한 걸 놓쳤을 것이다. 다른 아이들에게 최선을 다하는 엄마가 자신에게 소홀한 모습을 만나는 것만큼 속상한 일은 없을 것이다. 내가 원하는 모습은 교사로서 최선을 다하되 이전에 내 아이와 좋은 관계를 맺는 엄마다. 내가 누구인지 잊지 않고 솔직하게 상황을 나누는 것이 내가 할 수 있는 최선이었다. 이런 나를 공감해주고 소통해준 학생들에게 감사하고, 몸이 불편한 상황 속에서도 엄마를 이해하고 스스로 해보려고 애써준 딸에게 감사하다.

삶은 내 힘으로 모든 걸 해결할 수 없기에 소통은 매우 중요하다. 소통하려면 상대방과 공감해야 한다. "남에 관해 이야기하려면 그 사람의 신발을 신고 일주일은 걸어보아야 한다."라는 말이 있다. 다른 사람의 입장이 되어보지 않고 알 수도 함부로 말할 수도 없다는 것이다. 모든 걸 경험해 볼 수 없기에 공감이 쉽지 않다. 공감은 상상을 통해 다른 사람의 처지에 서보고 다른 사람의 느낌과 시각을 이해하려고 알아가는 것이다. 자신의 관심사와 필요가 다른 사람의 관심사와 필요와 같지 않다는 것을 인정하고 깨닫는 것이 공감이다. 이것은 노력이다. 처음 만나는 고객과 만남에서 공감과 소통은 관계를 연결하는 중요한 열쇠다. 인터널 코칭 과정 실습을 하며 습관적으로 올라오는 빠른 판단, 선입견, 편견을 자각하게 되었다. 이 자각은 48년 동안 쌓아온 내 모습일 것이다. 이 자각이 나를 조금 더 자유롭게 해 주었고, 다른 사람의 말을 있는 그대로 경청할 수 있도록 도와주었다. 코칭이 조금씩 몸에 스민다. 딸, 부모, 선생, 강사라는 익숙한 시선이 내 앞의 한 사람을 잘 보지 못하게 한다면 공감하고 있는지 소통하고 있는지 자문해 보려 한다. 그리고 익숙한 입장을 내려놓고 코치에 모자를 써보려 한다. 내 앞의 상대방을 고객님으로 모시고 마주하는 것이다. 비관적인 확신과 판단이 아니라 존중과 지지, 진정한 관심으로 한 사람을 만나려 한다.

아버님 집 보일러 놓아드리는 것만큼 가족에게 코치가 되어드리는 것은 멋진 일이다. 1 가정에 1 코치 나부터 시작해 보자.

# 문제 해결 능력

서성미

섬기고 있는 교회 목사님께서 권능에 관한 설교 말씀을 다룬 적이 있습니다. 목사님께서도 전도사, 강도사, 목사 안수를 받고 목회를 시작하셨을 때 "권능"이라는 단어가 주는 부담감이 있었다고 하셨습니다. 기도하면 병이 나아야 할 것 같고, 기도하면 응답받아야 할 것 같은 부담감이라고 하셨습니다. 저도 중고등부 교육기관장으로 섬기고 있어 책임감과 역량에 대한 부담감이 있기에 이해할 수 있었습니다. 권능의 부담감에서 벗어날 수 있게 된 시점이 성령의 도움으로 구원을 받아들인 이후 달라진 삶을 통해서라고 말씀하셨습니다. 구원의 은혜를 몰랐던 삶에서 은혜를 받아들인 이후 펼쳐지는 일들이 있습니다. 이전에

용서할 수 없었던 사람을 용서할 수 있게 되고 더 나아가 복을 빌어줄 수 있게 된 일, 이전에는 믿어지지 않았던 것이 믿어지는 일, 내 뜻이 옳다고 생각했던 것이 아닐 수도 있다 깨닫게 된 일, 이 모든 게 권능이라는 깨달음입니다.

자신을 경영해야 하는 셀프리더십 경영자 본인도 자신의 삶의 문제에 직면하면 부담을 갖게 됩니다. 저 역시 도전 과제, 풀어야 할 난제, 책임지고 해결해야 할 시험 앞에 '도망가고 싶다, 회피하고 싶다, 다 내려놓고 싶다' 생각한 적이 있습니다. 코치 트레이닝을 받는 중 고객 역할을 맡은 적이 있습니다. 코칭 주제가 갖는 의미, 바라는 모습, 느낀 감정 등 내면의 목소리에 귀 기울이고 들어주려 노력하다 보니 진짜 하고 싶었던 이야기를 알아차릴 수 있었습니다. 인정 욕구가 충족되지 않아 자존감이 무너졌고 가까운 가족에게 인정받고 싶은 갈망이 있었구나! 성찰이 올라왔습니다. 제 상상 속 엄마는 "하던 일이나 잘하라"라고 조언해줄 것 같다 이야기 꺼냈더니 코치님께서 "확인된 사실인가요?"라는 질문을 하셨습니다. 핵 펀치 한 방 맞는 기분이었습니다. 제가 정말 힘들고 새로운 도전 앞에 나조차 나 자신을 못 믿어 불안하고 낙담할 때 나를 믿고 주고 응원해 줄 사람이 엄마인데 확인되지 않은 사실을 사실인 양 혼자 끙끙 앓았다는 생각이 들어서였습니다.

롤 플레이로 엄마에게 하고 싶은 말을 꺼내보라 하셨습니다. "엄마, 나 좀 힘들었어. 잘해보고 싶었는데 마음처럼 잘되지 않아서 앞으로 잘할 수 있을까 걱정도 앞서." '엄마'라는 말을 입 밖으로 내뱉을 때부터 눈물이 차오르고 목소리가 나오지 않았습니다. 저 한 문장이 뭐라고 다른 교육생들도 있는 자리에서 눈물 속 독백을 하느라 몇 분이 흘렀습니다. "이렇게 말하고 나니, 지금 기분은 어떠세요?"라고 코치가 물어보는데 홀가분하고 상쾌했습니다. 그리고 조금 전에 오열할 만큼 힘든 일이었나? 싶을 정도로 별거 아닌 일로 생각되었습니다. 롤 플레이가 아니라 실전에서 정신 차리고 잘하라는 엄마의 이야기를 들었다면 "알겠어. 잘해볼게"라고 하면 될 것이고, 응원의 메시지로 힘을 실어주면 "고마워 엄마"라고 하면 되는데. 어떤 말이 든 엄마 마음속에 있는 사랑의 메시지구나! 이렇게 깨닫고 나니 극복해야 할 과제는 같은데 다른 관점으로 다가왔습니다.

생각의 변화로 언행과 습관, 이어 인생까지 바뀐다는 이야기가 있습니다. 한 사람의 인생을 바꿀 수 있는 첫 단추인 생각을 바꾸는 게 쉬울 것 같지만 또 어려운 일입니다. 특히 나의 세계관, 가치관으로 형성된 신념에 가까운 생각을 바꾸는 일은 충격적인 사건이 아닌 이상 바꾸기 어려운 부분입니다. 일례로 부자 마인드셋을 하라는 책의 메시지와 진짜 부자들의 성공학 강의를 듣고도 머리로는 이해하지만, 무의식에 잠재된 신념을 바꾸기까지 어려움이 있는 것처럼 말입니다. 나에게 문제 해결 능력이 있을까? 없을까? 어떻게 극복해 나갈 수 있을까? 하는 생각 이전에 '이 일은 절대 내가 해결할 수 없어'라는 고정된 생각이 능력 발휘를 가로막습니다. 문제 해결 능력 키우기에 앞서 관점 전환을 해보는 것이 먼저라 생각됩니다.

관점 전환을 위해 필요한 질문 중 하나는 존재에 대한 질문입니다. 문제라고 느끼는 것은 현상과 이상의 차이가 있다는 것을 인지했다는 것입니다. 또 내가 원하는 바와 내가 행동하고 있는 것이 불일치하는구나 자각하는 것만으로도 관점 전환을 일으킬 수 있습니다. 이때 올라오는 깨달음과 성찰이 변화를 일으킬 핵심입니다. 다른 외부 자극으로 독서, 교육, 멘토링, 컨설팅, 상담도 도움이 될 수 있습니다. 내면에서 올라온 자각과 성찰 포인트를 통해 성장의 발판으로 관점 전환할 수 있습니다. 신념에 가까운 생각만 바뀌어도 무의식 중에 내가 쓰고 있는 말, 행동이 달라집니다. 여기에 의도된 습관 개선까지 더해진다면 어느덧 원하는 모습이 될 수 있습니다. 오늘 나의 어떤 굳어진 생각을 바꿔볼까요? 기적은 생각을 바꾸는 권능에서 시작됩니다.

## 5-7

# 두려움 극복

홍지숙

　주말, 아이들과 함께 서점에 갔다. 각자 보고 싶은 코너에서 책을 보다가 계산대로 가는 길, 발길을 멈추게 한 책이 있었다. '미움받을 용기'. 마음이 무겁고 먹먹해졌다. 망설이다 책을 들었다. 무슨 감정일까? 쉽게 책을 읽지 못했다. 무서웠다. 뭔지 모르겠지만 읽고 싶지 않았다. 그렇게 한참을 책상 위에 올려놓은 채 째려보기만 했다. 그러다 용기를 내어 펼쳤다. 목차부터 불편했다. 다른 책하고는 다르게 불편함에 덮었다 펼치기를 수없이 했다. 읽을 때마다 올라오는 부정적 감정에 힘이 들었다. 도대체 무슨 감정이냐고 스스로 묻는다. 혼자 답답했는지 초등학생 아들을 앉혀놓고 설명했다. 책 속의 많은 말들을, 이해가 안 될 때마다 아이에게 설명했다.

　나를 모르는 누군가가 나에 대해 자세히 알고 있는 느낌, 뭐라 하지 않았지만 내 삶의 방식에 대해 지적받은 느낌.

　온 애를 써서 살아내고 있는 나에게 그 힘듦이 나 때문이라고 하는 것 같았다. 그래서 불편했다. 내 마음을 들킨 것 같아 창피하고 화가 났다.

　늘 그랬다. 두려움에 선택을 망설였다. 두려움에 맞서기를 피하고 돌아갔다. 그렇다고 두려움이라는 감정을 피할 수는 없다. 알지만 지금, 이 순간은 아니라고 말한다. 그렇게 외면해버린 두려움은 더 커진 상태로 다가왔다. 더 많은 핑계를 댔다. 두려움이라는 감정이 싫어서, 실패에 대한 감당이 어려워서 피했을까? 그 이면에 보면 자신감도 자존감도 낮았다는 걸 이제는 안다. 솔직한 내 말에 대한 상대방의 반응이 두려운 것이고 내가 선택한 것에 대한 책임과 주변 사람들의 반응이 두려웠다.

　또 피하고 싶지 않았다. 어렵게 읽었던 만큼 나는 용기를 냈다. 오래도록 힘들게 싸웠기에 오기도 났다. 트라우마였던 물 공포를 극복하기 위해 수영을 등록했다. 그리고 그 시작인 아빠를 이해하기 위한 아들러와의 싸움을 시작했다.

공포였던 물, 첫날 물에 뜨는 경험을 했다. 신기했다. 쉽지는 않았다. 3개월 동안 자유형을 하기 위해 갖은 애를 썼다. 물에 대한 두려움은 안전한 수영장에서도 사라지지 않았다. 온몸에 힘이 들어갔다. 그렇게 겨우겨우 시간을 채워내고 25m의 짧은 라인에서도 중간에 한 번을 서서 호흡을 했다. 생각처럼 잘 안되었다. 수없이 포기하고 싶었다. 다른 사람들을 방해하는 것 같아 더 힘들었다. 그럴 때마다 나는 수영을 배우기 위한 것이 아니라고 외쳤다. 아들러와의 약속! 트라우마를 실험하기 위함이라고 다독였다. 포기하지 않기 위해 애썼다. 어제보다 한 발짝만 더!! 어제보다 팔 한 번 더 젓고 일어나기, 어제보다 한 번만 더~!!

그렇게 시작한 수영은 더뎠지만 성장하고 있었다. 인내의 결과는 2년 반 만에 한강 횡단을 가능하게 했다. 한강 횡단은 여러 가지의 의미가 있었다. 물 공포심에 대한 실험, 내면의 상처 극복과 자존감 회복을 위한 나만의 프로젝트였다. 결국, 내가 원한 것들을 얻어냈다. 그 과정에서 한계란 없음을 알게 됐다. 더욱 트라우마를 핑계로 모든 경험의 기회를 스스로 차단했다는 것을 알게 되었다. 트라우마를 극복한 과정의 인내와 노력은 모든 기회를 경험하게 하는 자신감으로 다가왔다. 내면의 편안함과 함께 나를 더욱 사랑할 수 있는 자존감도 회복되었다.

무언가를 할 수 있다, 없다는 내 안의 두려움에서 비롯된다는 것을 알게 되었다. 선택을 망설인다면 무엇이 두려운지를 먼저 알아차려야 한다. 나는 내가 가장 잘 안다는 착각을 버리고 나를 알려고 노력해야 한다. 작아져 있는 나를 인지하고 인정하는 것에서부터 성장으로의 행동은 시작된다. 작은 나를 인정하는 것도 두려움을 극복하는 것이다. 어떤 선택이든, 어떤 결과이든 두려워하지 말아야 한다. 그 어떤 경험이든 나에게는 모든 것이 유익한 경험이고 자산이 된다. 그렇게 나를 맞닥뜨리는 경험이 쌓여 내가 정말 원하는 게 무엇인지 찾게 된다. 그렇게 내가 중심에 서면 나는 나를 사랑하게 된다. 나에게 가장 든든한 지원군인 내가 나를 사랑하는 것이야말로 두려움을 극복하는 가장 좋은 방법이다.

자신을 인지하고 인정하게 하는 것이 코칭의 시작임을 경험으로 알게 되었다. 자신을 변화시키고 타인의 변화를 끌어내는 것, 그것이 잠재력을 깨우는 코칭의 매력이다. 코치인 나도 코칭을 통해 나에게 한 발짝 더 다가갔다. 오랜 시간 두려웠던 것을 극복한 경험을 나누고 싶다. 그들의 변화를 통해 또 누군가의 긍정적인 변화와 성장을 돕고 싶다.

두려움으로 가득 찬 자신을 직면하게 하는 코칭은 우리가 나아가야 할 방향이다. 함께하는 모든 사람이 코칭을 통해 자신을 찾고 당당하고 행복한 삶을 살기를 바란다.

두려운가? 그렇다면 지금이야말로 자신에게 가장 중요한 것이 무엇인지 알아볼 타이밍이다.

# 자신감, 자존감

박상림

코칭은 전문가와 비전문가의 관계가 아닌 수평적 관계이다. 코치는 고객이 원하는 목표를 달성하거나 목적에 부합하는 목표를 개발하여 결과를 얻을 수 있도록 파트너로서 참여를 한다. 질문을 통해 고객 스스로 답을 찾을 수 있도록 돕는다. 고객이 새로운 관점에서 문제를 바라보고 정의할 수 있도록 한다. 효과적인 대안을 탐색하고 선택, 결정, 실행을 통해 결과를 얻는 과정을 고객이 주도할 수 있도록 돕는다. 고객이 말하는 것 너머에 있는 고객이 진실로 바라는 것과 그것의 맥락을 이해하고 초점을 맞추어 대화를 나눈다. 고객을 계속 지지하고 인정하고 존중하는 일은 코치가 반복적으로 코칭 과정에서 해야 하는 것이다. 고객을 '있는 그대로의 존재'로 인정한다. 성품, 잠재력, 가치, 탁월성 등 모든 문제 해결의 자원은 고객이 갖고 있다.

코칭을 받기 전 삶의 문제들은 어렵게만 느껴졌다. 나만 힘들게 사는 것 같아 답답했다. 도대체 문제의 해결점이 보이지 않았다. 아무리 혼자 끙끙거려도 더 나은 선택은 없는 듯 보였다. 나에 대한 신뢰는 더더욱 없었다. 늘 제자리를 빙빙 도는 것 같았다.

카카오톡 단톡방에 올라오는 글들을 통해서 다양한 삶의 모습을 보게 된다. 독서 모임 속에서 만나는 참가자분들의 삶도 볼 수 있었다. 그들의 삶과 비교했다. 그들의 삶에 비해 내 모습은 한없이 초라해 보였다. '있는 그대로의 나를' 인정하고 사랑하기 위해서 노력한다고 생각했는데 실제로는 다른 사람들과 비교하면서 열등감에 쌓여 무기력해져 갔다. 내가 갖고 있지 않은 것을 자꾸 밖에서 채워 넣어야 한다고 생각했다. 남들은 새벽 기상도 어렵지 않게 해 내고, 책을 읽고 나서 삶에 적용시켜 바로 바뀌는 것 같았다. 일의 성과도 척척 만들어 내다. 나만 3년째 제자리에 있는 것 같다. 내가 초라하고 한심해 보였다.

2022년 원 워드 프로젝트에서 '버리기'라고 목표를 잡아 놓고는 정리해서 버리기는커녕 새로운 단톡방과 강의가 있으면 또 신청하기 바빴다. 누구에게나 주어지는 똑같은 24시간을 쪼개고 쪼개서 바쁘게 생활하고 있었다. '빈 깡통이 요란하다'는 데 내 삶이 딱 그랬다. 무언가는 바쁘게 하고 있는데 일과 가정에서 제대로 된 결과물이 없었다. 가족과의 소통, 유대감을 만들어 내지 못하고 아이들에게는 일방적인 잔소리만 하는 엄마였다.

코칭을 시작하고 난 후 달라졌다. 문제를 객관적으로 바라볼 수 있었다. 왜 '버리기'가 안 되는지 코칭 속 질문에서 답을 찾았다. 내 안의 불안감과 두려움으로 인해 버리기는커녕 더 채워 넣기 바빴다. 더 많은 것을 끌어안고 가려고 했다. 바꾸고 싶었다. 변화하고 싶었다. 내 삶의 우선순위를 세우려 했다. 진짜 원하는 욕구가 무엇인지를 들여다보았다. 어제와 다르게 오늘을 성장하고 싶은 욕구가 있었다. 코칭을 진행하면 할수록 누군가에게 도움을 주고 싶은 욕구도 커져갔다. 누구보다도 내 안에 잠재력이 가득 있었다는 걸 알아차렸다. 코칭 과정을 통해서 나를 믿기 시작했다. '나도 할 수 있다'는 자신감이 생겼다.

《자존감 수업》의 저자 윤홍균의 박사의 말에 따르면, 우리 마음속에는 세 명의 '나'가 존재하고 있다고 한다. 첫째는 '자존감 낮은 나', 두 번째는 자존감 낮은 나를 '다그치는 나', 세 번째는 자존감 낮은 나를 '사랑하는 나'가 있다. '사랑하는 나'는 나에게 "괜찮아, 누구나 그래", "넌 지금도 충분히 멋져", "어떤 상황 속에서도 너는 특별하고 사랑스러운 존재야"라고 말해 준다. 그 소리를 차단하고 '다그치는 나'에게만 집중하고 있었다는 걸 코칭을 통해서 알게 되었다.

코치가는 나를 무조건적인 긍정의 시각으로 지지해 주고 인정해 주었다. 이런 인정과 지지, 칭찬을 받으니 자신감이 생긴다. 내가 괜찮은 사람인 것 같다. 자존감이 조금씩 올라간다는 생각이 든다.

"자신의 일을 사랑하면서 노력하는 좋은 선생님. 좋은 엄마의 모습으로 살아 내려고 애쓰는 자체가 대단하세요.", "지금도 충분히 잘하고 계시는데요. 훌륭하세요."라고 코치가 말할 때 '나 괜찮은 사람이구나'라는 생각이 들었다. 나에 대한 부정적인 관점이 긍정적인 관점으로 전환되는 경험은 나를 긍정적인 시선으로 바라볼 수 있게 만든다. 코칭 과정 속에서 삶의 목적과 의미를 찾기 위해서 애쓰는 나를 본다. 포기하지 않고 꾸준히 해보려는 나에게 "괜찮아. 그동안 수고했어."라고 말해주고 싶다.

자존감은 감정적으로는 자신을 사랑하는 마음이고, 이성적으로는 스스로 결정하고 자신의 결정을 존중하는 능력이라고 한다. 결정에 있어 책임감을 갖고 행동할 수 있다는 믿음이 생긴다. 결과가 나쁘더라도 '앞으로는 이런 경우가 있을 때, 이렇게 해보자'라는 다짐을 하게 된다. 약점에 집중하기보다는 이미 가지고 있는 강점을 제대로 활용해보기로 선택한다.

코칭은 고객의 개인적·전문적 잠재력을 최대한 발휘할 수 있도록 영감을 불어넣고, 사고를 자극한다. 창의적인 프로세스 안에서 고객과 파트너 관계를 맺는 것이라고 정의하고 있다. 우리는 삶 속에서 끊임없는 문제를 만나고, 그 문제들을 해결해 나간다. 고민과 고통이 따르지만 성장도 함께 일어난다. 결핍된 욕구를 충족시키고자 하는 욕구는 누구에게나 있다. 더 나아지고 싶다는 성장 욕구인 자아실현의 욕구를 누구나 가지고 있기 때문이다. 고객이 성장하도록 촉진하는 성장 파트너인 코치와의 대화를 통해서 원하는 것을 찾을 수 있다. 코칭 대화를 통해 원하는 결과를 만들기 위해서 관점을 새롭게 발견하며, 실행을 촉구하는 구체적인 프로세스를 만들어 간다. 고객은 코칭을 통해서 배우고 깨달은 것을 '행동으로 전환'할 수 있는 힘이 있다. 이처럼 코칭을 통하여 코치는 고객과 상호작용하면서 고객이 스스로 생각하고 선택하고 실행하도록 지지하고 응원해 준다. 우리 모두는 존귀한 존재이다. 자신을 누구보다 신뢰하고, 사랑하는 창조적인 사람이다. 누구나 독수리처럼 비상하고, 자신이 꿈꾸는 인생을 살아가는 사람이 될 수 있다. 우주에서는 그 어떤 일도 우연히 일어나지 않는다. 우리네 삶은 특정한 방식으로 존재하고 작동하고 있다. 코칭을 통한 내 삶과 우리의 삶을 응원하고, 지지한다.

## 5-9

# 자기 주도 인생

이현주

인생을 살아가면서 내가 추구했던 것은 바로 즐거움, 재미였다. 그래서 인생을 살고 싶은 대로, 하고 싶은 대로 살아왔다. 초중고를 지나 대학을 졸업했고, 취업했고, 결혼했다. 그리고 당연히 임신과 출산을 하게 될 줄 알았지만, 현재까지 자녀 없이 살아가고 있다.

임신할 수 있으니, 엄마가 될 수 있으니, 라는 가정하에 나는 생각보다 많은 것들을 미뤘었고, 자녀를 기다리며 8년이라는 세월이 지나갔다. 하지만 자녀가 생기지 않으면서 그냥 평소 하고 싶었던 것들을 하며 살아오게 되었다. 인생에 ~ 한다면 이라는 가정을 빼고 지금 순간, 정말 해야 할 것들, 하고 싶은 것들을 하며 살아갈 때 지금, 이 순간을 오롯이 누릴 수 있다는 것을 경험하고 있다.

인생을 살면서 삶을 계획하고 그것이 이루어지는 것을 보면서 참 잘살고 있다고 여겨졌을 때가 많이 있었다. 하지만 이제는 안다. 계획한 대로 삶을 살아갈 수 없고 계획한 대로 삶이 살아지지 않아도 지금 살아있음이 얼마나 행복한 일인지. 계획한 대로 되지 않는다고 해도 나름의 삶을 살아낸다. 직접 낳은 자녀는 없지만 나에게 엄마라고 연락 오는 사람들이 있다. 바로 아동 양육시설에서 사회복지사로 근무하면서 알게 된 우리 보육원 아이들이다.

아이들이 힘들 때 아이들의 이야기를 들어주고, 아이들에게 문제가 있을 때 그 문제들을 함께 해결해 나가면서 우리는 어느샌가 함께 나이 들어가고 있다. 초등학생 때 만난 아이는 어느샌가 커서 25살의 청년으로 성장해 있다. 지금 직장에서 근무한 지 16년이 되어 간다. 16년간 한 직장에서 근무하면서 나를 성장시킨 것은 바로 아이들이었다. 아이들에게 자랑스러운 선생님이 되고 싶었고, 아이들에게 좋은 멘토들을 붙여주고 싶었고, 좋은 교육을 받게 해주고 싶었다. 그러한 마음들이 모여 지속해서 공부하게 되었다.

초등학생, 중학생, 고등학생, 대학교까지는 의무적으로 공부를 했다면 주도적으로 공부하게 된 것은 25세 넘어서부터였다.

많은 배움의 이유는 아동 양육시설에서 근무하면서 아이들에게 도움을 주고 싶어서 시작했다면 코칭의 시작은 아이들에게도 도움을 주고 싶어서도 있었지만 나 자신에게 도움이 되었으면 좋겠다는 것이 시작점이었던 것 같다. 많은 아이를 상대하면서 나의 힘듦과 마음보다는 아이들의 마음과 생각을 더 헤아려야 했다. 감정이 예민하고 누구보다 관계 중심적인 내가 나의 마음을 돌보지 않다 보니 마음이 많이 다쳤었다. 그래서 내면이 단단하고 굳건한 사람들을 만나면 너무나도 부러웠다. 나도 내면이 단단해져서 어떠한 상황 속에서도 힘듦과 아픔을 잘 감당해 내는 사람이 되고 싶었다.

나에게 누구보다 힘이 되고 삶의 이유가 되는 아이들이기도 하지만 아이들도 내면에 상처가 있기 때문에 어른인 나 또한 상처를 입을 때가 많이 있었다. 그래서 나를 지키고 싶었다. 내 마음을 지키고 싶었고, 아이들의 마음도 지켜내고 싶었다. 그래서 시작하게 된 코칭은 나의 내면을 단단하게 해 주는데 기초 토대가 되어가고 있다. 내가 코칭을 통해 단단해진 것처럼 우리 아동 양육시설 아이들 또한 단단한 아이들로 자라나게 해 주기 위해 살아가고 싶다. 그리고 우리 가정 또한 단단하게 세워가고 싶다.

아직은 나의 내면이 단단하지는 않다. 하지만 나의 마음의 상태를 알아차림은 누구보다도 빨라졌다. 사람들과 대화를 나누다 보면 기분이 좋을 때가 있고, 미묘하게 기분이 나쁠 때가 있다. 왜 그런 거인지에 대해서 곰곰이 생각해 보고 스스로 질문해 보면서 대화 속에서 내가 듣고 싶었던 이야기가 있었는데 그 이야기는 바로 잘하고 있다. 인정과 칭찬 지지였다는 것을 알게 되었다. 그렇다면 나만 인정과 칭찬 지지를 듣고 싶은 것은 아닐 것이다. 그래서 좀 더 상대방이 듣고 싶어 하는 이야기는 무엇인지에 대해 고민하고 생각하면서 대화를 나누기 시작했다.

　나의 마음 상태를 알아차리면서 또한 다른 사람의 마음 상태를 들여다보기 시작하면서, 내가 원하는 것이 무엇인지를 잘 알게 되었기 때문에 이제는 누구보다도 주도적으로 삶을 살아갈 수 있음을 알게 된다. 삶을 살아가면서 나의 부족함 연약함을 참 싫어했다. 그 연약함 때문에 나 자신이 작아진다고 생각했고 초라해진다고 생각했다. 하지만 이제는 나의 부족함과 연약함을 통해 내가 노력을 하고 성장하고 있다는 것을 알게 되었다. 그래서 나의 연약함, 부족함을 발견할 때 이제는 조금 더 너그러워진 나를 보게 되었다. 나에 대해 너그러워지기 시작할 때 다른 사람에 대해서도 너그러워지는 나를 발견하고 삶의 순간 순간이 특별해지기 시작했다.

모든 사람이 부족함과 연약함 앞에서 그것을 인정하고 조금씩 그 부족함과 연약함을 디딤돌로 삼고 변화하는 삶을 단단해지는 삶을 살아가기를 바라 본다. 그 삶을 살아가는데 나에게는 코칭이 함께 하고 있고, 이현주 코치, 서성미 코치, 심상범 코치 그리고 함께 공부하고 있는 코치들을 통해 조금씩 성장할 나를 기대해 본다.

나는 부족이란 단어를 좋아했다. 부족이란 단어는 일정한 정도나 양에 이르지 못하는 뜻으로 넉넉하지 못하다는 의미를 포함하고 있다. 살아가면서 부족하기 때문에 답답하고 자존감이 떨어질 때가 많이 있었다. 다른 사람과 비교하며 중간은 하고 싶다는 생각과 함께 뭔가 넉넉함이 가득하길 바라 왔다. 하지만 그 부족함이 세상 속에 내가 나아갈 수 있게 하는 힘이 되었다. 그 노력과 배움 속에서 압박과 스트레스가 있었지만, 지금은 평안함을 유지하는 방법들을 알아갔다. 나의 원동력은 남보다 부족하고 연약함을 통해 어떻게 그 부분들을 채워갈 수 있는가에 해답이 있었던 것 같다. 그리고 나에게 주어진 문제에 있어 도망치지 않고 하나씩 해결해 나가려 했던 모습들에 박수를 보내고 싶다. 그리고 이제는 부족이라는 단어보다 강점이라는 단어를 더 좋아해 보려 한다. 내 안에 부족함, 약점보다는 강점이 더욱 많다는 것을 알아갔기 때문에 무엇보다 내 안의 강점을 발판 삼아 살아가고 싶다.

부족함에서 넉넉함으로, 약점에서 강점으로 이르는 길을 걸어가고 있는 시간 속에서 코칭을 통해 좀 더 나다워진 모습을 기대하게 된다. 이제 사십 대인 나의 인생은 지금부터 온전한 나로 서는 시작점인 것이다.

공저를 작성하면서 마지막으로 나에게 해주고 싶은 한 마디는 지금 걷고 있는 그 걸음을 끝까지 걸어가라고 이야기해주고 싶다. 걷는 것을 멈추지 않고 지속해서 가야 할 곳으로 걸어가다 보면 목적지에 도착해 있을 것이다. 그 목적지가 어디인지 지금은 보이지 않는 것 같지만 천천히 한 걸음씩 포기하지 않고 걸어갔을 때 내 삶의 마지막 목적지에 평안히 도달할 모습을 상상하며, 한 걸음 한 걸음 즐겁게 걸어갈 나의 모습을 상상해 본다.

# 적극적 태도

석윤희

사람마다 배움의 목적은 모두 다릅니다. 배움 자체를 좋아하는 사람이 있는가 하면 단순한 호기심에 배우는 사람도 있습니다. 혹은 그 배움을 통해 새로운 직업을 찾고 있는 사람도 있고, 자신의 업무에 도움이 되기에 배우는 사람도 있습니다. 만약 여러분께서 '인터널 코치 육성 과정'에 관심을 갖고 참여하기로 결정하셨다면 그 이유는 무엇인가요? 저의 경우는 기존에 하고 있던 저의 일에 도움이 될 것이라는 생각에 이 과정에 들어왔고, 인터널 코치가 되었습니다.

저는 3P 셀프 리더십 마스터 코치로 활동하고 있습니다. 그런데 이 과정에서의 코치 개념은 3P 바인더를 도구로 하여 기록 관리, 시간 관리, 지식 관리, 목표 관리 등 자기 경영을 통해 개인과 조직의 성장을 돕는 리더로서 자기 관리 방법을 알려주는 역할의 의미가 큽니다. 고객에게는 우선 자기 경영 관련 강의가 제공되며, 이를 바탕으로 마스터 코치는 코칭 고객에게 맞는 시간 관리와 라이프 로드맵, 업무 맞춤 매뉴얼을 설계할 수 있도록 돕습니다. 그러나 인터널 코치는 1대 1 코칭으로 이루어지는 경우가 많으며, $(ROIC)^2$ 코칭 대화 모델을 기본으로 코칭이 진행됩니다. 인터널 코치 육성과정 교재에 의하면 인터널 코치는 이 코칭 대화 모델을 통해 코칭 고객이 현재 상태와 원하는 목표를 자각하게 하고, 그 차이를 명확히 인식하게 합니다. 그리고 그 차이를 줄일 수 있는 대안을 폭넓은 시각으로 찾도록 도와줍니다. 마지막으로 목표를 달성했을 때를 상상하게 하여 좀 더 실행 의지를 다지게 한 후, 최우선 과제 하나를 계획해서 실천하도록 돕는 역할을 합니다.

인터널 코치와 코칭을 받는 고객의 역할 모두를 경험한 제가 인터널 코칭을 통해 얻은 것은 예전보다 적극적인 사람이 되었다는 것입니다. 제가 누군가의 도움이 필요할 때는 먼저 요청할 수 있게 되었습니다. 그리고 도움을 필요로 하는 누군가에게는 먼저 다가가 도움이 필요한지 물어보게 되었습니다. 얼마 전 새벽 기상을 하고 싶다는 분이 계셔서 제가 먼저 도와드리겠다고 제안했습니다. 그 방법으로 카카오톡 채팅방에 아침 6시 이전에 굿모닝 인사를 하고 아침 6시에서 7시 사이 온라인 줌(ZOOM) 회의실을 열었습니다. 아무도 줌에 접속하지 않은 날도 있었고 2분 혹은 3분이 들어오시는 날도 있었지만 제가 먼저 제안했기에 당시 기쁜 마음으로 열었습니다. 또 버츄 필사를 함께 나누고 싶어 버츄 필사 모집 글을 올리기도 했습니다. 일 년 이상 버츄 필사를 하며 제 자신의 내면이 성장하고 긍정적인 사람으로 변해감을 경험했기 때문입니다. 올 2월에 시작한 버츄 필사 모임이 어느덧 4개월 차에 접어듭니다. 제가 좋아 시작했던 버츄 필사 모임이었지만, 함께 하시는 분들이 올려주시는 필사를 보며 제가 배우는 것이 더 많습니다.

인터널 코칭의 핵심 기술은 상대를 존중하는 마음으로 적극적으로 경청하고 고객이 질문에 대답할 수 있다는 믿음을 가지고 적극적으로 질문하는 것입니다. 이때 고객이 자신의 문제를 잘 들여다볼 수 있는 좋은 질문을 하는 것 또한 중요합니다. 경청과 질문을 통해 알아차린 고객의 말에 적극적으로 인정하고 칭찬해주고 진심을 담아 피드백합니다. 이 과정에서 코치는 보람을, 고객은 자신의 문제를 해결할 수 있다는 자신감을 얻게 될 것입니다.

해결하고 싶은 일이 있다면 과감히 코칭을 통해 해결점을 찾으려 노력해보길 추천합니다. 적극적인 태도로 자신을 진실하게 들여다보는 과정에서 자신이 진짜 원하는 것이 무엇인지 알 수 있습니다. 저는 제 자신이 혼자 일하는 것을 좋아하는 사람이라고 생각해 왔습니다. 그러나 코칭을 통해 들여다본 저는 누군가를 진심으로 도와주고 싶어 하고, 다른 사람과 협업하는 것을 좋아하는 사람이었습니다. 이런 알아차림은 코칭을 통해 저를 적극적으로 돌아보았기 때문에 가능했습니다.

해결해야 할 문제가 있습니까? 그렇다면 혼자 고민하지 말고 적극적 태도로 주변에 도움을 요청하시기 바랍니다. 그 해답을 찾는데 코치가 도움을 줄 수 있다면 마다할 이유가 무엇일까요? 여러분의 마음속에 있는 해답을 찾는데 여러분의 적극적 태도는 큰 도움이 될 것입니다.

인터널 코칭은 제가 진짜 원하는 것, 하고 싶은 것이 무엇인지 알아차릴 수 있게 도와주었습니다. 코칭을 통해 제가 정말로 하고 싶은 일과 그 일을 해야 하는 이유가 분명해지자 '해보자'가 아닌 '반드시 해야 한다'의 자세로 제가 선택한 일에 최선을 다할 수 있었습니다. 새벽 기상, 버츄카드 필사, 독서는 저의 아침 루틴으로 자리 잡았고, 한 개 두 개 시작한 작은 도전들이 꾸준히 성공으로 이어졌습니다. 그러자 삶과 일에 대한 만족도가 높아졌고, 행복함과 감사함을 느끼는 날들이 많아졌습니다.

코칭은 변화입니다. 제 삶을 크게 나눈다면 코치가 되기 전과 후라고 말할 수 있습니다. 코칭을 통해 꿈을 찾게 되었고, 이렇게 찾은 꿈을 하나씩 이루어가고 있습니다. 공저자로서 제 이름으로 책도 출간했고, 코치로서 누군가를 도울 수 있게 되었고, 나의 강점에 집중하여 내가 잘하는 일에 더욱 몰입할 수 있게 되었습니다. 이제는 제가 이뤄낸 변화를 다른 사람에게도 전하고 싶습니다. 그동안 실패라고 생각했던 저의 경험들이 지금은 누군가를 이해하고 도울 수 있는 밑거름이 되었습니다. 코칭이 인생의 소명이 되었습니다. 이제는 제가 받은 선물을 저의 도움이 필요한 분들과 나누고 싶습니다.

── 내가 책을 쓰다니 너무 기쁘다. 그동안 책을 쓰고 싶다는 주제로 코칭을 많이 했었다. 나의 희망 사항에 많은 코치들이 응원해 주었는데 내가 그토록 원했던 것이 이렇게 현실이 되었다는 것이 꿈만 같다. 윌리엄 셰익스피어는 인간이 가장 먼저 해야 할 일은 자기 자신에게 진실해야 한다는 것이라고 했다. 이 책을 통해 처음 코칭을 만나신 분들이, 코칭을 통해 자신에게 진실해지고 나를 아는 힘을 느끼고 잠재력에 도달하기 위한 여러 방법들을 실천해서 본인들이 원했던 꿈을 이루어냈다는 기쁜 소식이 전해지길 진심으로 바란다.

― 김현지

── 삶의 의미를 찾고 그 안에서 성취감과 행복감을 찾고자 합니다. 그러기 위해서는 저 자신을 인정하고 가치 있는 존재로 여기는 것이 첫 번째였습니다. 어떤 문제든 그 문제를 스스로 해결할 수 있는 자원과 답은 제 안에 있었습니다. 인터널 코치 공저 프로젝트에 참여하면서 코칭과 연결하여 저의 삶을 되돌아보았습니다. 사람은 누구나 전인적이면서 독특하고 유일한 존재입니다. 코칭을 통해서 자신이 원하는 목표를 설정하고, 그것을 이루어 낼 자원을 찾아, 자신만의 고유한 방식으로 실행력을 발휘하길 바랍니다.

— 박상림

── 처음에 인터널 코치 과정이 어떤 과정인지도 이런 직업이 있다는 것도 잘 몰랐다.

아는 분의 소개로 듣게 되었는데, 뜻하지 않은 선물을 받은 느낌이다.

멘토나 컨설턴트와는 다른 그 사람 안의 잠재력을 끌어내어 문제를 해결하고 옳은 방향으로 가게끔 코치한다는 것이 이렇게 보람되고 의미 있으며, 나 또한 셀프코칭으로 성장할 수 있는 도구를 알게 되어 너무 기쁘다. 현재는 적극적 경청과 좋은 질문을 하기 위한 질문 개발에 힘쓰고 있다.

– 박희숙

── "Sherpa", 서성미 코치 앞에 스스로 부여한 수식어입니다. 셰르파는 히말라야 고산 등반 안내인으로 티베트계 네팔인을 뜻합니다. 코치(Coach) 어원은 금을 수송하던 마차의 개념에서 비롯되었습니다. 원하는 목표에 도달할 수 있도록 잠재력을 이끌어 내는 셰르파 서성미 코치로 살아가고자 합니다. 더 많은 사람들이 자신만의 꽃을 활짝 꽃피울 수 있도록 평생 현업을 꿈꿉니다. 같은 뜻을 품은 코치님들이 계셔 든든하고 힘이 됩니다. 1 가정 1 코치 양성을 목표로 오늘도 부지런히 걸음을 옮겨 봅니다.

– 서성미

—— 새로 시작한 일들 때문에 너무나 바빴던 4월과 5월, 어떻게 지나갔는지 모르겠습니다. 무리한 일정 속에 진행했던 글쓰기였습니다. 역시 생각만큼 써지지 않았고, 시간이 지날수록 후회와 아쉬움이 컸습니다. 이 경험을 통해 또 배웁니다. 강사의 삶에서 코치로서의 발을 내딛는 지금, 이제 시작이라는 마음으로 마음을 다잡습니다. 공저팀을 이끌어주신 홍지숙 코치님, 원고 취합하시느라 너무 애써주신 조소연 코치님, 그리고 함께 한 공저팀 코치님들께 감사한 마음 전합니다.

– 석윤희

─── 코칭을 만나 제 자신을 동물에 비유할 때 '거북이'라는 표현을 했습니다. 느리게 걸어가는 것 같지만 언젠가는 목표지점에 정확히 도달하는 거북이처럼 되고 싶어서였습니다. 느리지만, 해야 하는 소중한 무언가를 이뤄내는 사람! 그리고 혼자서 그 길을 걸어가는 것이 아니라 동역자와 함께 걸어가는 사람! 이번 책쓰기가 저에게는 그런 꿈의 길이였습니다. 책을 쓰면서 KAC 코칭 자격증을 취득했고, 함께하는 코치님들 덕분에 공저 글쓰기도 마무리할 수 있었습니다. 이제는 누군가의 꿈의 길을 걸어갈 수 있도록 돕는 코치가 되고 싶습니다.

- 이현주

── 첫 문장을 쓰던 막연하고 막막한 순간을 넘어 글쓰기를 마쳤다. 그저 시작이 반이라는 마음으로 썼다. 부족하지만 끝까지 할 수 있었던 것은 옆에 함께해 주신 작가님들 덕분이다. 이 시간은 배움을 실행으로 옮긴 과정이었다. 책 속에 살아있는 열정적인 선배 코치님을 만나는 시간이었고 현장에서 만난 분들이 교과서가 되어 코칭을 몸에 조금이나마 익힐 수 있는 시간이었다. 어디로 가야 할지 길을 헤맬 때, 코칭이 손을 잡아주었다. 길을 제시하는 것이 아니라 스스로 길을 찾도록 함께 걷고 듣고 묻고 지지하는 코칭. '나'를 발견하는 변화로부터 시작되는 근사한 여정을 시작할 수 있어 감사하다.

- 정봉영

── 괜히 했다. 5 꼭지를 쓰면서 머리를 쥐어뜯으며 이 말을 몇 번이나 했는지 모릅니다. 쓰레기였던 초고를 고치면 좀 더 나아질 줄 알았던 글은 고치면 고칠수록 마음에 들지 않았습니다. 욕심만큼 담아내지 못한 부족함을 절실히 느꼈기 때문입니다. 하지만 글을 쓰면서 코칭으로 내가 이만큼 성장했구나, 코칭이 이래서 좋구나를 다시 한번 깨달았던 시간이기도 합니다. 다른 코치님들의 글을 읽고 울컥하고 공감하며 여기까지 달려온 것 같습니다. 함께해서 완성했고 덕분에 성장했습니다. 감사합니다.

– 조성윤

—— 시간이 빨리도 갑니다. 바쁘게 살다 보니 어느덧 마흔이 넘었습니다. 바쁘게 살다 보니 나를 놓치고 살았습니다. 나에 대해 좀 더 생각하고 고민했어야 했는데…. 내가 좋아하는 것에 좀 더 시간을 썼어야 했는데…. 쳇바퀴 위의 삶이 내가 나를 위한 생각을 하도록 가만두지 않습니다. 학생들과 어른들을 만나고 있습니다. 삶에서 중요한 것은 백 점보다는 '자기를 찾는' 일이라고 이야기하고 싶습니다. 코칭! 더 나은 삶을 위해 자신을 찾아가는 진정한 혁명입니다.

– 조소연

— 혼자보다 여럿이 함께하면 더 힘들다!!

공저 프로젝트를 진행한 솔직한 생각이다. 혼자라면 완주하지 못하고 초고에서 포기했을 것이다. 함께라서 완료했다. 함께라서 포기도 어렵고 투정을 부릴 수도 없었다. 그래서 책임감이 더 무거웠다. 책 쓰는 과정에서 자신과 싸움이 가장 힘들다는 것도 다시 한번 느꼈던 시간이다. 공저 프로젝트와 함께한 작가님들 덕분에 의미 있는 봄을 보낸다. 이 시간을 추억하며 미소 지을 미래의 나를 떠올린다. 완벽보다 완성. 경험의 기회가 나를 성장시키고 있음에 뿌듯하다.

– 홍지숙

# 인터널 코칭을 시작합니다

| | |
|---|---|
| **초판인쇄** | 2022년 7월 26일 |
| **초판발행** | 2022년 8월 02일 |
| **지은이** | 인터널 코치 공저자 홍지숙 외 9명 |
| **발행인** | 조현수 |
| **펴낸곳** | 도서출판 더로드 |
| **기획** | 조용재 |
| **마케팅** | 최관호, 최문섭 |
| **교열·교정** | 이승득 |
| **디자인** | 문화마중 |
| **주소** | 경기도 고양시 일산동구 백석2동 1301-2 넥스빌오피스텔 704호 |
| **전화** | 031-925-5366~7 |
| **팩스** | 031-925-5368 |
| **이메일** | provence70@naver.com |
| **등록번호** | 제2015-000135호 |
| **등록** | 2015년 6월 18일 |

정가 16,800원
ISBN 979-11-6338-291-1 (03810)

파본은 구입처나 본사에서 교환해드립니다.